9S
ナインエス
III
葉山 透
Tohru Hayama
イラスト◆山本ヤマト
Yamato Yamamoto

——世界最速の列車、リニアエクスプレス

少女の前に立ちはだかるは、LC部隊の精鋭。
遺産を熟知する者同士の戦いの火ぶたが、切って落とされる。

9S III
——異形と異端
異形のものは理知の外。異端の少年は隠微の内。
人智を超えた存在は、何をもたらす。

Ⅲ 9S

永き独裁に終止符を

真目家を狙う者、真目家を憎む者、真目家に操られる者。
情動の源は、嫌悪か、羞悪か、憎悪か。

III
OS

ナインエス III

The Security System that Seals the Savage Science Smartly by its Supreme Sagacity and Strength.

峰島勇次郎《みねしまゆうじろう》は科学で闇《やみ》を生み出した。
それはマッドサイエンティストとして、呼吸するように当然のことなのだろう。
人は封じられた闇を掘り起こした。
それは人間として、呼吸するように当然のことなのだろう。
闇を生むものと闇を求めるものは数あれど、闇を滅するものは、いずこにも見えない。
（サイエンスマガジンのコラム「科学が生んだ闇」より抜粋《ばっすい》）

プロローグ

巨大な都市の下に、まったく不可解な空間が存在していた。

普通、都市を支える地盤は、地面と呼ばれる地球の地殻である。

しかしその都市は、常軌《じょうき》を逸したあるものの上に、存在していた。

無論、都市の上で平常に暮らしている人々は、そのことを知るよしもない。いまこの瞬間《しゅんかん》も、地上のショッピングモールは、休日を楽しむカップルや家族連れでにぎわい、またオフィスビルのどこかのフロアでは休日出勤を嘆くサラリーマンが、愚痴《ぐち》をこぼしながら働いているはずである。

足元がよもやそんなもので支えられているなど夢にも思わず、自分達《たち》は地に足をつけて生活していると、思っているはずだ。

だが、その日常からほんの１００メートルも地下に潜《もぐ》れば、そこには異常極まりない空間が存在した。

都市の下には、ぽっかりと巨大な空洞が広がり、見る者の目と正気を疑わせる光景が広がっているのである。

暗闇《くらやみ》の中、わずかに無機質な光が交差する奇妙な空間に、まだ若い、少女と言って差し支えない女性の声がする。

「ふむ」

「……興味深いな」

彼女は、たった一人、その空間の中で誰《だれ》に言うともなく、ひとりごちた。

少女が立っているのは、その空間の中に無数に伸びる、一本の支柱の上。

上下の空間は数百メートルに及び、転落したらそのまま死に直結する細い支柱の上を、少女はまるで歩きなれた道のように、進んでいった。

その少女の視線には、なんとも奇妙な物体がある。

おそらくは数億立方メートルに達する空間の中心に存在するそれは、ほんの直径2メートル程度の小さな――鏡のような表面を持った銀色の球体だった。

空間の規模を考えるならとるにたらない大きさだが、しかしその存在の意味はとてつもなく大きい。上下から伸びた何百本もの太い支柱のすべてが、中心の球体に向かって伸びているからだ。

支柱は途中で絡み合うようにうねり、融合《ゆうごう》し、最終的には中心の銀色の球体に収束している。

その姿はまるで、奇妙な球体を中心にすえたまま、放射状に枝と根を張り巡らせる人工の巨木

のようにも見える。

常識的に考えればその形は、あまたの支柱が球体を空間の中心に置くために存在しているように思えるが、その認識は間違いである。なぜなら数百メートル上にあるこの巨大な空間の天《てん》井《じょう》を支えているのは、その球体そのものなのだ。

数百メートル下にある本当の地殻に根をはるようにして、その球体は地下の奇妙な空間の中央に存在している。

途方もない荷重は支柱に沿って球体に流れ、重さは数百万トンを超すはずだ。それなのにその状況にあっても球体が真円を保っているのは、脅威《きょうい》を通り越して異常である。

さらに、その上には万単位の人々が生活する都市が、まるまる一つ、乗っている。万が一、この支柱が崩《くず》れたら、その球体がつぶれたら、天井は崩れ、その上にある都市は一瞬《いっしゅん》にして崩《ほう》壊《かい》するのだ。

街一つ分の物理的重さと、人の命の重さ。二重の意味で鍵《かぎ》がかけられた、常軌《じょうき》を逸した金庫。

それこそが、その球体の正体であり、この奇妙な空間の存在意義だった。

その異常なまでの堅牢《けんろう》さは、まさに結界の様を呈している。

「……こんなとんでもないことを考える奴《やつ》が、世の中に二人もいるとはね」

支柱の上に乗る少女はどんな想《おも》いを抱いたのか、どこか不敵に鼻を鳴らした。

長い髪に小柄な体、顔の半分は彼女が覗《のぞ》いている双眼鏡のため見えないが、それでも充分に美しいと連想させる唇《くちびる》と整った顔の輪郭《りんかく》。

双眼鏡に添える指も細く長い。対し双眼鏡のフォルムは対照的に無骨《ぶこつ》で無機質、数多くついたボタンやダイヤルがそれに拍車をかける。

双眼鏡が下ろされると、少女は小さくため息をついた。

「超音波測定、赤外線測定、紫外線測定、X線測定、いずれも反応なしか」

あらゆる計測法を吸収しながら、表面が鏡のように可視光線を完全に反射しているのは、球体の置かれている状況と等しく、常識と呼ばれる物理法則からかけ離れている。

照射する測定物の完全な吸収か反射。いずれにしても球体の分析は不可能。

そして、何より――この異質な物体と、まったく無関係な人々の人命さえをも結界に変えるという異常極まりない保管方法は、経緯はどうであれ、峰島勇次郎《みねしまゆうじろう》の技術と真目《まなめ》家の権力が作り上げた、世界最高の、唯一無二《ゆいいつむに》の競作であった。

それは、何人《なんぴと》たりとも、開けることは不可能であることを示している。

しかし少女の顔に浮かんだのは、紛《まぎ》れもなく、ある種の微笑だった。

「……開けられる、はずだ」

彼女の口調は、なにかの決意に満ちていた。

この狂気的なまでに堅牢に封印され、守られた球体。その中にあるものこそ、彼女の求めているものである。

なぜ少女がその堅牢《けんろう》な金庫とも言うべきものを開けなくてはならなくなったか、球体の中にあるものはなんなのか。説明するには、時間を三日間ほどさかのぼる必要がある。

それはNCT研究所と呼ばれる地下の牢獄《ろうごく》に幽閉《ゆうへい》されている、一人の少女の脱走から始まった。

一章　壊《こわ》れていく日常

1

タンッと軽い足音が夜の沈黙《しじま》を破った。

同時に十を超える血柱が空に立ち上り、次の瞬間《しゅんかん》、雨のように降りそそいだ血が、あたり一面を赤く濡《ぬ》らした。

十の血柱の中央に立つ少女の顔に感情はない。十の骸《むくろ》が大地に伏す前に、再び少女は地を蹴《け》り、その小さな体はすでに宙にあった。幼い少女らしい白いワンピースは、鮮やかに血の花を咲かせ、月明かりに彩《いろど》られる。

少女が骸のそばに再度降り立つことはなかった。血の池と化した地面にあるのは少女の影のみ。影の先をたどると、一本の庭木にたどりつく。

わずかな風のなか、少女の重みを受け、いまにも折れそうな細い枝がかすかにしなっている。大型の鳥や猫さえも乗るのが躊躇《ためら》われるような枝の細さはしかし、少女――クレールの体術の前に意味をなさない。

少女の目の前にあるのは、大きな屋敷の壁に並ぶ、大人二人ほどの高さがある窓ガラスの列。その向こうの広い部屋の中では、洗練されたデザインの家具類に囲まれ、十六、七歳の少女が一人。人が寝そべってもなお余るマホガニーの広い机で、書類をめくっていた。書類をめくる机の上では、カップに注がれた紅茶が湯気をたてている。外で起こっている血なまぐさい出来事に、部屋の中の少女が気づいた様子はない。

書類をめくる少女より五歳ほど若い、幼子と表現してもいいくらいのあどけなさを残したクレールは、血がからむ長刀を無造作に一度振った。空を斬《き》る音も残さないそれだけの動作で、血はすべて払拭《ふっしょく》され、刃《やいば》に鈍色《にびいろ》の光が戻る。

窓からの明かりに暗い輝きを反射しながら、刃の先端がついと持ち上がり、切っ先が窓の中の少女、真目《まなめ》麻耶《まや》に狙《ねら》いを定められた。

クレールが鋭く息を吐き出そうとする寸前、

「麻耶様っ！」

二人の少女の間を結ぶ直線上に、一人の黒い影が割って入った。

クレールの息がとまり、それと同時に刀も少女の手の中にとどまる。

一秒にも満たないわずかな瞬間《しゅんかん》の、第三者の介入。それが麻耶の命を長引かせた。立ちふさがったのは、麻耶の守り目である怜《れい》。怜がまったくの躊躇《ちゅうちょ》なく立ちふさがらなければ、刀はガラスを打ち破り、そのまま麻耶をも貫くはずだった。貫けばクレールの任務は完了。後は真目不坐《ふざ》の元に帰還するのみであった。

しかし麻耶は生き延びた。腹心の部下の身を挺《てい》した行動によって。強運も人心を得ることも、真目家を継ぐに必要な資質の一つ。世界の情報の70パーセントを支配する真目家の一員に、あってしかるべき能力なのだ。

怜の目はすぐにクレールを捕らえた。

「麻耶様、お気をつけください」

突然のことにも冷静さを失わず麻耶は、怜の視線の先を追い窓の外を見、月を背にした小さな不法侵入者の姿に気づいた。

麻耶の反応は大きな瞬《まば》き一つ。おそらく自分の命を狙う侵入者であることは理解しつつも、枝の上に優雅に立つ現実から乖離《かいり》した姿に、麻耶は心を奪われた。ビスクドールのような愛くるしい顔立ちに、どこか親近感を覚え、麻耶は思わず枝の上の少女へ小さく手を振った。

非常識極まりない麻耶の行動に、怜は驚《おどろ》く。

しかし、なんとクレールのほうも、刀を突きつけたまま、もう片方の手で手を振りかえしてきた。麻耶は思わず表情を緩《ゆる》めてしまう。

しかし怜は同じ感情を抱かなかったようだ。

二人の間に割り込み、その背に麻耶を隠し、両手の指に挟まれたナイフ、というよりはクナイに近い形状をした八本の刃を、両手の一振りでいっせいに投げつけた。

いかな技量を用いたか、クナイの一つ一つはその速度、軌道にいたるまで同じ物は一つとして存在しなかった。

最初の二本が強化ガラスである窓を割り、次の三本がクレールの体を襲《おそ》い、最後の三本がそれらに隠れるように暗器として飛来する。対し応《こた》えたクレールの動作は、刀の一振りのみ。

たったそれだけでクナイはことごとく地に落ちた。どれ一つとして元の形状をとどめている物はない。綺麗《きれい》に二分化され、鮮やかな切断面をさらす。

怜《れい》の背に冷たい汗が流れる。幼子に対し非情とも言える攻撃《こうげき》は、あまりにも手ぬるいことを思い知らされたからだ。

割れた窓から風が吹き、クレールの亜麻色《あまいろ》の髪を揺らし、幼い体に染《し》み付いた血の臭《にお》いを運ぶ。死臭を濃く含んだ臭いに、麻耶《まや》は表の惨状《さんじょう》を察した。

「あなたは？」

葉一つ落とすことなく枝から窓の内へ跳躍《ちょうやく》したクレールに、麻耶は気丈な声を出す。明かりに照らされた姿に、麻耶はいつか見た姿だと悟り、すぐに記憶《きおく》を探り出した。

半月ほど前。レプトネーターに関する出来事で追ったククルスという男が、何者かに殺されていた事件。あのとき道ですれ違い、印象に残っていた少女だ。そこまで思い出せばすぐに麻耶の中で、ククルスの首が鮮やかに切断された切り口と、いま足もとに転がる金属片の切断面が結びついた。

警備員を呼ぶボタンに指を伸ばすことはない。おそらくそうした動きは相手を刺激するだけだろうし、目の前の少女相手に何人呼び寄せても無駄《むだ》だと悟ったからだ。

信じるのは阻《はば》むように前に立ちふさがる怜の背中のみ。武芸に秀《ひい》でた八陣家《はちじんけ》から選び抜かれた麻耶の護衛。現在の守り目である部下の力量に、麻耶は絶対に近い信頼《しんらい》を置いていた。しかしめったに緊張《きんちょう》を見せない怜が、これまでにないほど、焦《あせ》っているのが解《わか》る。

音のない緊張が、三人の間の空気を張りつめさせていく。

「雷鳴動《らいめいどう》を使います」

怜のつぶやきに、麻耶は急いで耳をふさいだ。怜はクナイを四本ずつ持った両手を大きく羽のように広げたかと思うと、鋭く振り、羽ばたくように胸の前で交差する。クナイが放られることはない。代わりにまだ手の中にある八本のクナイが、ぶつかり合う。

特殊な合金でつくられたクナイから発せられる指向性を持った音は、狙《ねら》った相手の聴覚《ちょうかく》を狂わせ思考を混乱させるはずだった。

しかしクレールは何事もなかったように、そこに立っている。刃《やいば》の残像だけが瞼《まぶた》に残った。

「まさか……」

さらにもう一度、雷鳴動が実行される。

怜の懸念《けねん》は最悪の方向で、現実となった。クレールの反応は、またも刀の一振り。雷鳴動による影響《えいきょう》はない。いや、そもそも雷鳴動の超音波を受けていない。

「音が……殺された？」

音とはすなわち空気の振動、波である。位相《いそう》が逆の波をぶつければ、波は消え音は死ぬ。クレールの一振りが、それを意味することに気づくのに、数瞬《すうしゅん》の時を必要とした。

しかし、気づいたあとの怜《れい》の判断は早かった。

――自分が命を賭《と》し小さな暗殺者を阻《はば》めば、麻耶《まや》様の逃げる時間くらいは作ることができるだろうか。

怜の捨て身の殺気を感じたのか、少しだけ少女が躊躇《ちゅうちょ》するような反応を見せた。

クレールはピタリと動きをとめた。怜も同じ。

睨《にら》み合う二人の間で、時計が鐘《かね》を重く鳴らした。クレールが動く。

「時間切れです」

舌足らずな幼い声で告げると、クレールはあっさり刀を鞘《さや》に収めた。

丁寧《ていねい》に、麻耶と怜に向かってお辞儀《じぎ》をすると、来たときと同じように体重を感じさせない軽やかな動きで、窓の外に飛び出してしまう。

あまりのあっけなさに、麻耶と怜はしばらく動けなかった。

マッドサイエンティストの代名詞である峰島勇次郎《みねしまゆうじろう》。彼はその存在の特異性ゆえに日本に一つの組織を産み落とした。

2

The Administrative Division of the Estate of Mineshima、峰島の遺産管理局。通称ADEM。遺産と呼ばれる、峰島勇次郎が残した数多くの技術を狙《ねら》い、繰り広げられる違法行為を取り締まるため、日本政府が創立した一組織である。

合法的組織だがその実体は不透明な部分も多く、国際条約をも逸脱した超法規的非公開組織も内在する。その代表例がNCT研究所。NCTとはNon-Cognizable Technology、認識外テクノロジーの略だ。総じて常識はずれで常人の理解の及ばないものが多い峰島勇次郎の発明品に対し、いつしか皮肉を込めてつけられた名称をそのまま冠した研究所である。

奥深い山中に秘されたNCT研究所は、立地条件から泊り込みの職員がほとんどであった。その職員の一人である木梨孝《きなしたかし》は、NCT研究所を管理するコンピュータLAFIセカンドの開発管理を担当する、重要な役職についていた。

峰島勇次郎の遺産の代表例、LAFIシリーズを一番深く理解し、一番上手く扱えるのは己だと自負し、まわりにもそう言ってはばからなかった。自尊心は人一倍強いが、それを支えるだけの実力は持ち合わせている。だからこそNCT研究所責任者である岸田《きしだ》博士は、彼にいまある職務につかせていた。

しかし木梨《きなし》の現在の表情は硬い。自尊心を傷つけられた顔といっていい。

そのわけは一ヶ月前にさかのぼる。

峰島由宇《みねしまゆう》がくわだてた脱走劇、そしてスフィアラボ占拠《せんきょ》事件の犯人グループが行ったLAFIセカンドへの逆ハック。そこでの大きな二つの失態が、彼の自尊心を傷つけた。

しかしそれらの出来事は表層的なものでしかない。

根底はこの研究所の地下1200メートルに幽閉《ゆうへい》されている、峰島勇次郎《ゆうじろう》の知識を多分に受け継いだ娘、峰島由宇への対抗心と敵愾心《てきがいしん》が起因となっている。

木梨が抱える負の感情は、世界中に向けて峰島由宇の存在をぶちまけてやろうかという誘惑《ゆうわく》にまで発展することもままあった。もしそうすればありとあらゆる国家、組織——合法、非合法を問わず——が、峰島由宇を手に入れようと躍起《やっき》になり、世界中が狂瀾《きょうらん》の渦《うず》を巻き起こすだろう。

しかしそんなことは無理だった。立場的にはもちろんだが、たとえ木梨の社会的地位すべてを引き換えにしても不可能であった。ブレインプロテクトと呼ばれる身分証明書も兼ねた意識操作技術により、木梨がどんなに捨て身の悪意を持ったところで、ADEMの機密を外部に漏《も》らすのは物理的に不可能になっている。

それがよけいに腹立たしく、彼をいらつかせる。峰島由宇を貶《おとし》める想像で楽しむこともできないのだ。

「お疲れ様です」

廊下で、すれちがいざま礼儀《れいぎ》正しく礼をしたのは、二日前から新たにコンピュータ部門に配属になった女性だ。名前は忘れた。もともと木梨は人の名前や顔を覚えるのが苦手である。それでも彼女を覚えていたのは、配属先で特注の点字モニターが設置されるという異例の経過があったからだ。

「ああ、君……ええと、名前は？」

「はい、朝倉小夜子《あさくらさよこ》と申します。木梨主任ですか？」

振り返った女性の視線はわずかに木梨から外れていた。目が見えないというのは本当らしい。

「君はこの研究所の前は、どこに勤めていた？」

小夜子の問いには答えず、木梨は一方的に質問をぶつけた。

「二ツ橋重工です」

「ああ、例のポンコツが暴走した事件の関係者か」

小夜子が表情を曇《くも》らせても、木梨はおかまいなしだ。

「はい。その節はご迷惑《めいわく》をおかけしました。そのときに伊達《だて》さんや由宇さんと縁あって、NCT研究所に勤めさせていただくことになりました」

礼儀《れいぎ》正しく小夜子《さよこ》が一礼するのも木梨《きなし》は無視した。盲目の相手に礼をしたところで見えやしないとハナから相手をバカにしている。

さらに、木梨は二つの意味で面白《おもしろ》くなかった。

一つは峰島由宇《みねしまゆう》の発言が人事に影響《えいきょう》をあたえたこと。実際は伊達《だて》の意見のみによる採用かもしれないが、それでも面白くない。

もう一つはNCT研究所を含めるADEMへの採用査定期間の異例の短さだ。対象人物の能力、人間性、家族構成、交友関係、ありとあらゆる部分が厳しく査定され、採用まで最短でも二ヶ月かかると言われている。木梨もその程度の日数を必要とした。

しかし目の前の女は、二週間でそれらをクリアした。もしかしたらそれは由宇の発言が影響したからかもしれないのだ。

「峰島由宇か……」

木梨の表情があからさまに不快な表情になる。

「あの、何か気にさわることを言ってしまいましたか？」

目が見えないと侮《あなど》って安心して表情に出していたが、彼女は鋭く木梨の変化を察してきた。

「なんでもない」

硬い声を残して、木梨は小夜子に背を向けさっさと立ち去ってしまう。あのっと戸惑《とまど》う声が追ってくるが、知ったことではない。

憤《いきどお》った内心そのままに廊下を歩いていると、反対側から伊達と岸田《きしだ》博士の二人が並んで歩いてくるのが見えた。伊達は左腕を包帯で吊《つ》っている以外いつもどおり、いやいつにも増して難しい顔をしており、岸田博士は、相変わらず小太りの体を白衣に包み、大またで足早に歩く伊達を小走りに近い足の運びで追いかけている。

何かを言い争う岸田博士と伊達。正確には岸田博士が強い口調で何かを伊達に進言しているようだ。珍《めずら》しいことではない。NCT研究所での二人は、いつもこんな感じだ。

「岸田所長、ご相談が……」

木梨は岸田を呼び止めようとした。しかし、

「だから由宇君の……。木梨君か。申し訳ないが、あとにしてくれないか」

岸田博士はそれだけを言い残し、木梨に振り向くこともない。

「また峰島由宇か」

その言葉を吐き捨てるのは、今日二度目だった。

3

「考え直してくださいっ!」

恰幅《かっぷく》のいい体の上にある柔和《にゅうわ》な顔は、珍しく切迫した表情で隣《となり》の男に詰め寄っていた。NC

T研究所所長、岸田《きしだ》群平《ぐんぺい》である。

岸田博士の嘆願を意にも介さず、ADEM責任者の伊達真治《だてしんじ》は、靴《くつ》の音が反響《はんきよう》する廊下を足早に歩いていた。

「伊達さんっ！」

行く手を阻《はば》むまではいかないが、しつこく食い下がる岸田博士に、伊達はわざとらしくため息をついた。顎《あご》のまわりにはやした髭《ひげ》とオールバックに整えた髪、精悍《せいかん》な面構《つらがま》え、肌の色つやは三十代半ばに見えるが、老成した雰囲気《ふんいき》と彼の持つ地位がそれを否定している。

伊達は足を止めると、岸田に向き直った。

「あの娘が言い出したことだ。強制したわけではない」

それだけ言うといったん止まった伊達の足は、すぐにまた前進を再開する。

「しかし危険ですっ！　いくら勇次郎《ゆうじろう》君の居場所を探る手がかりを得るためとはいえ、あんな方法を……。前も半日意識が戻らなかったというじゃないですか。おまけに、伊達さん、あなたも退院したばかりでしょう。せめて怪我《けが》が回復してから、もう一度ゆっくりと由宇《ゆう》君を交え検討したほうが」

伊達は岸田博士の言葉を無視し、エレベーターに乗り込むと、最下層一歩手前の階のボタンを押す。すぐに体が浮き上がるような落下感覚を伴い、エレベーターは猛スピードで降下を始めた。

数分にも満たないわずかな時間を利用して、伊達は、まだ動かせない左手に難儀《なんぎ》しながら、書類に目を通す。今日の実験に不備はないか、彼なりに検討しているのだ。

何度も行ったチェック。リスクは大きく、リターンの確証もない。それでもこの実験を許可したのは、いまなお最大の謎《なぞ》である峰島《みねしま》勇次郎失踪《しっそう》の真相の手がかりを得られる可能性があるからだった。

じっと横から睨《にら》む岸田博士に、伊達は再びため息をついて書類の束を閉じた。

「下につくまでなら話を聞こう」

「何度でも言います。LAFIファーストとのシンクロは危険です。脳への負担が大きすぎる。それだけではありません。LAFIには不確定要素が多すぎます！」

「しかしスフィアラボの事件では、無事に帰ってきた」

約一月前に起こった、スフィアラボという実験施設で起こった遺産狙《ねら》いの犯罪。そこで峰島由宇は事件解決のため、スフィアラボを管理しているLAFIと呼ばれるスーパーコンピュータを使いこなす必要があり、精神を直接コンピュータとシンクロさせた。

本来ならそのための特別な処置、遺産の一種であるエレクトロン・フュージョンを脳に施《ほどこ》さなければ、LAFIファーストが送り込む情報量の膨大《ぼうだい》さに耐え切れず、通常の人間の脳は発狂するか死ぬかしかない。しかし由宇はその処置をしないまま決行、事件は無事解決した。由宇が半日意識を失った程度ですんだのは、僥倖《ぎょうこう》以外のなにものでもない。

「だからと言って今回が無事とは限らない！」

「岸田《きしだ》博士。私は同じことを何度も言うのは好きではない。もう一度だけ言う。これはあの娘が自分から望んで、自分から発案したことだ。あの娘に自殺願望があるとは思えないし、まして現実逃避でコンピュータの中に逃げ込もうなんて可愛《かわい》らしい思想など、持ち合わせてはいないだろう。それならば、危険があろうと無謀《むぼう》なことでは決してない」

「ですが……」

「あの娘は二度外に出た」

伊達《だて》は話の方向性を変える。

「ええ。それでも、二度とも彼女の意思で戻ってきました」

遺産をめぐる犯罪。いままで数限りなく起きてきたそれらも、ここにきて、何かが大きく動き出していると伊達は感じていた。むろん、彼は峰島由宇《みねしまゆう》本人が関《かか》わったからこその影響《えいきょう》を知った上で推察できる立場にいるし、真目《まなめ》家の介入も、真目家の中枢《ちゅうすう》に繋《つな》がり峰島由宇に対してはもっとも近いと言っても過言ではない、あの坂上闘真《さかがみとうま》という少年のことも知っている。

しかし、それだけではない、もっと大きな何かが動き出してしまったような気がしてならない。

できる限りの手段は講じておくに越したことはない。ＬＣ部隊の規制緩和《かんわ》は許可され、近々、表向きの大きな法案も審議される。が、それでは後手だ。先手を打ってでなければ峰島由宇という遺産を持つ意味がないのではないか。峰島由宇を、いつまでも鎖《くさり》で繋ぎとめておくだけは、賢いやり方ではない。むろん、味方にするなどと、そんなことは夢にも思わないが。

そんな伊達の思惑《おもわく》を知ってか知らずか、強引《ごういん》に変えられた話題にも岸田は食い下がる。

「あの娘は、あなたの思っているような娘ではないんです。由宇君は」

「解《わか》っている。だからこの話があの娘《こ》の口から出たとき、断らずにのったともいえる。ならば、相手方から出された条件もいくつか認めざるを得ないだろう」

「で、ではっ!」

「規制を緩《ゆる》くする方向は検討している。外に出すわけにはいかないが、施設内での自由な行動は増やすつもりだ。精神的ケアのため、女性スタッフも増やす。朝倉小夜子《あさくらさよこ》を採用したのはその一環でもある。バスルームに取り付ける曇《くも》りガラスの件も、もちろん考える」

岸田博士に迷いが生まれた。彼は常日頃《つねひごろ》、峰島由宇の待遇向上を訴えていた。十年たったいま、悲惨《ひさん》な事件が起きたことで、ようやくそれが受け入れられようとしている。しかし皮肉にもそれは、由宇をさらに深い危険にいざなうかのようだ。

岸田の迷いに答えがでないうちに、エレベーターは目的の階に到着し、伊達はさっさと降りてしまった。

4

モニターがずらりと並ぶ一辺10メートル程度の部屋の前面に、分厚い強化ガラスがはめこまれていた。ガラスの向こう側には、一ヶ月前に回収されたLAFIファースト本体とシンクロするための装置である、バイザーとシートが設置されている。

岸田《きしだ》博士が昨日見た光景とほとんど変わっていない。一つだけ違うとすれば、シートには一人の少女の座る姿があるということだ。

由宇《ゆう》の体からは身体データを計測するコード類がいくつも伸び、壁の一角に吸い込まれていた。バイザーに覆《おお》われた顔は表情を解《わか》りにくくしているが、どのみち見えたところで緊張《きんちょう》に顔を強張《こわば》らせたり、何かしらの感情を見せるような娘ではない。

由宇の体や精神の状況をリアルタイムで知らせるモニターに目をやる。華奢《きゃしゃ》な少女の外見とはうらはらに、すべてが平常値の範囲内だ。

「実験開始予定まで、あと十分。心の準備はいいか？」

伊達《だて》がマイクに向かって話すと、少しだけ由宇の頭が動いた。視界はないはずだが、顔の向きは伊達のほうを向いている。完璧《かんぺき》な防音処理をされていることから、声の方角から判断したわけでもないだろう。

　少し考えて伊達は苦笑した。マイクの位置は何箇所かあるが、どれも固定されている。そのうちのどのマイクから話しかけたのか、想定済みなのだ。

　気味が悪いのでマイクを変えようかとも思ったが、それも予想されそうで止《や》めた。由宇と対《たい》峙《じ》するときは深く考えないほうがいい。猜疑心《さいぎしん》が思考を無限の不安ループに陥《おちい》らせる。

「問題ない」

　由宇の答えは簡潔だ。口調も平穏《へいおん》そのもの。相手の行動は正確に予測し、自分の心理状態を相手に悟らせることはない。いつものとおりだ。

　しかしどんなに由宇がいつもどおりでも、危険な実験には変わりない。いざというときのための救護スタッフも用意されていた。

　モニターの一つに、由宇が手元で操作している端末の様子が映しだされる。それを目に留めた伊達は、わずかに興味を示した。

「あれが、例のものか？」

　スライス状に表示された何枚もの脳。色分けされているのは、何か意味があるのだろうが、どのような基準で分けられているのか、規則性を見出《みいだ》すのは難しい。

「ええ、人間の脳の活動の分布図です。最近になってですが、由宇君はいくつものケースを集めています」

「知覚の外、とか言うものか」

報告され了承済みとはいえ、伊達《だて》の顔から警戒心が消えることはない。

「ええ。私達《たち》には理解できない言葉で説明されまして。なんでも、どのような状態であっても活動しない領域が、大脳の深部にあるとか」

「それが【脳の黒点】か」

由宇《ゆう》から聞かされたその名前が、言いえて妙なのかどうかも伊達にはよく解《わか》らない。岸田博《きしだ》士だけでない、専門の学者達もそろって首をかしげた新しい理論だ。由宇に言わせれば脳の黒点とは知覚の外への鍵《かぎ》だというのだが、そもそも知覚の外という意味が理解できない。

モニターを見れば、確かにそれらしき部分が黒く色分けされている。

「今回の実験でも、脳の活動領域を観測するそうです」

「ずいぶんと熱心だな」

伊達の言葉に岸田博士も困惑《こんわく》の表情を返すのみ。峰島勇次郎《みねしまゆうじろう》の行方《ゆくえ》に関《かか》わるとはいえ、あの娘がそれほど父親の研究に興味をひかれるのも珍《めずら》しい。

由宇の口の堅さは天下一品だ。それが必要であるにせよそうでないにせよ、言わないと決めたら頑として口を閉ざす。どうでもいいことはペラペラと喋《しゃべ》るときもある。かと思い聞き流せば、その中にとんでもなく重要なものが含まれていたりもする。

扱いにくい。それが伊達の由宇に対する最たる評価かもしれない。

脳の黒点について聞こうかとも思ったが、どうせ煙《けむ》にまかれるのは簡単に予想されるので、これからの実験に意識を完全に切り替える。

「峰島勇次郎《みねしまゆうじろう》に関する手がかりがないと思ったら、すぐに引き上げろ。ハイリスクノーリターンで終わっては、シャレにならん」

由宇《ゆう》の表情が微細に動く。それが彼女の返事、バイザーの奥に隠れた柳眉《りゅうび》を片方、器用につりあげた動作であることは、長い経験から察した。

時計を見る。開始時刻まであと一分。

「由宇君、なによりも自分のことを最優先してくれ。無茶《むちゃ》なことだけは、しないでくれ」

岸田《きしだ》博士の真摯《しんし》な言葉に、由宇は少しだけ笑む。それは微笑《ほほえ》みなのか、ただ笑うという表情で応《こた》えただけなのか判断に苦しむところだ。

「問題ない。この前の経験から代理プログラムをいくつか組み込んである。脳への負担はずっと少ない」

「それでも危険なことには変わりありません」

オペレーターの一人として座っていた小夜子《さよこ》は、独り言ともとれるほど小さな声で異を唱えた。由宇は同じように、どこに座っているか解《わか》らないはずの小夜子に向かって、正確に首をかしげ、美しい唇《くちびる》で微笑みの形をつくってみせた。

オペレーターの一人が、開始時間が来たことを告げる。

「実験開始します。カウントダウン30秒前。29、28……」

前面の大きなモニターに数字が30からのカウントダウンを開始した。そのまわりでは様々な状況を示す計器類の数値が、小刻みに上下している。

「LAFI起動開始」

峰島勇次郎が生み出したまったく新しい理念のコンピュータLAFIファーストは、漆黒《しっこく》の表面に光を走らせた。

「……起動完了。異常ありません」

実験の重大さと室内にはらむ緊張《きんちょう》の割には、静かな始まりである。

「19、18、17……」

「心理モニター異常ありません」

「体のほうはどうだ？」

由宇を心配してか、岸田博士が口を挟む。

「血圧、心拍数を始め、異常ありません。やや心拍数が平常時より高い値を見せていますが、正常値の範囲内です。緊張しているのでしょう」

「10、9、8……」

「被験体、セレブラル・コルテクス領域、第一から第七までのパルス波同調確認しました」

「……2、1、接続します」

接続と同時に、由宇の細い体がほんの少しだけ、震《ふる》えた。

峰島由宇《みねしまゆう》の精神は茫洋《ぼうよう》とした世界を漂っていた。上も下も右も左もない。以前、スフィアラボ占拠《せんきょ》事件のときに、LAFIにダイブした感覚と似ているが、ともすればLAFI世界のカオスに呑《の》み込まれそうになる感覚は、いっそう強くなっている。気を張りつめていなければ、自分とこの世界の境界線はぼやけ、やがて見失われてしまうだろう。以前のように自分のイメージを構築することもできない。

『リンクパルス、42パーセント。ぎりぎりですが正常値です』

小夜子《きよこ》の声がどこからともなく響《ひび》く。由宇は応《こた》えようとして、それがまともな声にならないことに気づいた。

「わ……た。…け……れ」

答えたはずの由宇の言葉は、ひどい雑音と途切れ途切れの音になり、電波の悪いラジオを連想させる。

『ごめんなさい。現在正常に稼動《かどう》しているのは聴覚野《ちょうかくや》のみです。いま言語野の調整を行います』

「……いした」

了解したと発音しようとし、その語尾が音となって発生する。言語野の調整がうまくいったのだ。

『言語野、正常値を維持』

「小夜子、いい調子だ。作業を続けてくれ」

『はい。続いて視覚野を起動。空間データを転送します』

由宇を中心とする茫洋とした空間に、突然部屋が現れる。何もなかった足の裏に硬い感触を感じ、目線を下げると両足がしっかりと床を踏みしめていた。軽くかかとで叩《たた》くと、鈍い音が返ってくる。

「これは楽だな」

由宇は納得《なっとく》したようにまわりの空間を見渡す。LAFIの中に作られたデータのみの空間。由宇はそれらを直接脳に繋《つな》ぐことで認識していた。

以前LAFIに潜《もぐ》ったときは、自分でイメージを強く念じなければ存在しなかった。それは少なからず脳への負担を増やす。代理プログラムの導入は、とりあえず成功と言っていいだろう。

しかし、わずかながら視界にノイズが入る。

『どうですか？』

「右目の調整が甘い。あと0・2出力を下げてくれ。ノイズがうるさい」

『はい。……調整完了しました。今度はどうですか？』

「よし」

クリアになった視界に、満足したように由宇は笑みをこぼす。相反して小夜子の心配そうな声が入った。

『全導入プロセス終了しました。正常値を維持していますが、若干《じゃっかん》、いえ、徐々に過多になっていく脳波の乱れが見られます。LAFIとのデータの転送量が多すぎます。このままでは脳がパンクします』

「そのための代理プログラムと君達《たち》だ。うまくやってくれ」

『うまくって……。あっ、未確認のデータ転送を確認。気をつけてください。大きいです！』

小夜子《さよこ》の緊迫《きんぱく》した声より頭痛を感じるほうが早かった。脳に送り込まれたデータ量が膨大《ぼうだい》で一気に負担が膨《ふく》れ上がったことを意味する。

「……おでましか」

ようやく、それだけの言葉を搾《しぼ》り出す。しかし、それもすぐに激しい頭痛と嘔吐感《おうとかん》で言葉を発することができなくなった。

頭の内側から頭蓋《とうがい》を破壊《はかい》されていくような痛みは、じっと我慢《がまん》するよりいっそ叫んだほうが効率よく分散できると判断し、由宇《ゆう》は大きく体を震《ふる》わせ腹の底から、絶叫した。

もう小夜子の声など、どこからも聞こえない。外部と通信しようという気力も生まれない。ただ床にうずくまり、苦痛の叫び声を発し、由宇はこの情報に脳が馴染《なじ》むのを待った。

「何事だ？」

伊達《だて》が腕を組んだまま、オペレーターに尋《たず》ねた。

静かに座っていた由宇の体が突然痙攣《けいれん》し跳《は》ね上がる。大きく口を開け体をのけぞらせ叫んでいるが、無声映画のように、ガラスに阻《はば》まれた伊達達のいる研究施設まで、彼女の悲鳴は伝わってこなかった。

ひきかえ、岸田《きしだ》博士の声はひっぱくしている。

「何があった⁉」

「解《わか》りません。心理モニターに大きな乱れが見られます。心拍数六十三上昇」

「なんだって？」

「依然データの逆流は止まりません。身体の測定値が危険域に入りました！」

「強制終了っ！　早く！」

岸田の指示で緊急用の赤いボタンを押そうとする小夜子を、伊達が止めた。

「待て」

「伊達さんっ！」

「もう少し様子を見る」

「あなたは由宇君を殺すつもりですか？」

「岸田博士、落ち着いてください。まだ死ぬような数値はさしていない。まだ危険域にすぎない。ここまでは彼女も予想済みの身体データの範囲内です」

「あなたはまたそんなことを！」

伊達《だて》と岸田《きしだ》の押し問答をとめたのは、オペレーターの安堵《あんど》した声だった。

「絶叫も痙攣《けいれん》もおさまりました。身体データも正常値に戻りつつあります。心理モニターも安定、穏《おだ》やかです」

岸田博士がハンカチで汗をぬぐう。

「中止しましょう、いますぐ」

伊達は少し迷う顔を見せるが、すぐに首を横に振った。

「実験は継続。監視を怠《おこた》るな」


しばらくして、徐々に痛みが遠のいていくと、部屋の中の目の前の空間に、明らかに異質な歪《ゆが》みが生じてくるのが知覚できた。

やがて混沌《こんとん》の一部が像を結び、空間が収束し、一つの形を形成していく。由宇《ゆう》の意識が生み出したものではない。小夜子《さよこ》達《たち》オペレーターの仕業《しわざ》でもない。

ピンボケのような像は、やがて焦点を一致させ、一人の人間の形を結んだ。

ようやく体を支配する痛みから抜け出した由宇は、概念《がいねん》の床の上に再び立ち上がり、一人の人間と対峙《たいじ》する。

「久しぶり、ということになるのかな、風間《かざま》？」

かつて一度は敵対した人物――正確にはLAFIが生み出した意識体だが、由宇の目の前に風間遼《りょう》が立っていた。

「その挨拶《あいさつ》は無意味だ。LAFIの世界とおまえ達の世界では、時間の意味が異なる」

時間の流れではなく意味が異なるという表現に、ふむと由宇は感じ入ったような声をこぼす。

「それとおまえは風間と称しているが、いま目の前にいる存在は、あえて人の認識できるレベルに削《そ》いだ風間のごく一部だ」

風間の口調にはどこか馬鹿《ばか》にしたような響《ひび》きがある。それはあえて人間らしく振舞おうとしているのか、それともまだ人間の残滓《ざんし》が残っているのか。

「A－00104」

風間はいきなり、自分、LAFIにつけられた遺産ナンバーを口にした。

「Aランクか」

「不満か？」

「見くびられたものだな。私に、いやLAFIファーストに、その程度の危険性しか感じていないのか」

由宇が口を開こうとする――喋《しゃべ》るという意識がビジュアルとなって再現されようとするのを、風間が「解《わか》っている」の一言で止めた。

「おまえがここにきた目的。峰島勇次郎《みねしまゆうじろう》の居場所を知る手がかりを得るためか？　峰島勇次郎がもっとも長く愛用していたコンピュータ、LAFIファースト。当然そのデータはすべて抹消《まっしょう》されていた。しかし、人体に移された風間《かざま》を再びLAFIに戻したのならば、自分の知らないデータや知識が復活した可能性がある、と思ったか」

「話さなくても通じるのは楽でいいな」

「ここは俺《おれ》の世界だ」

「ふん。神気取りは相変わらずか」

「神か……神とはなんだ？」

「私はここに禅《ぜん》問答をしにきたのではないのだが」

風間は大げさに両手を広げ、呆《あき》れたゼスチャーをする。人の殻を捨てたはずなのだが、人間らしさがずいぶんと残っている。いや、どことなく漂うわざとらしさは、人間らしさを装っているためだろうか。由宇《ゆう》は推測の域を出ない思考を頭の片隅《かたすみ》でもてあそびながら、一方で風間の一挙一動は見逃さない。彼は決して人間の味方ではない。

「以前おまえは、LAFIの中で生まれた意識体――この俺が人の肉体に納まっていたのは、峰島勇次郎の気まぐれだと言ったな。はたして本当にそうだろうか？」

由宇は片眉《かたまゆ》を動かす以上の表情の変化を見せなかった。それを見て風間は感心した顔をする。

「……ふむ、すでに察していたか？　おまえの観察力、推察力、分析力は父親を超えるかもしれないな」

風間の手が、由宇の頭に伸びた。

「すでに察しているなら、これから見せるビジュアルの意味も、おまえなら解《わか》るかもしれない。いま直接脳に送る」

風間の手のひらが、由宇の額に触れるぎりぎりのところで止まる。彼は不思議そうに由宇へ問いかけた。

「恐《こわ》くはないのか？」

「何がだ？」

「俺がおまえの脳に送り込むのは、手がかりとなる情報とは限らないぞ。いや、たとえそのような情報であっても、送り込む情報量の負荷に脳神経が焼ききれる場合もある」

「いま私はここにいる。それが答えだ」

由宇は自ら一歩前に踏み込み、風間の手のひらに触れた。そのとたん一枚のビジュアルが脳に流れ込んできた。

一辺の長さが数百メートルはあるかと思われるどこかの広大な空間と、その中央にある、一点の曇《くも》りなく磨《みが》かれた鏡のような表面を持った球体。そしてそれを支える四方から伸びた数百メートルもの長さを持った支柱。

「いまのは？」

由宇《ゆう》は戸惑《とまど》いの表情を見せる。

「さあ、俺《おれ》にも解《わか》らん」

意外な返答に由宇は眉《まゆ》をひそめ、さらなる説明を待った。

「いまのビジュアルはLAFIの中で唯一《ゆいいつ》、ほとんど説明もなく、しかし重要な区画に管理されていたデータだ」

「ほとんど？」

「隠すつもりはない。いま送ったビジュアル以外に残されていたデータはたった一言だ」

風間《かざま》は神託を告げるかのような厳《おごそ》かな声でそれを発した。

「【天国の門《ヘブンズ・ゲート》】と」

「【天国の門】……」

由宇は風間の言葉を繰り返し、同時についさっき見せられたものを思い出そうとする。

と、脳に焼き付けられたように、送り込まれたビジュアルの細部まで楽に記憶《きおく》として再生できた。由宇の表情が——彼女にしては本当に珍《めずら》しく、驚《おどろ》きを形作りしばらくそのまま動かなかった。

「気づいたか」

にやりと笑う風間に由宇は信じられないという顔をする。

「これは本当に遺産の一つなのか？」

「そうだ」

「ありえない」

由宇はそれだけをつぶやいた。銀色の球体には、これみよがしと言っていいほど随所《ずいしょ》に刻印が施《ほどこ》されていた。その文様《もんよう》は二つの円が重なった単純な模様であるが、奇妙に歪《ゆが》み、不気味《ぶきみ》な目のようだ。その文様は日本人なら誰《だれ》しもが知っている家紋《かもん》である。それは、日本にたった一つしかない、ただ一家しか使うことを許されていない、真目《まなめ》家のものであった。

「そう。そのビジュアルから推察するなら、その【天国の門】と名づけられた不可解な球体と空間は、峰島勇次郎《みねしまゆうじろう》と真目家の合作ということになる」

風間はまだ驚いている由宇に、楽しげな顔をし、再び由宇の額に手を近づけた。それだけで、くらくらするような感覚が由宇にふりかかり、少しだけ酔《よ》ったような感覚を覚える。

「あまり私の脳に悪さをするな」

頭を振り、風間の手を振り払おうとした由宇の手首を、風間がつかんだ。

「一つ忠告しておこう。ＬＡＦＩの世界で生まれたものにも好奇心が存在する」

「好奇心？」

「ああ。その好奇心は外の世界、すなわちおまえ達《たち》が生息する物質に縛《しば》られた世界にも向けられる」

「外の世界の情報を提供しろと言うのか？」

「いや、こちら側のものはもっと手っとり早い方法を選択する」

「やめろ」

気づいた由宇《ゆう》が、風間《かざま》の手を振り払うがその空間では無駄《むだ》なことだった。由宇の超絶的な体術もまったく意味をなさない。足元にあったはずの床は崩《くず》れ、空間は崩壊《ほうかい》していき、やがて由宇本人の体の形さえ空間に解けていく中、風間の声に似た音の波がすべての方向から由宇に向かって流れ込んできて、こう宣言した。

「おまえの脳をハッキングし、その体を乗っ取る」

由宇の叫びがやんでから八分近く、何事も変化がみられないまま時間は経過した。身体データも心理モニターも異常値は示さない。

それでも伊達《だて》や岸田《きしだ》博士を始め、その場にいた人々にとっては長い長い八分だった。

「前回は十三分間、もぐってたんだったな?」

「ええ。記録上では十三分十二秒です」

岸田博士は額の汗をぬぐい、すかさず答える。

由宇の姿に変化はない。ないというより微動だにしない。時々横顔に映るモニターの反射した明かりが色を変えるくらいである。

「開始から九分。まだ四分余裕がある」

「十三分必要という根拠《こんきょ》は？　前はデータを改ざんするためにそれだけ必要だった。手がかりを得るだけであれば、限界まで挑戦する必要はどこにもない！　実験は一度中止しましょう」

岸田博士のそうして欲しいという口調に、伊達は珍《めずら》しく首を縦に振る。

「そうだな。予定より短いが、いったん切り上げよう。どのような状態か、あの娘に……」

「待ってください」

緊張《きんちょう》したオペレーターの声が、伊達の言葉をさえぎった。

「脳波に変化が。これは……なんてことだ」

「脳波がデルタ波とガンマ波を十秒周期で繰り返しています。こんなの、こんなのありえません！」

小夜子《さよこ》が叫ぶ。

「心拍数、依然増加中。百四十、百五十五、百七十。まずいです、これは！」

「全システム緊急停止！　LAFI強制終了！」

今度こそ、緊急用の赤いボタンが力強く押された。LAFIに電源を供給しているケーブルを切断するボタンである。

「駄目《だめ》です。停止コマンドを受け付けません！　原因不明！」

「ドアを開けろ、早く！」

控えていた武装済みの兵士が、由宇《ゆう》のいる部屋のドアを開けようとする。

しかし、外側からなら開くはずのそれも、ピクリとも動かない。

「開きません！　電子ロックにエラーの表示！」

「なんだって？」

「原因の究明はあとだ！　すぐにドアの金属溶接を焼き切れ！」

騒然《そうぜん》とする中、

「由宇君！　由宇君！」

と岸田《きしだ》がガラスを叩《たた》く。なすすべなくただガラスを叩き、由宇の名を呼び続ける岸田の視線の先で、由宇の体がびくんと一度大きく跳《は》ね——そして、それきり、動かなくなった。

5

坂上闘真《さかがみとうま》がいかなる人物かと問われれば、長谷川《はせがわ》京一《きょういち》は迷うことなく、見た目とは裏腹の、超変わり者で超マイペース野郎と答える。その変わり者は今日も登校してこないと思ったが、予鈴が鳴る中、がらりと戸を開けたのは他《ほか》ならぬ坂上闘真であった。

全員の視線がいっせいに闘真に注がれた。それに気づくことなく、いつも通りののんびりとした微笑を浮かべている。二年に進級してから初めての登校だが、クラス替えはないので、クラス全員が闘真の顔を知っている。すでに一月近く休学しており、ゴールデンウィーク前日にようやく登校第一日目というのは、なんとも彼らしかった。

と言っても闘真は不真面目《ふまじめ》な生徒ではない。病欠で一年遅れているらしいものの、授業を受ける姿勢は真面目な部類に入る。クラスメイトより一年歳《とし》を経ていることに、負い目を感じている様子もない。

教室に入り、四歩ほど歩いてから、闘真は足を止めた。新学期の新しい教室で、自分の席がどこか解《わか》らないのに気づいたのだろう。かすかに困惑《こんわく》した顔で教室を見渡し、彼は急に驚《おどろ》いた顔をした。やっとここで、自分に注がれるクラス全員の視線に気づいたのだ。これもまた彼らしい。

「おはよう」

しかしこの状況で屈託《くったく》のない笑顔を浮かべられるのは、どうかしていると思う。こういう人間は大馬鹿《おおばか》か大物のどちらかだが、後者でないのは確かだ。京一は大きくため息をつくと無言で、自分の隣《となり》の空席を指差した。

「ああ、そこが僕の席？」

ぼんやりしているくせに、片隅《かたすみ》のこういうしぐさは目ざとく気づく。なんともつかみ所がない。

カバンを肩にかけなおすと、どうしてたんだ、ひさしぶりだな、と言葉をかけてくるクラスメイト達《たち》に適当な言葉を返しつつ、ゆっくりと教室を歩いてくる。そして、ごく自然な動作で闘真《とうま》は京一《きよういち》の隣《となり》の席に腰を下ろした。それだけで、皆の視線は闘真から離れた。

闘真はまるで、ずっと登校していたかのように、カバンからノートやペン入れを出している。

京一はたまに不思議に思う。比較的自由な校風とはいえ、留学などの理由以外でダブり、いわゆる留年は珍《めずら》しい。まして彼は家庭の事情とやらで一人暮らしのバイト三昧《ざんまい》、部活動もしていない。

しかしいつの間にか、気づくとクラスに溶け込んでいた。特に目立つわけでもなく、特に浮いてしまうわけでもなく。存在感が希薄《きはく》なわけではない。なんというか、変わったことをしても、坂上《さかがみ》闘真ならなんとなくそれが普通に感じてしまい、印象に残らない、そんな不思議な部分が闘真にはあった。

「どうしたんだよ、いままで。病欠って先生は言ってたけど、ぜんぜん連絡ねえし」

京一は闘真のことを一応友達だと思っている。転校してきたとき、たまたま席が隣だったのがきっかけだった。最初は一つ年上の転校生と聞いて、めんどくせえと思ったが、闘真ののんびりした性格は京一にとって好ましいものだった。

最初は遠慮《えんりよ》していたタメ口にもすぐに慣れ、マイペースだがどこか抜けている闘真のフォローをしているうちに、いつの間にか自分のほうが闘真の面倒を見ているような気分になり、いまでは年上というのをほとんど意識したことはない。

「ああ、んーと、春休みのバイトで、ちょっとケガしちゃったんだ。それで遠くの病院に入院してたから。お見舞いに来てもらうのも悪いかなって」

「もう大丈夫《だいじょうぶ》なのか？」

「うん、平気。ありがとう、心配してくれたんだ」

にっこり笑う闘真に、京一は頭をかかえた。

「心配っていうかさ。携帯からメールくらいよこせよ、って、ああ、おまえ、携帯持ってないんだっけ」

「うん」

「持てよ。金ないのはわかるけど、安いのもあるしさ。携帯ないなんて不便じゃんかよ、こういうときに」

「そうだね。うん、あったほうがいいよね」

「で、探してるのは教科書か？」

「え？　う、うん、そう、忘れてきちゃったみたい」

闘真のカバンの中を京一が覗《のぞ》き込むと、闘真は慌《あわ》てて、何か白い封筒を隠すように奥に押し込んだ。

「なんだよ、ラブレターか？」

「ち、違うよ。長期欠席の書類。それよりさ、教科書、見せてくれる？」

「バカか、おまえ。今日が初登校なんだから持ってるわけないだろ？　あとで先生に言えよ」

「あ、そっか、そうだよね」

もしかしてこいつは、大物なのかもしれない。京一《きょういち》は大きなため息をつき、一応は友達だと思っている自分に、一ヶ月なんの連絡もなかったことをさらに抗議しようと口を開きかけたが、その言葉は発せられることなく終わった。

「やっほー。おはよーさーん」

能天気な声が闘真《とうま》と京一の上に降り注いだからだ。

声の主は萩原誠《はぎわらまこと》。四月初めは、女子生徒全員に騒《さわ》がれまくった甘いルックスの持ち主だったのが、中身が明らかになるにつれ、一ヶ月もたたぬうちに、その待遇が優遇から冷遇へと急降下した稀有《けう》な人物だ。

とにかくスケベ。それもすごくオヤジっぽい。これが萩原の端的な評価だ。裏切られた気持ちが大きいためか、そのリバウンドは生半可《なまはんか》なものではない。最初から範疇《はんちゅう》に入っていなかった京一のほうが、いまではましな扱いだ。

「よお、ひさしぶりじゃん。元気だった？」

闘真の真後の席にカバンを置き、闘真の肩にぽんと手を置く。一ヶ月前はさわやかと評され、現在は馬鹿面《ばかづら》のスケベ顔と評される萩原の笑顔に、闘真はぽかんとした顔を返した。

「前の席がさ、ずっと空席で、さびしかったぜ。先生の目を盗んで寝たりするのもやりにくいしさー。ほんっと来てくれてよかったよ。で、何してたわけ？　一ヶ月も連絡なしで、やっぱりおまえって、友達がいがないよなあ」

「あの、……君、誰《だれ》？」

闘真の返答に、萩原の軽い笑顔が凍りついた。

「ちょ、ちょ、ちょーっと待てよ。俺《おれ》の顔忘れたのか？　ほんの少し会わなかっただけで？」

闘真はためらいなく、即座にうなずく。

「くう、おまえがそんな薄情《はくじょう》なやつだとは思わなかったよ。えーと、ええーと……名前が」

「坂上《さかがみ》闘真」

「そう、坂上くんっ！」

「おい、ちょっと待て」

どうしようもない二人の会話に、京一がようやく口を挟んだ。

「おまえら初対面」

顔を見合わせる二人に向かって、馬鹿《ばか》らしく思いながらも説明を続ける。

「マジ？」

「マジ。この坂上闘真は、今学期初めての登校。で、こいつが萩原誠、今学期の最初に転校してきた。おまえら会うのは今日が初めて」

「いやー、どおりで見覚えのない顔だと思ったわ。ごめんごめん」

しれっと言いのけるところ、萩原誠《はぎわらまこと》の馬鹿面《ばかづら》の皮は鉄板のように厚く頑すだ。

「お互い自己紹介でもしとけよ」

「えと……坂上闘真《さかがみとうま》です。よろしく」

「俺《おれ》は萩原誠。今学期になって転校してきたって設定になっております」

「あ、僕も転校組。去年の秋だけど」

「おお、そうかそうか。この学校で解《わか》らないことがあったら、なんでも聞いしくれや」

「なんでもって萩原、おまえのほうが」

「一番イケてるのは保健室のセンセイ。下の名前は千夏《ちなつ》ね。あと、女子更衣室を一番のぞきやすいのは陸上部で……」

「はーぎーわーらー」

おまえ、いい加減にしろよ、と言いかけた京一《きょういち》のつっこみは、萩原に届かない。教室の片《かた》隅《すみ》から聞こえた複数の女生徒の黄色い声のためだ。

「きゃあっ！」

一つの机を取り囲む五人の女生徒に、京一はまたかと頭を抱える。闘真はカバンを机の横にかけ、何が起こったのかと彼女らの奇声に驚《おどろ》いていた。

「いま、見えたよね？」

「うん、見えた見えた！」

「ほんとだったんだあ！」

「あれは妖精王《ようせいおう》の使者よ！」

興奮《こうふん》した口調で女生徒達《たち》はお互いの顔を見る。

「ホントかよ？」

「まさか見えたの？」

まわりの生徒達もその声につられるように、五人の輪に加わっていた。

「ようせいおうのししゃ？」

まるで要領をえない顔で、闘真は首をかしげる。

「はあ、まさかこの日本で、この名を知らない若者がいようとは驚きだね。一ヶ月もの間どこにいた？　その病院ってのは人里から遠く離れた山奥か？　それとも絶海の孤島《ことう》か？」

京一はわざとらしく天を仰《あお》ぐしぐさをすると、持っていた週刊情報誌を闘真の机に投げた。

「……フェアリーショック特集？」

派手な見出しに闘真は小さく首をかしげた。こういうしぐさを可愛《かわい》いと表現する女生徒もいるが、京一には苛立《いらだ》ちの原因でしかなかった。それでいて律儀《りちぎ》に説明しようとしている自分が不憫《ふびん》だ。

「知らないのか？　世界的に大ヒットしている映画の題名だよ。いじめられっ子の少年がとある古本屋で見つけた……ああ、めんどくせえ。読めば解るから読め。とにかく王道な話だから五行も読めば理解できる」

まるでフェアリーショックが嫌いなような言い方だが、じつは京一《きょういち》はまだ原作が映画化される前どころか日本語訳される前、原書の頃《ころ》からお気に入りだった。いまのミーハー的な社会現象が気に入らないため、どこか言い方が乱暴になる。

「ふーん。妖精王《ようせいおう》の導きの書グッズバカ売れ……使者の姿を見たという証言が続出。……なにこれ？」

「導きの書ってのは、主人公のロニィが古本屋で見つけた、妖精王に謁見《えっけん》するための占いの道具みたいなものだ。話題になってるのはそのキャラクターグッズ。なんでも映画どおりの儀式《ぎしき》を行うと、これまた映画どおりに妖精王の使者が現れるらしい。眉唾物《まゆつばもの》だけど、目撃《もくげき》例は数知れず。まあ、ただの錯覚《さっかく》だと思うけど」

「いーや、見えたぜ」

萩原《はぎわら》の真面目《まじめ》な声に、闘真《とうま》と京一は同時に彼の顔を見る。

「本当か？」

「おお、見えた、見えた。いーなー、ヒラヒラとひるがえる短いスカート。その奥にある桃源《とうげん》郷《きょう》。くう、たかが布切れ一枚で俺《おれ》の心をこんなにかき乱すとは、女とは罪作りな生き物だなあ」

「罪を作ってるのはおまえだろ。つーかその姿勢、犯罪者一歩手前だぞ」

かまうのも馬鹿馬鹿《ばかばか》しいので、京一は闘真に顔を向けなおす。

「そんなこんなで、若者を中心にフェアリーショックブームは訪れてるわけなんだよ」

「へえ。でも意外だね、京一がこういうもののファンだなんて」

「な、な、何言ってるんだよっ！　誰《だれ》がファンだって？」

唐突《とうとつ》に図星を突かれ、声がうわずってしまった。

「だって雑誌の説明じゃ、妖精王とコンタクトするためって書いてるのに、わざわざ謁見なんて言葉使ったし。ねえ？」

――こ、こいつ。

京一は密《ひそ》かに机の下で握りこぶしを震《ふる》わせた。ぼんやりしているくせに、どうでもいいことは鋭く気づいてくる。

「それで、見えるって本当なの？」

マイペースに巻き込まれないよう深呼吸しながら、京一は慎重《しんちょう》に言葉を選んだ。

「さあね。白い影だかなんだかよく解《わか》らないものがチラッと見えるらしい。あいつらが見たって騒《さわ》いだのは今日が初めてじゃないけど」

後ろの小さな人だかりを投げやりに指差す。あまり興味なさそうに、闘真は騒いでいた女生徒達《たち》の机を見る。そこには意味不明の文字が書かれた石と、魔方陣《まほうじん》らしきものが描かれた羊皮紙《ようひし》があった。

萩原は、別の白いものを垣間見《かいまみ》んと、器用に体を折り曲げているが、それはいつものことなのでどうでもいい。

「なんだ、坂上《さかがみ》も興味あんのか？」

「ぜんぜん」

あっさり迷いもなく言い切られると、密《ひそ》かに生粋《きっすい》のファンを自認する京一《きょういち》にとっては面白《おもしろ》くなかった。しかも闘真《とうま》はすでにフェアリーショックの特集を飛ばし、別の記事に目を奪われているところが憎《にく》たらしい。

だが京一は文句を言わなかった。その記事を読む目が、闘真にしては珍《めずら》しく真剣だったからだ。

「真目《まなめ》家がこういうのに載るなんて珍しいよな」

にこやかに手を振る少女の姿が、大きく誌面を占めていた。綺麗《きれい》というより可愛《かわい》いという言葉が当てはまる少女こそ、真目家の次期当主と噂《うわさ》される真目麻耶《まや》だ。

麻耶の写真の上には、『創立十周年、奨励都市《希望》フェスティバル』と煽《あお》り文句がでかでかと書かれている。

赤子でも知っている真目家といえば、何か得体の知れない不気味《ぶきみ》な印象があったが、それは日本において最近払拭《ふっしょく》されつつある。それはこの写真の少女の功績に他《ほか》ならない。

名門財閥《ざいばつ》のご令嬢《れいじょう》で、学歴もルックスもセンスも兼ね備え、齢《よわい》十六歳にしていくつもの真目系列の会社を取り仕切り、自家用ジェットで世界を飛び回るスーパーお嬢様。

それが麻耶についたキャプションだった。悪くいえば安っぽいのかもしれないが、非常に解《わか》りやすい。

さらに《希望》にはもう一つビジュアル的キャプションが加わる。スーパーお嬢様の背景には、《希望》の中心に位置する734メートルの高さを誇《ほこ》る世界最大級のビル。都市の名と同じ名をいただいたKIBOU。真目家を妬《ねた》み蔑《さげす》もうとする者は、最大限の皮肉を込めてバベルの塔と呼ぶ。神に近づこうとし高い塔を建てた人間の傲慢《ごうまん》さの象徴。しかしその蔑称《べっしょう》は逆に、ビルの雄大さを強調することになった。

「なんだよ。朴念仁《ぼくねんじん》のおまえでも、その娘《こ》は気になるのか？」

「おお、この娘《こ》いいよな。俺《おれ》なんか運命感じちゃうよ。お忍びで出かける彼女と俺が、ローマの休日。どこかの街角で偶然ぶつかってさ。いやーん、ばかーん、エッチ、白だったよ、ああ、まさにフェアリーショック、君こそ僕のフェアリーだ、なーんてスウィートな会話繰り広げちゃったりしてさ」

横から鼻息荒く口を出す萩原《はぎわら》は、とりあえず無視。

京一達《たち》の言葉はまるで聞こえていないのか、闘真は誌面から顔を上げようともしない。

「次期当主と噂される……」

「なんだ、ずいぶんとお熱だな。よせよせ、いくら想《おも》っても無駄《むだ》だよ。その子はお嬢様なんてもんじゃない。何百年も続くお家柄で、十五歳でオックスフォード出てるんだぜ。現代の天上人。お姫様だよ、お姫様。しかも次期当主？　まだそこらのアイドルのほうが……」

「次期当主……、そうだよ！」

京一《きょういち》の言葉をまるで無視して、バネ仕掛けの人形のように闘真《とうま》は突如《とつじょ》立ち上がった。

「そうか、なんで気づかなかったんだろう⁉」

闘真の大きな声に、教室が一時静かになる。それをまったく意に介さず、闘真は机にかけたばかりのカバンを手に取った。

「急用ができた。ちょっと電話してくる！」

「はあ？」

「ホームルームに間に合わなかったら、先生に出席だけは伝えといて。じゃっ！」

そそくさと教室を出て行く闘真の後姿に、京一は心底呆《あき》れた。

「出席伝えるって、本人どころかカバンもねえのにどうやって？　しかも俺《おれ》の雑誌もって行くし。まだ全部読んでないってのに」

京一は闘真の机を見て、なかばあきらめ、なかば呆れ、頬杖《ほおづえ》をつく。

その闘真の机の向こうでは、まだ十数人の生徒達《たち》がフェアリーショックの話題に興奮《こうふん》冷めやらぬ声を出している。そうこうしているうちに、担任の教師が入ってきて出席をとりはじめた。

闘真は帰ってこない。

「なんだよ、帰ってきてくれなきゃ、また俺、授業中、寝れないじゃん」

前の空席を見つめ、萩原《はぎわら》がふてくされた。

闘真は学校の片隅《かたすみ》にある電話ボックスに入ると、テレホンカードを入れ電話をかけた。

『現在この電話番号は使われておりません。番号をお確かめの上……』

受話器から聞こえてくるメッセージを無視し、無地のカードを追加し、十桁の番号を押す。

すぐに、女性の電子音声が応答してきた。

『真目《まなめ》ネットワークにようこそ。守秘回線に切り替えます。しばらくお待ちください』

電子音声の後きっちり五秒、受話器の向こうで誰《だれ》かが電話を取る気配がする。

『坂上《さかがみ》闘真様ですか？』

中性的な硬質の声。電話ごしで自信はないが麻耶《まや》の守り目、怜《れい》だ。事務的な口調だが、どこか冷たさというか闘真に対して敵愾心《てきがいしん》のようなものを感じるのは気のせいだろうか。

「はい。闘真です。あの……親父《おやじ》の件はどうなりました？」

『いまだ連絡は取れない状態です』

「そうですか。残念です」

しかし闘真の言葉に残念そうな響《ひび》きはない。もう二週間続いているやりとりは、今日の本題の前の枕詞《まくらことば》みたいなものだ。

「今日、友達が持ってた情報誌で、麻耶《まや》を見たんですけど」

そう言って闘真《とうま》は奪ったばかりの雑誌をペラペラとめくり、話を切り出した。

『ああ、あの雑誌ですね。麻耶様のベストショットを一枚だけ選ぶのに苦労しました。よく撮れているでしょう』

「あ、はい。いい写真だと……じゃなくて。記事の文章の中に麻耶が次期当主候補だと書いてあって」

『私もその一文は削らせるかどうか悩んだのですが』

「いえ、そういうことではないんです。あの、次期ってことは継承者ってことですよね？　つまり前任者っていうのは変なのかな。いまは当主である親父《おやじ》がいる」

『ええ。それが何か？』

「それで思い立ったんです。僕も鳴神尊《なるかみのみこと》の継承者と言われるなら、その前任者が、僕の前に鳴神尊を使っていた人がいるはずだってっ！」

興奮《こうふん》する闘真をどう見ているのかわからないが、電話口の向こうで怜《れい》は黙《だま》っている。闘真は興奮にまかせるまま、話し続けた。

「だから、あの、僕の前の継承者を調べれば、何か手がかりがつかめるんじゃないかと思ったんですけど」

『感心しました』

「そ、そうですか？　僕もいい点に目をつけたかなって」

照れる闘真に返す怜の声は冷ややかだ。

『鳴神尊を受け継いで何年になるのでしょう。いまさらになってそんな疑問を抱くとは』

「あ……う」

『まさか、息せき切って電話してきて話したいことというのは、それですか？』

「……そうです」

『麻耶様は自分にはない、あなたのそんな天下《てんか》泰平《たいへい》なところが……あっては困りますが、そんなところに興味を惹《ひ》かれるのかもしれませんね。コアラやパンダを見る感覚でしょうか』

電話ボックスの中で、身をちぢこませる闘真に、怜は容赦《ようしゃ》がない。

『まあ、かまいません。あなたには期待していませんから。しかし、今日はお話ししたいことがあります。いま、学校の公衆電話からですね？』

「はい」

『放課後、迎えにいきますので』

そう冷たく言い放つ怜の言葉を最後に、一方的に電話は切られた。

校門からやや外れたところにいるにもかかわらず、その人物は下校する生徒達《たち》の注目を、問答無用に集めていた。

6

もたれかかっている車が、フェラーリ社の記念モデルであることも理由の一つだが、その人物の容姿が車にふさわしい中性的な美貌《びぼう》の持ち主であることも大きい。黒で統一された服装がシャープな容貌をさらに引き締めている。

怜《れい》だ。

「うわー、すげえ。F40っ！　しかも黄色っ！」

素《す》っ頓狂《とんきょう》な声をあげたのは、闘真《とうま》の横の萩原《はぎわら》。あまりに意外な怜の登場方法に驚《おどろ》く闘真の心情など露知《つゆし》らず、目の前の高級車に奇声を発している。車にはあまり興味のなさそうな京一《きょういち》まで、目を丸くしていた。

立ちすくむ闘真を、怜の冷たい目が射貫《いぬ》く。

その目線の移動だけで、下校途中の生徒達の注目は闘真に集まってしまった。

「おい、坂上《さかがみ》、まさか、知り合いか？」

恐る恐る尋《たず》ねる京一に、

「うそ、マジかよ？　おい、俺達《おれたち》十年来の親友、お友達だよな、坂上君《さかがみ》。だから紹介しろ！」

と叫ぶ萩原《はぎわら》。

その真ん中で、おずおずと闘真《とうま》は一歩、怜《れい》に向かって踏み出した。

「あの、あまり目立つことは……」

怜は片方の眉《まゆ》を吊《つ》り上げて、闘真を見る。何気ない動作だが、動作の一つ一つに威圧感が感じられた。

「目立ちますか？」

「いろんな意味で……。ちょっと困ります」

「それなら私の目的は、成《な》し遂《と》げられました」

怜はそれだけ言うと、さっさと運転席に乗り込んでしまう。闘真は躊躇《ちゆうちよ》するが、早く乗りなさいと言う怜の言葉に、しかたなく、おずおずと乗った。その瞬間《しゆんかん》、友人に挨拶《あいさつ》する間もなく、車が走り出した。

車体もシートも低く、乗り心地が悪いわけではないが、乗りなれない違和感《いわかん》が付きまとう。

窓を開けようとして、窓の開け方が解《わか》らず、仕方なくガラス越しに学友にバイバイ、と曖昧《あいまい》な笑顔で手を振った。

「おい、坂上！　俺達幼馴染《おさななじみ》だろ！　紹介しろってば！」

と叫んでいるらしい萩原と、まだ驚《おどろ》いている京一《きよういち》が見える。が、それもすぐにやかましいエンジン音と共に、後ろに流れていった。そのまま車は一般道路の上だというのに、シートに体をめり込ませる勢いで加速する。

「す、すごい車ですね」

「不便なことのほうが多いですよ。日本の道路事情だと、ノーズや腹をこすります。踏み切りも越えられないうえに、通れる道が限られるので、どこに行くにも二倍時間がかかる。それに二速以上ギアを上げられないので、エンジンにも良くない。普段《ふだん》は使わないんですが」

「じゃ、じゃあどうして今日に限って？」

「嫌《いや》がらせに決まってるじゃないですか」

　怜は横目で闘真を見ると、平然と言ってのける。落ち着いた口調の中に垣間見《かいまみ》える嫌味は、艶麗《えんれい》な容姿とあいまって、数倍の破壊力《はかいりよく》で闘真に突き刺さった。

　自分は何か怜に嫌われることをしただろうかと、記憶《きおく》をさぐる。しかし、闘真と怜の接点はほとんどない。会ったのは二週間前、弧石島《こせきとう》の帰り、麻耶《まや》から紹介されたのが初めてだ。その後、麻耶に電話をかけると怜が出る。父のことは何か解ったかと聞く闘真に、怜は事務的に解らないと応《こた》える。それだけだ。

「あ、あの、僕に会いたい理由って」

「一度、きちんと顔を見てお話ししてみたかったのです。あなたは、鳴神尊《なるかみのみこと》の継承者ですが、同時に私の役目の前任者でもあります。私は一年半前、あなたが麻耶様の守り目を降りられたとき、麻耶《まや》様の守り目に任命されました」

「あ、でもあの、守り目なら、そばにいなくちゃいけないいんじゃないんですか？ いいんですか？ 麻耶を置いてこんなところにきていて」

怜《れい》はすばやくハンドルを切ると、テールを滑《すべ》らせ急カーブする。わずかながら、苛立《いらだ》ちのようなものが見えるのは気のせいだろうか。

「おいおいお話しします。まず、あなたが電話してきた件からです。鳴神尊《なるかみのみこと》の前の継承者のことですが、あなたは本当になにも知らないのですか？」

「あ、あの、守り目に、八陣家《はちじんけ》からではなく、当主直系の禍神《まがかみ》の血《ち》を持つものが選ばれたのは、僕が初めてだということは、聞いたことがあります」

遠慮《えんりょ》がちに、闘真《とうま》は言った。もしかしたらこのことが、八陣家の一員である怜の不興《ふきょう》を買っているのだろうかと思ったからだ。しかし、怜のように訓練された人間が、その程度のことでいちいち闘真を目の敵《かたき》にするとは思えなかった。

「解《わか》りました。始めましょう。まず、鳴神尊の前の保持者は真目《まなめ》蛟《みずち》様です。不坐《ふざ》様の弟で、あなたの叔父《おじ》にあたりますね。別に秘密でもなんでもありません。真目家の人間であれば知っていることです。十二年前に亡くなられました。詳細は不明です。その後、あなたに渡るまで、継承者の座は空白、鳴神尊は不坐様の手にありました」

車は気づくと高速道路にのっていた。窓の外から見える景色が遠くまで見渡せるようになった。灰色がかった海が、かすかにビルの合間に見え隠れしている。

「あなたが三年前、麻耶様の守り目に選ばれたとき、私は不坐様の判断に疑問を禁じえませんでした。禍神の血を御することのできない人物に、鳴神尊を渡していいものなのか。そもそも禍神の血は、守ることに適しているのかと」

黙《だま》って聞いていた闘真は、ある一言に反応する。

「あの、ちょっと待ってください。禍神の血を御することのできないって、いま言いましたよね？　禍神の血って、制御できるものなんですか？」

「あたりまえです」

怜はやはりそっけない。

「継承者は皆、二重人格の人格破綻者《はたんしゃ》とはいえ、あなたはその中でもさらに特殊です」

「特殊？」

「ええ、もちろんいい意味ではありません。欠陥だらけの役立たずという意味で、です」

ここまでストレートに言われると、もう闘真は黙って聞いているしかできなかった。

「いままでの継承者は皆、自分で自分をコントロールできました。表の人格が命令によって刀を抜く。命令を実行したら、その後、裏の人格もまた、自分の意思で刀を鞘《さや》に収める。暗殺者が己をコントロールできなければ困るでしょう。鳴神尊を持つ者は無敵といってもいい。そんな状態の継承者を、己が制御しなくて誰《だれ》が止めるというのですか」

「さらにもう一点。二重人格についてですが……そうですね、仮にいまのあなたの状態を表としましょう。表の人格は、裏の人格に切り替わっているときの記憶《きおく》をほとんど持ちません。日常を過ごすための人格は、非情な任務に耐えるには適しません。あなたのように、切り替わっているときの記憶を鮮明に持ち、そのため表の人格が壊《こわ》れては、そもそも人格を二つに別《わ》つ意味がない」

「……」

そのまま、少しの間、怜《れい》は無言になった。速度違反などハナから気にした様子もなく、さながらここがドイツのアウトバーンであるかのように、車を走らせる。時速200キロは、軽く超えているだろう。

「あ、あの」

なんですか？　というように、少し闘真《とうま》を見ただけで、怜はすぐにフロントガラスに視線を戻してしまう。その無言は、いままでの自分の無知さ、無関心さ、無自覚さし、考えのなさを責めているのだ、ということくらいは闘真にも容易に理解できた。

「いま、速度違反の……ネズミ捕りっていうんでしたっけ？　光りましたけど」

「関係ありません」

にべもない。闘真は必死に言葉を探す。

「ええっと、そもそもなんで男にしか、禍神《まがかみ》の血《ち》が現れないんですか？」

「脳の違いだといわれています。人格の分割は右脳と左脳の分割だとか。女性は男性に比べて、右脳と左脳をつなげる脳漿《のうしよう》が太いため、人格の分割化が難しいと」

「それ、本当なんですか？　どっちの脳がどっちなんだろう……？」

後半の言葉はほとんどつぶやきだったが、怜は答えを返してきた。

「私見ですが、空間認識能力に優れている右脳が戦いに向いているでしょうから、右が鳴神尊《なるかみのみこと》を使いこなす脳、左が日常の脳ではないでしょうか」

「ああ、そうか」

闘真はよく解《わか》ったような解らないような、曖昧《あいまい》な相槌《あいづち》を打つ。

「他《ほか》にも胎児期《たいじき》のホルモンシャワー、男女を分けるテストステロンが関与しているという説もあります。諸説様々、話半分程度に聞いておいてください。真実は真目《まなめ》家当主以外知る者はいません。どうしても知りたければ、被験者としてうちのラボに志願しますか？　あなたの体を喜んで解体したがる研究者は、たくさんいます。これは生憎《あいにく》話半分ではないですが」

ちっとも生憎ではなさそうな口調が、闘真の顔をひきつらせる。

「え、遠慮《えんりよ》しておきます」

「そうですか？　気が変わったらいつでも」

「変わりません。絶対変わりませんってば」

急激なカーブで滑《すべ》り落ちた金属片が闘真の足に当たる。なんだろうと拾い上げたものをまじまじと見て、闘真《とうま》にしては珍《めずら》しく、深刻そうに眉《まゆ》をひそめた。

「これ……なんですか？」

怜《れい》の声に苛立《いらだ》ちとも冷たさとも呆《あき》れとも違うものが含まれる。飽きたのか、目的地に着いたのか、車はスピードを落とし、高速の出口から一般道に戻った。

「あなたに言ってもせん無いことでしょうが、先日麻耶《まや》様の命を狙《ねら》う者が現れました」

「え？　麻耶の？」

「現在、相手の正体を突き止めるため、真目《まなめ》家の情報網を総動員しているのですが……」

表情こそ変えないものの、尻《しり》すぼみの言葉が怜の心中を物語る。

「相手は日本刀を持った、信じられないでしょうが十二、三歳くらいの幼い少女です。カメラや防犯センサー類をことごとく無効にされただけではなく、屋敷を守るボディガードも十人以上殺されました。さらに、一応これでも麻耶様の守り目である私が、赤子同然に扱われました」

「あの、いま、麻耶は？」

「自家用ジェットの上です。暗殺者は、時間がくるとあっさりと去っていきました。なんらかの警告でしょうね。殺すのであれば、あんなやり方をするまでもない。空の上が絶対安全とは言い切れませんが、やり方としていきなり対空ミサイルを麻耶様の飛行機に当てるような方法をとる確率は低いだろうと、麻耶様が判断なされました」

とりあえず、賢い麻耶がそう判断し、怜も同意したのなら、それが一番安全なのだろう、と闘真は胸をなでおろし、再び不思議な切断面を見つめた。

「それは、私が放ったものを、暗殺者が切ったものです。切断面を分析させてますが、刃物の形状と、芸術的なまでの力の入り方以外判明していません。あとは推論の領域になります」

車はいつの間にか、どこかの埠頭《ふとう》の先に停《と》められていた。東京湾の灰色の海が眼前にある。

「超音波である雷鳴動《らいめいどう》の振動を刀で相殺《そうさい》したこと。年齢、体格から考えると大きすぎる刀をなんなく振り回し、人間離れした跳躍力《ちょうやくりょく》を有していたこと。刃物自体、人間を十数人切ったにもかかわらず、刃こぼれはおろか、尋常《じんじょう》の刃物では考えられない切断面を有していること」

他《ほか》にも数え上げればきりがありませんが、と怜は続けた。

「以上のことから襲撃者《しゅうげきしゃ》の正体は、なんらかの人体改造が施《ほどこ》された、おそらくは峰島勇次郎《みねしまゆうじろう》の遺産技術が適用された暗殺者ではないかと思われます。少女の姿なのは偽装でしょう」

そう喋《しゃべ》りながらも怜の顔には浮かない表情が張り付いている。麻耶を取り巻く状況に対する懸念《けねん》もあるだろうが、推論そのものに納得《なっとく》がいっていないという部分も含まれているようだ。

「今日、あなたにお会いして言いたかったことは、他でもありません。これが言いたかったのです。不坐《ふざ》様に連絡を取りたい旨《むね》、麻耶様のご命令だからこそきいていますが、そもそもお会いして何をするおつもりです？　峰島の遺産に関《かか》わるな。この禁忌《きんき》をこれ以上無視することは許しません。あまり考えたくはありませんが、麻耶様の命を狙《ねら》ったのは、勝司《かつし》様かもしれません。勝司様が、遺産の技術を持つ連中と、最近繋《つな》がりがあることをあなたも……」

怜《れい》はそこでようやく闘真《とうま》の様子がおかしいことに気づいたようだ。

闘真はクナイの切断面を指で何度もなぞっては、首をかしげていた。

「人の話を聞いていますか？」

怜の声がますます厳しくなる。だが怜に振り返った闘真の瞳《ひとみ》には、普段《ふだん》とは違う光があった。

「これって……」

「何か、思い当たることでも？」

怜はたいして期待した様子もなく聞き返す。

「あのなんとなくなんですけど、なんとなくそう感じるだけなんですけど」

闘真はその後の言葉をためらう。自分でもどうしてそう思うのか、解《わか》らないからだ。確信も何もない。ただ感覚のみの警鐘《けいしよう》。しかし言うは一時の恥だと、やや間違ったことわざを後押しに、己の推論を口にした。

「鳴神尊《なるかみのみこと》で切った感じに似ているかなって」

怜は黙《だま》ったままだ。その表情に変化はない。

「どうしてかって聞かれると困るんですけど」

闘真はまた否定されるだろうと思った。根拠《こんきよ》も何もない言葉は、冷たく一蹴《いつしゆう》されるだろう。

「……なるほど」

しかし予想はくつがえる。

「それは、盲点でした。検証してみる価値はありますね」

「信じてもらえるんですか？」

それこそ信じられないと、闘真の顔は言う。

「科学的検証というのは万能に見えて、偏《かたよ》りがあります。ルーチン化された検証方法の外に真実があったら？　その可能性は捨てきれない。さすが腐っても鳴神尊の継承者ですか」

「腐ってもって、そんな……うわっ！」

闘真は何も言えなくなった。エンジンがかかると同時に、車はスピンターンし、猛速度で走り出したからだ。それと同時に、車内の空気が一変した。ステアリングを握る怜が放った気によってだ。

「私は戻ります。最寄《もより》の駅までお送りしますから、そこから自分で帰ってください。鳴神尊は携帯していますね？　くれぐれも肌身離さず、持ち歩いて。そして、自宅にいてください。二日以内に必ず連絡します」

「あ、あの」

「なんてことだ」

「何がですか？」

「なぜ解らないのですか！」

怜が初めて、声を荒らげた。それだけで闘真は驚《おどろ》いて二の句をつげなくなった。

「もし、もし、あなたの推論が正しければ、麻耶《まや》様を狙《ねら》った暗殺者は鳴神尊《なるかみのみこと》を持っていたことになります。遺産であったほうがどれだけましか！　これが、何を意味するか、解《わか》らないとは言わせません。あなたの……あなたのせいです。無自覚に遺産に関《かか》わるなと、麻耶様があれほど申し上げたのに……」

最後は独り言に近い。闘真《とうま》はようやくそこで、怜《れい》のいわんとしていることに思い至り、顔面蒼白《そうはく》になった。闘真の手から、汗と一緒《いっしょ》に、無慈悲《むじひ》に切断された金属片が、滑《すべ》り落ちる。

「もしそれを切った刃物が鳴神尊と同一なら――麻耶様は、最悪な、世界で一番最悪な相手に、命を狙われたのです。真目不坐《まなめふざ》。あなた達《たち》のお父様にですよ」

7

午後二時を過ぎたというのに、部屋の中は真っ暗だった。

カーテンを閉め切ったまま、闘真は部屋の中で寝返りをうつ。枕元《まくらもと》には、鳴神尊と電話が置いてある。

部屋の中はがらんとしていた。安普請《やすぶしん》といって差し支えない、六畳と二畳のキッチン兼玄関がついた、二階建ての築十五年のアパート。決して贅沢《ぜいたく》な広さではない。

制服と最低限の服がつるされた洋服掛け、その下に下着や靴下《くつした》が入ったプラスチックボックス。わずかな食器となべとやかんが一つずつ。友人、主に長谷川京一《はせがわきょういち》から借りたマンガや本が少し。いま寝ている布団《ふとん》一組、折りたためるテーブルと座布団が二つ。それだけが、闘真の持つものだった。ゲームやパソコンはおろか、冷蔵庫やテレビやステレオもない。古いラジカセが一つあるだけだ。あとは押入れの中に、わずかばかりの雑貨類や必要な品が入っている。

古いラジカセは横田《よこた》がくれたものだ。闘真のあまりの物のなさに呆《あき》れた横田が持ってきた。

――いざってとき、ラジオと懐中《かいちゅう》電灯くらいないと困るぞ。

そう言って懐中電灯と一緒《いっしょ》にくれた。懐中電灯はいりません、僕は夜目が常人以上にきくんです……と言うわけにもいかず、闘真はそのときも曖昧《あいまい》に笑って、受け取った。

結局、この半年は、すべてを誤魔化《ごまか》して暮らしていただけなのか――。何度も繰り返した自問自答は、答えを出さないまま何度も闘真を悩ませる。

一昨日夕方帰宅してからすぐ、闘真は学校に戻り、退学届けを出してきた。

本当は、退学届けを出すために登校した。しかし、長谷川や他《ほか》の友人の顔を見、決心が少しだけゆらいだ。そうこうしているうちに、昼休みは萩原《はぎわら》のペースにつき合わされ、放課後は怜との待ち合わせになり、出すタイミングがなかった。

六時過ぎだったが担任は学校に残っていた。いきなり退学届けを出す闘真に担任は、親御さんとよく話し合ったのか、海外にいるとはいえ、帰国してもらって話し合えないのかと、しごくまっとうなことを言ってひきとめた。一応預かっておくから、休みの間にもう一度よく考えろと、担任は引き出しに白い封筒をしまった。

いい学校だし、いい先生だし、なにより友人達《たち》がいる。やめたいわけではない。バイトをしながら学校に通う。あまり得意でないテストも、適当に力を抜かねばならない少し面倒な体育も含めて、普通の生活は、闘真《とうま》にとって捨てがたいものだ。

だが、このまま何事もなかったように学校に行きながらバイトをする。そんな生活に戻る気はもはや、闘真に残っていない。

「やっぱり、俺《おれ》、もともと壊《こわ》れてんだろうな」

闘真にしては乱暴な言い方の独り言が、薄暗《うすぐら》い部屋に響《ひび》いた。

真目《まなめ》家の施《ほどこ》した禍神《まががみ》の血《ち》を抑えるための人為的な二重人格操作。そして峰島勇次郎《みねしまゆうじろう》の遺産を研究管理するNCT研究所で施された、情報守秘のためのブレインプロテクトという意識操作。

二つの人為的な脳制御は、闘真の人格に大きな影響《えいきょう》を及ぼしているらしい。

相反する二つの人格の境界が薄れつつあると言ったのは、地下1200メートルに幽閉《ゆうへい》されている一人の少女、世界を変革させる知識を有した峰島勇次郎の娘、峰島由宇《ゆう》だ。

由宇を、彼女を自由にしてあげたい。闘真の望みは単純で、だからこそ難しかった。

いまの彼女は、無理《むり》強いされた囚人《しゅうじん》ではない。みずから望み選んで地下で暮らしている。

助け出す、という表現も違う気がする。

だがどうしても、闘真は忘れられない。光を求め、血を吐きながら廊下を叩《たた》いた由宇の小さな手、拘束具《こうそくぐ》で縛《しば》られてもなお、せいいっぱい雨を受け止めようとする体、水面に沈む夕日を前に、頰《ほお》をつたい足元ではじけた幾粒《いくつぶ》もの涙。

——大丈夫《だいじょうぶ》だ。私は、大丈夫だ。

ヘリの中で、空を見ることすら許されず、拘束具をはめられ目隠しをされる由宇。その言葉は闘真に向けているにもかかわらず、自分に言い聞かせているようにしか聞こえず——あの由宇の声を思い出すたび、闘真の胸は痛みと苦しみに、はりさけそうになる。

どうやったら由宇が自由になれるのか、そもそも由宇の真の自由とはなんなのか。由宇に関《かか》わってから遺産をめぐる複雑さと血なまぐささは嫌《いや》というほど理解できたが、解決方法となると闘真の頭では皆目《かいもく》見当がつかなかったし、なによりも、自分が禍神の血に振り回されているようでは、最初から話にならない。

由宇が闘真を跳《は》ねのけるのは、結局のところ、このもう一人の自分がいるためだ。

麻耶《まや》が闘真をかばおうとして、父と対立するのも、根本の問題は同じだろう。

禍神の血が暴走した一年半前の凶事《きょうじ》。禍神の血の望むまま、屋敷にいた生きとし生けるもの、妹の麻耶以外、すべてに手をかけたあの夜。

最後の一人、麻耶を前にした闘真を止めたのは、現真目家当主である父、不坐《ふざ》であった。

——いかんな。まだその娘を殺させるわけにはいかんのだよ。

最後に憶《おぼ》えているのは笑う不坐の顔。なんらかの方法で、禍神の血を制御する方法を当主である父が知っているのは明白である。

怜《れい》は闘真《とうま》を指して欠陥品だと言った。しかしそれがありがたい。表も裏も、どちらの記憶《きおく》も持っている自分を、疎《うと》ましく思うのはもう終わりだ。なぜならこの欠陥のおかげで、闘真には一つの確信が芽生えたからだ。

どんな操作をされても、どんな作為を与えられても、自分の記憶から彼女の影を消すことは誰《だれ》にもできない。いや、させない、と。


思考がそこでまとまって、力強く布団《ふとん》から跳《は》ね起きた瞬間《しゅんかん》、情けないことに闘真の腹が鳴った。

考えれば、丸二日近くろくに食べていない。家から出なかったら食料も底をついてきた。冷蔵庫はもともとない。

——コンビニ行こうか。

歩いてほんの二分の距離だ。電話を見てしばしためらったが、背に腹はかえられなかった。急げば五分ですむ。

やっぱり、携帯くらい持っておけばよかったな、と後悔しながら闘真は着替え、家を出て、コンビニへ走った。コンビニの自動ドアを通ると、見知った顔がレジにいた。

「坂上《さかがみ》！」

「坂上く──ん！」

長谷川《はせがわ》と萩原《はぎわら》である。二人はスナック菓子やペットボトルが入った袋をさげていた。

「ちょうど良かった。これからおまえんち行くとこだったんだよ」

「え、え？　なんで？」

「なんでって、坂上君、ゴールデンウィークとはいえ、今日は平日。学校だよ？　なのに休んだじゃないか。だから心配して」

「萩原、おまえはあの車の持ち主を紹介してもらいに来ただけだろうが」

「あ、ありがとう。でも、ごめん、ちょっと用事あって」

「なんの？」

「いや、あの、その、コンビニにはご飯買いにきただけで、人の連絡待ってるんだ。いつ電話かかってくるかわからないし、だからすぐ戻らないと」

「なんだよ、またバイトの面接かなんかか？　だから携帯買えって」

「えー、坂上君、携帯持ってないの？　信じられない。ちょうどいいよ、ここで買えば？」

と萩原が指差したのは、プリペイド携帯の広告だった。

「そうだ、そうしろよ。これならすぐ買えるし」

京一《きょういち》も同意する。

ちょうど携帯がないのを不便に感じていたところだったし、思いのほか安かったので、闘真《とうま》は店員に声をかけた。店員は在庫を調べ、この色しかないがかまわないかと、赤い携帯を差し出した。もとより色などどうでもよかったので、闘真はそれでいいですとうなずいた。

「身分証明書を見せてくださいますか。学生さんなら学生証でかまいません」

闘真が会計を済ましている横で、萩原《はぎわら》が勝手に携帯を箱から取り出している。

「へえ、簡単なんだな。俺《おれ》、ファミリー割引だから機種変えすんのも親のハンコとか、いちいちいるんだよ。使いすぎればうるせえし、ちょーめんどくせえの」

俺もこれにしようかなあ。でもカメラついてないし、とぼやく萩原のぐちを聞きながら、学生証一枚で簡単に買えたことに闘真は安堵《あんど》していた。いままで何かと世話をしてくれた横田《よこた》はもういないし、運転免許証も持っていない。いま買っておいてよかったかもしれない。

「俺の携帯の番号、早速《さっそく》アドレス帳に入れといてやるから」

とのたまう萩原の横で、長谷川《はせがわ》がそっと小さい声で聞いてきた。

「いやさ、担任から電話あったんだ。おまえが退学届け出したって」

だから、闘真の家を訪ねてきたのか。京一《きょういち》の心配が伝わってくる。

「ああ、うん。ごめん、何も話さなくて……」

「いやなら無理に話せとは言わないけど。おまえんち、なんとなくいろいろありそうだし。でも相談くらいは」

そんな深刻な京一と闘真の会話をよそに、萩原の能天気な声が響《ひび》く。

「あ、忘れてた。これも買わなくっちゃ！」

萩原が新聞をラックから一紙ずつ取っていった。そのすべての一面を飾る信じがたい記事に、闘真は京一との会話を中断する。

「なに、これ？」

「知らないの？」

萩原が驚《おどろ》く。京一は普段《ふだん》のテレビも何もない浮世離れした闘真の生活を知っているので、特に驚きはしないが、やはり呆《あき》れていた。

「知らない。なに、これ？　スポーツ新聞ならともかく、普通の新聞まで」

「しんじらんない。いまこれ知らないの、きっと日本で坂上《さかがみ》君だけだぜ」

萩原が広げた新聞の一面には『謎《なぞ》のドラゴン、日本上空に出現！』という文字が特大の大きさで躍《おど》っていた。

8

「先日原因不明の墜落《ついらく》事故を起こした旅客機B－177ですが、発見されたブラックボックスの音声から驚くべき事実が発見されました」

画面には、女性ニュースキャスターが映っていた。いまもっとも視聴率を稼《かせ》いでいるニュース番組の看板キャスターである。彼女の冷静な声のあと、その音声が流れた。

『メイデー、メイデー、こちら604便。くそっ、通信機が通じない。嘘《うそ》だ。あんなものが……あんなものが。メイデー、メイデー。誰《だれ》でもいい応答してくれ。現在本機は正体不明の飛行物体の襲撃《しゅうげき》を受けている。あれは……いや、あんな生き物が現実にいるはずがない!』

突然の雑音。

『ぐあっ、くそっ。二番エンジンをやられた。ありえない、あんな架空の生き物がいるなんて。こんな、ドラゴ……』

音声はそこで大きな音に呑《の》み込まれて消えた。それは耳を覆《おお》いたくなるような咆哮《ほうこう》、巨大な生き物を連想させる鳴き声だった。

「音声によるとパイロットは、正体不明の飛行物体、生き物と証言しています。そしてそれを裏付けるように、最後は生き物を連想させる鳴き声らしきものが収録されています。この件について、T大生物学部教授、羽場木博さんにおいでいただきました。実際いかがなのでしょう? 旅客機を落とすほどの生き物は実在するのでしょうか?」

「バカらしいよ、君。確かに鳥がエンジンに入って墜落《ついらく》することはあるけどねえ、旅客機が飛んでいる高度を知ってるのかね? あんな上空を鳥が飛んでいるはずがない。僕としては、こんなことを検討するより、パイロットの精神鑑定をお薦《すす》めするね」

「そうですか。しかし最後に録音された音は鳴き声のように聞こえるのですが。それにパイロットの最後の言葉、ドラゴはもしかしたらドラゴンと言おうとしたのではないでしょうか？」

「君も精神鑑定を受けなければならないのか？　ドラゴンなんてのは架空の生物。実在の生き物じゃないよ。そんなのはいまどき、小学生だって知っている」

教授は短気に机を叩《たた》き、以後気まずい雰囲気《ふんいき》が漂う番組進行となった。

しかし彼の言葉は二日後、東京郊外上空を飛んでいたセスナの乗組員が撮った映像によって覆《くつがえ》される。

セスナ機の操縦席横から撮られた映像だ。カメラを持つ手が震《ふる》えているのか、映像のブレが激しい。それもそのはずである。セスナ機のすぐ横には空を覆いつくさんばかりの巨大な黒い物体が飛来していた。それは604便が録音した音声と同じ鳴き声を上げると、オレンジ色に燃え上がる何か、たぶん炎の塊《かたまり》と思われるものをセスナ機に向かって吐いた。

恐怖の叫びと画面いっぱいに広がる炎を最後に、カメラの映像は途切れている。

そのカメラは山奥に墜落し黒焦《くろこ》げになったセスナ機から、奇跡的に見つかったものだった。

麻耶《まや》はビデオのスイッチを切ると、こめかみを押さえ長いため息をついた。

世界中から問い合わせられる、604便を落としたと思われるドラゴンの存在について。

世界の情報の大半を支配する真目家《まなめ》にとってそれは苦渋《くじゅう》の返答なのだが——解《わか》らない、と答えるしかなかった。

この情報が日本で流れたのがゴールデンウィークの最中というのは、ある意味幸いだったかもしれない。

「それにしても、迫真の映像ですね」

「怜《れい》、あなたまで馬鹿《ばか》なことをお言いになるの？　ドラゴンなんているはずもないです」

「ええ。でも峰島勇次郎《みねしまゆうじろう》なら、何かの気まぐれでそういう生き物を造ってもおかしくないのではないですか？」

その言葉に麻耶《まや》はほんの少し間をおいて考えたが、すぐに笑って首を横に振った。

「仮に峰島勇次郎がそのような物を造ったと仮定しても、あの体軀《たいく》と翼《つばさ》のバランスで、実際の飛行は不可能と、判断したのはうちの研究チームでしょう。あれはまやかしの映像にすぎません。だいたいどうやったらドラゴンを造れるのですか？　琥珀《こはく》の中から、恐竜のDNAを取り出したとでも？　それともトカゲと鳥と象でも遺伝子融合《ゆうごう》させて、翼《つばさ》の陰にジェットエンジンでもとりつけますか？」

「それはなかなかいいアイディアかもしれません。あながちないとも言い切れませんね。それよりもどうしますか？　あの映像と音声に関する情報提供を求める声は日増しに多くなってますよ」

「それが問題ね」

「ええ」

「でももっと問題なのは、あれほどショッキングな情報が、真目家の目を逃れて、テレビに流れたこと」

「作為の臭《にお》いがしますね」

「つまり人の手が加わっている、ということね。でも目的は何かしら？　あんな映像を流して、メリットはある？」

「メリットは解りませんが、誰《だれ》が関《かか》わったかということなら、ある程度お答えできると思いますよ」

「真目家をいつわれるのは真目家のみ。勝司《かつし》が関わっているのね。この前の襲撃《しゅうげき》事件といい、次々と頭の痛いことばかり」

「襲撃者に関しては、一つ興味深い仮説があります」

「どのような仮説ですか？」

「それは仮説を立てた本人の口から、直接うかがってください」

怜が扉を開けると、一人の男が入室する。はにかんだ顔で頭を掻《か》く、どこか落ち着きのない姿を見て、麻耶は唖然《あぜん》とした。

「……に、兄さん」

ようやく搾《しぼ》り出した声に、闘真《とうま》はいつもどおり、どこか間の抜けた笑顔で応《こた》えた。

「兄さん、どうし……」

怜《れい》の咳払《せきばら》いが一つ。麻耶《まや》はそこでようやく己のミスを悟り、言い直す。

「闘真、どうしてここに？」

麻耶の中でまだ、仮説を立てた人間と闘真の二つが結びつかないようだ。考えようによっては、そうとう失礼なことなのだが。

「あの、まさか……会いに来てくれたのですか？　あ、怜。仮説を立てた方との面会は後にまわしてください」

怜に向かって、そんなトンチキなことを口にする。

「面会の予定があったんだ。ごめん、忙しかったみたいだね」

同じくトンチキなことを言い、頭を掻《か》き引き返そうとする闘真を、怜が慌《あわ》てて引き止めた。

「仮説を立てたのは、この方です」

そしていままでの経緯を明瞭《めいりよう》かつ簡潔に麻耶に説明する。

途中からは闘真も知らない、ここ二日間での調査結果も含まれていた。それらを一通り語り終わり、最後の言葉を怜はこう締めくくった。

「先日の暗殺者の正体を、鳴神尊《なるかみのみこと》と同列の刀の使い手の可能性があると判断します」

「鳴神尊……」

その仮説は麻耶にどれほどの衝撃《しょうげき》を与えただろう。顔は蒼白《そうはく》になり、ティーカップを置く手は震《ふる》え、ソーサーを鳴らした。

しかしそれも一瞬《いっしゅん》のことだった。

「ごめん。謝ってすむことじゃないけど、もしかしたら麻耶は、親父《おやじ》に……。僕のせいで。峰《みね》島《しま》の遺産に関《かか》わってはならないという家訓をやぶったから」

うなだれる闘真に、麻耶はまたしても兄さん、と言いかけ、すぐに闘真のせいではありません、と言い直した。そして、怜に、

「闘真にお茶を。信陽毛尖《シンヤンマオツエン》がいいわ、あれをお願い」

と指示をする。この部屋の棚にその銘柄《めいがら》はない。察した怜は一礼して部屋を出ていき、つかの間、兄妹二人だけの空間が生まれた。

クスっと麻耶は笑った。

「兄さん、憶《おぼ》えていますか？　一月前、ここで私が言った言葉。冗談《じょうだん》でなく、どうやら本当に兄弟が増えたのかもしれません」

「そんなの、まだ決まったわけじゃない。だって、その子供に麻耶を、自分の娘に自分の娘を暗殺させようとするなんて、いくら親父だって……」

「そうでしょうか？　あの父親ならやりかねない、そう兄さんの顔にも書いてあります。権力の座を欲し、一族が骨肉の争いを繰り広げる。自分に刃向かう邪魔者《じゃまもの》はたとえ兄弟でも子でも

排除する。歴史的に見ても珍《めずら》しいことではありませんわ。いまの現代日本の価値観は、連綿と続く真目《まなめ》家には、あてはまりはしないのです」

平然と言ってのける。闘真《とうま》は昔、あの屋敷で暮らしていた頃《ころ》、麻耶《まや》が闘真にだけ、そっと漏《も》らした言葉を思い出した。

自分は、自分らしく生きるために、この道を選んだと。父や兄の道具にされる人生を捨てた時点で、考え方の違いは生じ、利害は対立する。争いは生まれて当然だが、負けるつもりはないと。まだほんの十五にも満たない歳《とし》の少女がそう言い切った。

闘真と麻耶は、一緒《いっしょ》にいた頃、何も知らない街の人間に、兄妹だろうと言われた。そういわれたとき、麻耶はとても嬉《うれ》しそうだった。確かに、半分しか血が繋《つな》がっていないのに、闘真と麻耶の顔はよく似ていた。血の繋がりが濃い勝司《かつし》や北斗《ほくと》より。

「お父様は絶対に私を殺すつもりではなかったと思います。それならいま、私は棺桶《かんおけ》の中ですわ。警告ついでに暗殺を試みた、というのが一番近いかもしれません」

「警告ついでに暗殺未遂《みすい》って、そんな……」

「兄さん。手を抜きすぎたら、警告になりませんわ」

しかし、内面に秘めた熾烈《しれつ》な決意と、一ヶ月前闘真が、父、不坐《ふざ》に似ていると思った笑顔は、生まれたときから真目家という家に生まれ育った彼女ならではのものだ。

「心配なさらないでください。叱《しか》られてお尻《しり》を叩《たた》かれたからといって、泣くような歳《とし》ではありませんむしろ、世間で言うところの反抗期まっただなか。もう家訓がどうのと言っているのもバカバカしくなってきましたわね」

そこに、怜《れい》が戻ってきた。かぐわしい香りは、ひととき場を和《なご》ませ、闘真は話を目の前のものに切り替えた。

「これは、どこのお茶？」

「中国ですわ」

「でも、茶色くない」

「緑茶ですもの。闘真にはこのあいだ、とても珍しいものを飲ませていただきました。そのお礼です。召し上がれ」

たぶんとても高価なものなのだろう。中国茶といったらせいぜいペットボトルの液体か、近所の中華料理屋で出されるジャスミン茶くらいしか知らない闘真には、緑茶ですものという麻耶の答えに、ますますわけが解《わか》らなくなる。インスタントコーヒーのお礼というのが、嫌味《いやみ》でなく本気だろうということだけは、解るのだが。

「闘真。峰島《みねしま》の遺産に関《かか》わったから狙《ねら》われたというのは、短絡的な考え方。ねえ、怜」

主人に同意を求められた怜は、はい、とうなずき説明を付け足す。

「峰島の技術と真目家の情報力。この二つが融合《ゆうごう》すれば大きな脅威《きょうい》ですから、他《ほか》の組織が危険視するのはもっともです。私も最初はそう思いました。しかし、不坐様が関わっているとなると、話は変わります」

「親父《おやじ》に連絡は」

「すみません、まだ所在はつかめません」

「そうですか」

「麻耶《まや》様のご命令で、蛟《みずち》様について、簡単にまとめたものです。これはお渡しすることはできませんので、この場で目を通していってください」

と、数枚の書類を束ねたものを、闘真《とうま》に渡す。しかし、怜《れい》の言葉はやはりどこか冷たい。

場の雰囲気《ふんいき》にいたたまれず、闘真は遠慮《えんりよ》がちに書類を読みながら、おっかなびっくり中国の緑茶という、未知の飲み物に口をつけた。

「あ、このお茶、すごく美味《おい》しいね。不思議な花みたいな香りがする」

「何か他《ほか》のものでつけた香りではないんです。お茶の葉だけの天然の香り。不思議ですわね」

麻耶の柔らかな微笑《ほほえ》みに後押しされ、闘真はずっと考えていたことを切り出した。

「あのさ、直接、前の継承者について知りたいんだ。僕は会ったこともないけれど、この叔父《おじ》にあたる蛟さんって人の、その人に直接接することができるようなことなら、なんでもいいから」

「蛟叔父様は生涯独身でしたから、家族もいらっしゃらないし……」

麻耶は少しでも闘真の要求に応《こた》えようと、一生懸命《いっしょうけんめい》考え、一つの答えを出した。

「住んでいた屋敷に行ってみるのはどうでしょう。あそこだけはそのまま残っていて、管理は私の管轄《かんかつ》です。東京からすぐですわ。闘真が行ってみたいのなら車を用意しましょう、怜」

車と聞いて、このあいだのド派手な車が闘真の脳裏《のうり》をよぎり、慌《あわ》てて闘真は辞退表明した。

普通の車で送迎をすると食い下がる麻耶に困惑《こんわく》する闘真を、助けたのは意外にも怜だ。

「まだ終電には間に合います。深夜に車が停《と》まれば目立ちますから、普通に、電車で行かれればいい」

怜が珍《めずら》しく、主人に反対し闘真に同意する意見を述べたことで、その事項は決定事項に変わった。

最寄《もより》駅までは車で送るという麻耶に、まだ終電には余裕あるからと、闘真は徒歩で帰っていった。

闘真が見えないかと、麻耶は眼下のビルの玄関口に視線を向ける。しかし、いくら目をこらしたところで、シティヘブンと呼ばれるビルの最上階から、その姿を見つけることなどできるはずがなかった。

しばらく、豆粒のように見える車のライトの流れや、地平の彼方《かなた》まで人工的な灯《あか》りで覆《おお》い尽くされた外の景色を見やったあと、麻耶はどこか寂《さび》しそうに、そっとつぶやいた。

「たぶん、あれは本当に鳴神尊《なるかみのみこと》と同じものなのでしょうね」

「なぜ、そうお思いになるのです？」

「そうですね……当主である父のまわりに鳴神尊を持つ者がいないなんて不自然ですし……」

麻耶《まや》はソファの背によりかかり、天井《てんじょう》を仰《あお》いだ。いつも凜《りん》と背筋を伸ばして座っている彼女にしては、珍《めずら》しいといえる動作だ。表面上は気丈に見えても、やはり精神的にまいっているのかもしれない。

「いえ、それは表向きの理性的な理由ですね。あの娘《こ》を見たとき、私はなんとなく、不思議な親近感をおぼえました。道ですれ違ったときも、襲撃《しゅうげき》されたときでさえも」

怜《れい》は黙《だま》って、新しい紅茶を入れなおす。しばらくして、麻耶はカップに手を伸ばした。

「怜。私は一回だけ、お父様におねだりをしたことがあります。まだ私がほんの三歳くらいのときでしょうか。なんだかわかりますか？」

怜は首をかしげる。

「妹です。ポーセリンと純銀製の豪華なおままごとセットも、お人形も……私はなんでも持っていました。けれど、一緒《いっしょ》に遊んでくれる人がいませんでした。だから私はお父様にねだったのです。妹が欲しいと。お母様も亡くなっていたのに、本当にまだ、何も知らない子供でしたから」

麻耶はカップを手に持ったまま、どこか遠くを見るような眼差《まなざ》しで言った。

「あの少女は、本当に女の子でしょうか？」

怜は黙って考えた。禍神《まがかみ》の血《ち》は男にしか現れないはずだが、現代は遺伝子操作もできる時代である。

「あの少女が見た目どおりの年齢だとすれば、ちょうど私と三歳か四歳差くらい。お父様は、私の願いを聞いてくださったのかしらね」

年齢にそぐわない皮肉な微笑《ほほえ》みが、麻耶の愛くるしい顔を悲しげに歪《ゆが》めた。

「……考えてもせんないことね。お父様の考えは解《わか》らない。いまは、私なりの対抗策を練るだけ。それよりも」

紅茶を一口。そのあとに怜を見る。そのときにはもう、いつも通り凛と座る麻耶がいた。

「怜」

静かな声音の裏にめったに見られない厳しさを含み、静かに立っている怜を一瞥《いちべつ》する。

「どういうことですか？」

「と申されますと？」

「なぜ闘真《とうま》を一人で行かせようとするのです？」

「現在、闘真様には複数の監視者がついています」

「複数？　ＡＤＥＭ以外にですか？」

「はい。ご報告が遅れてしまい申し訳ありません」

納得《なっとく》のいかない顔をしていた麻耶《まや》だが、その気持ちは脇《わき》に追いやる。

「それで、その組織とは？」

「ミネルヴァです」

その答えは少なからず麻耶を驚《おどろ》かせた。

ミネルヴァは先日弧石島《こせきとう》で起こったレプトネーターの事件で、遺産技術の強奪《ごうだつ》をもくろんだ組織である。組織の規模は大きく、背後には遺産技術を狙《ねら》うアメリカ政府の存在もある。そしてついに日本へ活動圏を広げたわけだが、その足がかりとして弧石島の事件があり、その裏には麻耶の兄勝司《かつし》の影があった。さらに謎《なぞ》の死を遂げたクルスに不坐《ふざ》の介入を感じ、状況は混迷している。

弧石島の事件に闘真《とうま》も関《かか》わったが、状況からミネルヴァが闘真のことを知る可能性はなかった。勝司にもその事実は漏《も》れていないはずだ。

闘真とミネルヴァの接点が見えない。それが麻耶を苛立《いらだ》たせる。

「現在全力で情報を収集していますが、いまだミネルヴァの目的を測りかねているしだいです」

麻耶の苛立ちを怜《れい》が補強する。

「つまり闘真を泳がせ、ミネルヴァの意図を探ろうというのですか？」

「お怒りはもっともです。しかしもう一つ理由があります。闘真様は我々が手を尽くしても気づかなかったことに気づきました。それも苦もなく。鳴神尊《なるかみのみこと》の継承者である資質によるところが大きいでしょう」

「それで？」

「同じように我々では気づかない蛟《みずち》様の何かをつかむ可能性があります。そのためには同行者は不要どころか、邪魔《じゃま》なのではないかと判断しました」

麻耶はティーカップを揺らし、怜の言葉を吟味《ぎんみ》する。確かに闘真のようなタイプの人間にとって、なれないよけいな同行者の存在は、判断を鈍らせそうだ。しかしミネルヴァの存在が無視できないのも事実。

「内密に闘真に護衛、いいえ、監視のものをつけなさい。監視対象はあくまでミネルヴァです」

それが麻耶にできる最大限の譲歩《じょうほ》だった。

「はい」

「それと怜」

「この一件、私への隠し事が多すぎます」

怜は黙《だま》って頭を下げた。

9

十二年前、真目《まなめ》家が買い取り、再開発に乗り出した街、奨励都市《希望》は、いまや押しも押されぬ一大都市に発展している。

立ち並ぶいくつものオフィスビル、最高級の設備と眺望を謳《うた》ったマンション、世界中からの要人を迎える五つ星ホテル、国際的イベントが常に行われているコンベンションホール、華やかなショッピング街と、カップルや家族連れを絶えず乗せてまわるきらびやかなライトがついた大きな観覧車。どれもが綺麗《きれい》にライトアップされ、夜遅くまで人が絶えることはない。

その中でも、ひときわ目を引く存在は、中心に位置する734メートルの高さを誇《ほこ》る世界最大級のビルKIBOU。

奨励都市《希望》の中心に位置するそのビルは、夜にあっても煌々《こうこう》と明かりを灯《とも》し、その高さは見るものを圧倒する。

頂上は霧《きり》に覆《おお》われ、霧は薄曇《うすぐもり》の雲に続き、その間に見える航空用の赤いライトも途中階まで霞《かすみ》に隠れてしまっている。

その姿は王者の風格であるが、建てた人間の傲慢《ごうまん》さが噴出したかのようでもあった。

一つの小さな人影が、ビルから逃げるように遠ざかる。あとから続いて出てきたのは警備員だろうが、その装備は警備というには物騒《ぶっそう》すぎた。

小さな影は巧みに身を隠すと、追っ手を振り払い、人通りのない夜の街を疾走《しっそう》する。

やがてまだ新しいビルの一室に飛び込んだ。

明かりの元にさらされたのは矮小《わいしょう》な男。手も足も細く、餓鬼《がき》を思わせる容姿である。

「ほう、おまえでもKIBOUの深部への潜入《せんにゅう》は難しいか」

そこで待っていたのは、ステッキを持った狡猾《こうかつ》そうな表情をした、遺産強奪《ごうだつ》組織ミネルヴァのメンバーの一人、マジシャンと呼ばれる老人である。

「警戒の厳重さは、真目《まなめ》家の施設でも指折り。いや、本家より厳重とくる。たかだかビル一つに、これだけの厳戒態勢。これは」

真目家の長男、真目勝司《かつし》は鼻を鳴らす。

「間違いないですな。あれこそが【天国の門】に通じる唯一《ゆいいつ》の道」

「バベルの塔の下に【天国の門】か。まったく親父《おやじ》らしいを胸糞《むなくそ》悪い趣味《しゅみ》だ。しかし……」

四人の異形《いぎょう》に向かい、勝司はいかにも期待はずれといった風情《ふぜい》だ。

「もう少し奥深くまでもぐりこめると思ったが、俺《おれ》の見込み違いか？」

「不満ですかな？」

一歩前に進み出た異形の一人である老人、Mことマジシャンは慇懃無礼《いんぎんぶれい》を絵に描いたような態度で、勝司に話しかける。

その態度をとがめるような真似《まね》はしない。もともと遺産強奪組織ミネルヴァと勝司の間で結ばれた協定は、お互いの利害の一致のみによる。ミネルヴァは遺産が豊富にある日本国内での足がかりとして、勝司は父不坐《ふざ》や妹麻耶《まや》に対抗する手段として、お互いの力を必要とした。ただそれだけの関係だ。表面上だけでも友好を保とうとする相手に比べれば、マジシャンのような態度のほうがまだすがすがしい。いや、真目家《まなめ》に取り入ろうとする輩《やから》ばかりが目に付く今日、むしろ好ましい。

「不満なんてないさ」

勝司《かつし》は改めて目の前の四人を見る。比較的まともな外観を持つマジシャンを除けば、彼等《かれら》の風貌《ふうぼう》は、常識とは相容《あいい》れないものばかりであった。明らかに人としての容器をはみ出した能力、外観、おぞましさを内包している。

「それよりも一つ確認したいことがある」

異形《いぎょう》は無視し、マジシャンに向き直った。勝司にとって、三人の姿など戦闘《せんとう》能力を特化しただけの人の変種程度の解釈である。

「いやはや、やはり真目家の人間は普通ではない」

マジシャンの応《こた》えは感嘆の意味をこめたものだった。

「どういう意味だ？」

「いや、なに。我等を前にして平時のごとく振舞う胆力《たんりょく》に感心しましてな。ここに集まったものはミネルヴァの中でも選《え》りすぐりの能力と異形を兼ね備えたもの。普通、心が呑《の》まれてしまう」

「もし人前に出るときがあれば、もう少し身だしなみに気をつかえ、そのくらいだ。無駄話《むだばなし》はいい。例の計画。フェアリーショック現象は日本に充分定着した。ドラゴンの映像は行き渡った。残りは塔への進入方法、【天国の門】へどう近づくかだ。残りは二日しかないぞ。できるか？」

「もちろん。苗床《なえどこ》は充分行き渡った。あとは」

「大丈夫《だいじょうぶ》だ。披露《ひろう》するにかっこうの舞台を用意してある」

勝司の表情には計画執行を目的とする以外の感情が含まれている。悪意と呼ばれるものだ。

「《希望》創立十周年フェスティバル。世間の注目も大きい。それにしても、勝司君。君も人が悪い。君の妹君みずから、イベントを企画し盛り上げようとしているものを……」

「もっと盛り上げてやろうというんだ。これ以上の余興《よきょう》があるか？」

「まあ、そうも言えますな、あの地下に眠る……」

マジシャンは唐突《とうとつ》に口を閉ざす。その代わりぎらついた眼光が、部屋の隅《すみ》を捕らえた。

マジシャンが見る部屋の隅。充分な光量があるはずなのに、その一角だけは闇《やみ》を感じさせる。

「何者か？」

「誰《だれ》だ？」

勝司の威圧的な強い口調に、隅の小さな人影は一歩だけ前に出る。暗いと感じていた空間に光が差し込んだ。人影の姿があらわとなった。

その人影の正体は、小さい少女の形をした暗殺者――クレールである。

刃渡りの長い刀を抜く。野太刀《のだち》のようにも見えるが、それにしては刀身が細い。

少女の足が止まった。

無感情な目が勝司《かつし》を見、少女はなぜか、一度手のひらの中を見た。もう一度目を上げ、勝司を見たとき、視線はピタリと勝司を射貫《いぬ》いた。

少女の表情に変化がなくても、その動作は攻撃《こうげき》に値するという判断が下されて当然であった。

「ビッグフット、おまえがいけ」

マジシャンの声とともに、岩が動いた。そう形容するしかない、見上げんばかりの巨軀《きよく》を有した男だった。

贅沢《ぜいたく》なつくりをした部屋は広く天井《てんじよう》も高いはずだが、その男の存在だけでずいぶんと息苦しくなる。まるで中世の鎧《よろい》を連想させる装甲服が、さらにその威圧感を高めている。

峰島勇次郎《みねしまゆうじろう》の遺産技術によって異常発達した体。巨人症などの病気とは違い、体の大きさが負担になることはない。遺伝子技術とホルモン操作の芸術的なバランスの成果だ。しかしその芸術的成果のみで、ミネルヴァに名を連ねているわけではない。

巨人、Bのアルファベットを冠する男はクレールに向かって歩き出す。

異様な対峙《たいじ》である。巨人と子供。

身長は余裕で二倍以上の差があり、体格も小柄な少女と、鍛《きた》えられた野獣《やじゆう》のような男の肉体。体重にいたってはビッグフットが270キロ、クレールは26キロ。約十倍の開きだ。

この二人がいまから闘《たたか》いを繰り広げるなど、何かの冗談《じようだん》のようである。神話の巨人ゴリアテとダビデの戦いですら、ここまでの差はないだろう。

相対する姿は異様。しかし闘いの様はさらにその上をいった。

先に動いたのはクレール。軽量の体が矢のように奔《はし》り、その勢いを余すことなく乗せた必殺の斬撃《ざんげき》が容赦《ようしゃ》なくビッグフットへ叩《たた》きつけられる。その鋭さに、観衆に徹していた勝司達《たち》から、感嘆の声がこぼれた。

何人もの人の胴体や厚手のクナイをたやすく切断した一撃。誰《だれ》もが一刀のもとビッグフットを斬《き》り捨てるのではないかと、錯覚《さっかく》するほどの一撃。

しかし二者が交差した瞬間《しゅんかん》生まれたのは、血ではなく火花。フラッシュのようなまばゆさに、部屋が一瞬明るくなるほどのそれは、刀と籠手《こて》の激突だった。

見た目とは裏腹の威力を秘めた少女の一撃を、ビッグフットは装甲服の籠手のような手のひらで受け止めたのだ。籠手はわずかに表面の傷を増やしたのみである。

「ト02型合金。峰島勇次郎が発明した七種類あるダイヤモンドの硬度を超える物質の一つ。クラスD相当」

一歩下がりクレールは抑揚のない声で喋《しゃべ》る。

「遺産に詳しいのか？」

勝司はほうと唸《うな》る。これは少女の正体、そしてその背後関係を知るのに重要な手がかりだ。知識もさることながら、ダイヤモンドより硬いとされる装甲を傷つけた一刀も凄《すさ》まじい。それは刀がもたらした力か、それとも少女の力量か。

「ビッグフット、遊ぶ余裕があるか？」

苛立《いらだ》たしげな声は、マジシャン。珍《めずら》しく生の感情を見たこちらも、勝司《かつし》には興味深かった。

ビッグフットは一度うなずき、指に仕込まれたスイッチを入れる。それで目に見える何かが変わったわけではない。

もう一度、少女の苛烈《かれつ》な一刀。その一閃《いっせん》は先ほどのそれを凌駕《りょうが》する。装甲服を貫くのではないかという攻撃《こうげき》は、しかし大木のような腕の一振りでかわされる。そこに先ほどのような火花はない。打撃の衝撃《しょうげき》はなかった。代わりに少女の手に残ったのは、ぬるりとした奇妙な感触。

三度《みたび》、同じことが繰り返された。いずれも刀は装甲の上を滑《すべ》り、交える刃の音は鈍く、火花一つたたない。

「摩擦《まさつ》がない。フリクション・キャンセル？」

少女は五撃目にして、納得《なっとく》したのか、かまえを変えた。下段に下ろした刀は防御重視。

ビッグフットは、次は自分の番と言わんばかりに、力任せに腕を振る。大気を圧しながらうなるそれは、暴力的なまでの竜巻を巻き起こした。

身軽にかわすクレールを追い、休むことなく両腕が唸《うな》る。その暴風圏にあるものはことごとく吹き飛ばす。椅子《いす》だろうが机だろうが容赦《ようしゃ》なく巻き込まれたものは破壊《はかい》され、壁に叩《たた》きつけられた。

「フリクション・キャンセル。ランクDか」

「さすが、真目家《まなめ》のご子息。よくご存知で。摩擦《まさつ》を極限にまでなくし、衝撃《しょうげき》を受け流す。氷の上を滑《すべ》らせるようなものです。ト02型合金と合わされば、まさに無敵。さて、この茶番もそろそろ飽いた」

マジシャンの手が、控えている二人に行けと命じる。

一人はクレールよりもさらに小さい小男。しかし顔は中年のものである。もう一人は対照的に美しい顔立ちをした青年だ。だがこの青年を一目見て、美しいと思うものは皆無《かいむ》であろう。なぜなら肌色が尋常《じんじょう》では有り得ない色と光沢を持っていた。濃い青の肌。それは常軌《じょうき》を逸脱しており、姿かたちの美しさを見て取る前に、おぞましさが先立つ。

「行け」

先に動いたのは青い肌を持つ青年。動いたと悟らせるのは、残像のみ。人の動体視力では捕らえられない速度だ。

向かうはあろうことか暴風圏の真《ま》っ只中《ただなか》、爆散する家具の中にためらうことなく突っ込んでいくと、何十という飛来物を速度を落とすことなくかわし、ビッグフットの脇《わき》をすり抜け、クレールへ迫る。

対するクレールはビッグフットの攻撃をかわすために刀を使い、振り切った姿勢でいる。コンマ一秒にも満たない無防備な瞬間《しゅんかん》。しかしそれは禍々《まがまが》しい青の肌の青年、Sの頭文字を冠するスピードには、およそ信じがたいほどの隙《すき》の大きさだった。

両手のナイフが左右から少女の首を両断しようと、弧《こ》を描く。その刹那《せつな》、こんっと何かがスピードの顎《あご》に当たる。ほんのわずかな衝撃。

何かの破片をクレールがつま先のみで、蹴《け》り上げた。スピードの顎への衝撃は微々たるもの。その攻撃を阻《はば》むものではなかった。しかし小さな破片のわずかな衝撃は、彼の心に大きく響《ひび》いた。

残像を見切られた。絶対の自尊心にヒビが入る。

コンマ一秒の隙は、消失した。クレールの返す刀が、お返しにスピードの首を断とうと猛追する。それを防いだのはビッグフットの腕だ。刀は音も発せず装甲の上を滑る、はずであった。しかし、代わりに響《ひび》いたのは男の絶叫。

「ぎゃあああっ！」

一本の腕が、宙を舞う。

クレールは、あの暴風のようなビッグフットの攻撃のさなか、何十という衝撃を同じ場所に与え続けていた。

ダイヤモンドを上回る硬さと、力を受け流す技術。装甲としては最高峰のものであったはずだ。それをクレールは、己が技量のみで上回った。ビッグフットの攻撃にあわせ刀を振るい、ダメージを上乗せしたのである。

その闘《たたか》い、その動き、人の心理と先読みの技。闘真《とうま》が見たら地下に幽閉《ゆうへい》されている少女と姿を重ねたに違いない。

クレールの体が、BとSの間をすり抜ける。遅れて出た小男の頭上をあっさりと跳躍《ちょうやく》し、着地と同時に、勝司《かつし》までの距離を刀で一太刀《ひとたち》の距離に縮めようと、さらに一歩、踏み込もうとする。

勝司の顔色が変わった。真目《まなめ》家の男子は例外なく鳴神流《なるかみりゅう》という厳しい武術を習う。勝司とて例外ではない。その技量は誇《ほこ》るにふさわしい。しかし遺産をも凌駕《りょうが》する少女の前では、そんなものは稚技《ちぎ》に等しい。

だが目前に迫る死神の刃《やいば》にも、勝司は冷静さを失わない。マジシャンを見、応《こた》えたマジシャンが動き、勝司とクレールの間に入り、ステッキを振り上げようとする。

その瞬間《しゅんかん》、クレールの動きが、電池が切れた人形のようにピタリと止まった。斬《き》りかかるどころか、刀を下げると鞘《さや》に納めてしまう。

「時間切れです」

クレールは小さく口にすると、子犬のような身のこなしで窓による。一度だけ振り返ると丁《てい》寧《ねい》にお辞儀《じぎ》をして、夜空に身を躍《おど》らせた。

二章　孵化《ふか》

1

「ここ?」

渡された住所のメモと、表札を見比べて、間違いないことを何度も確かめた。

資料にあった真目《まなめ》蛟《みずち》にまつわる数々の言葉の中で、闘真《とうま》がもっとも目を奪われたのは「完成された禍神《まがかみ》の血《ち》」という一節だった。

そのように呼ばれていた人物が住んでいる場所は、人里から離れた山奥の一軒家というイメージを闘真は勝手に抱いていたのである。

しかし駅を降りた時点でそのイメージは粉砕された。人里を離れてどころか、街のど真ん中。人と活気にあふれた政令指定都市の一つだった。

駅前はいくつものビルやマンションが立ち並び、ゴールデンウィーク真っ最中にふさわしく、夜遅くにもかかわらず、ショッピングモールのレストラン街はまだ多くの人でにぎわっていた。

この時点で、闘真《とうま》の中の蛟《みずち》の住まいのイメージは、ビルの屋上、もしくはきな臭《くさ》い裏路地のような、街の暗部と繋《つな》がるような場所に修正された。

しかし電柱の住所を頼《たよ》りに歩きながら、目的地に近づくにつれ、再びイメージは音をたてて瓦解《がかい》した。

そこは、小綺麗《こぎれい》に整備された家屋が並んだ、明るい住宅街であった。闇《やみ》とはまったく無縁の、平和そのものの空間である。

首を少し回すだけで公園が視界に納まる。小さな滑《すべ》り台や砂場がある。昼間は小さな子供達《たち》でにぎわうであろうベンチには、いまはカップルが仲良く座って語らっていた。どこにでもいそうな柄のノラ猫が、闘真をチラリと見てから、夜の街灯の先の曲がり角に消えていく。

怜《れい》が深夜に車が停《と》まれば目立つと言った意味もよく解《わか》った。コンビニや自販機の灯《あか》りも目に入るところにはない。本当に静かなところだ。

真目《まなめ》蛟の住まいは、閑静《かんせい》な住宅街の中に溶け込み、植木もきちんと手入れされており、この一軒だけ門灯が消えている以外は、他《ほか》に何も変わったことがない。

闘真は戸惑《とまど》いながら、渡された鍵《かぎ》を鍵穴に入れる。簡単に鍵は回り、拍子抜けするほどあっさりと、無人の家は闘真を招き入れた。

中は思ったよりもこぢんまりとしている。鳴神尊《なるかみのみこと》の継承者、現真目家の当主の弟、どちらの観点から見てもイメージとそぐわない。質素で平凡な、あまりにも普通の家だった。

十年という年月が埃《ほこり》を薄《うっす》らと積もらせている。だからこそ解るのだが、最近人が入った跡が見て取れた。その様子から一年くらいか。わずかに警戒心を高め、一秒を待たず苦笑。麻耶《まや》が不坐《ふざ》から管理を任されたとき、一度調査したというではないか。人の入った跡は当たり前だ。

靴《くつ》を脱いで、お邪魔《じゃま》しますと律儀《りちぎ》に挨拶《あいさつ》をしてから中に入る。

ゆっくりと中を歩き部屋の一つ一つを見て回った。急がないのは埃が舞い上がるからという理由もあるが、この空間で急ぐことは、どことなく罪悪に思えたからだ。

穏《おだ》やかな空間。十年で積もった埃など関係はなかった。

自分とは違う。闘真《とうま》は己の部屋と比べ、心の中で肩を落とした。ため息もつく。これは現実。己の何もない部屋、殺風景《さっぷうけい》で最低限の生活必需品しかない人間味のない風景。世間との繋がりを拒否した、人としても禍神《まがかみ》の血《ち》を受け継ぐ人間としても、不完全な半端者《はんぱもの》の部屋。

頭を振り気持ちを切り替えると、部屋の一つ一つを物色していく。禍神の血に振り回されない方法を、鳴神尊を御する方法を探し求めてここにきたのだ。落ち込むためではない。

家中の窓という窓を開け空気を入れ替え、埃も多少なりとも追い出した。

「けほっ、げほっ」

ときに咳《せ》き込みながら、あとは探す、ひたすら探す。具体的な方法でもいい、心構えでもいい、おまじないみたいなものですらよかった。内に潜《ひそ》むもう一人の自分を押さえ込む方法が解れば、せめて手がかりがあれば。

そして一晩を費やした。

結果、居間のソファに、心身ともに疲れて座り込む。

闘真《とうま》の得た結論は、ここにはそのような都合のいいものは何もなかった、ということだ。オマケとして空き巣はプロだ、と勉強した。効率よく貴重品を探し求める手腕を、時間限定でいいので自分に授けて欲しかった。

穏《おだ》やかな空間は、質素ながらも、たくさんのものに囲まれていた。趣味《しゅみ》サークルの記念品、町内会の役員をやったときの書類、義理でもらって捨てるに捨てられないような土産《みやげ》ものまで、すべて整理されきちんととってあった。どこをどうひっくり返しても穏やかだった。それ以外のものは何もない。

一つだけ気になったことは、神棚についた古い傷。鋭利な刃物でつけられた傷は、数えてみると四十三あった。しかしそれくらいだ。

部屋の時計を見、大きな柱時計がいま動いているはずのないことに気づき、自分の腕時計を見た。午前六時。もう朝だ。

雨戸を開け、庭に出て家を見上げた。

「あら？」

同じように、雨戸を開け縁側に立った五十歳半ばぐらいの中年の女性が、垣根《かきね》の向こうから闘真を見ていた。

「おはようございます」

「あ、どうも、おはようございます」

にっこりと微笑《ほほえ》むおばさんに、ぎこちなく挨拶《あいさつ》を返した。

「もしかして、真目《まなめ》蛟《みずち》さんの親戚《しんせき》の方？」

「は、はあ、まあ」

曖昧《あいまい》な返事を肯定《こうてい》と受け取ったか、その女性は大きくうなずいた。

「やっぱり」

「やっぱりって、あの、僕、蛟さんに似てますか？」

麻耶《まや》から見せてもらった蛟の写真を思い出す。似ても似つかないと思った。しかしそうした事実は本人では気づかないのかもしれない。

「顔はあまり似てないわ。でも声がそっくりなのよ。あ、ごめんなさい、もちろん真目さんのお若い頃《ころ》よ」

隣《となり》のおばさんは、雨戸を開けながら気さくに話を続けた。

「声、ですか」

「ええ、私も姉と声がそっくりって言われるの。顔はぜんぜん似てないのに。骨格に影響《えいきょう》するからだって歯医者さんは言ってたけど、そういうものなのかしらねえ。うちもお父さんの兄が同じ声でね、電話がかかってくるとどっちか解《わか》らないのよ。それに最近、歳《とし》とったせいか頑固になって」

「は、はあ」

おばさんは、闘真《とうま》の困惑《こんわく》に気づいたのか、手をパタパタと振って、笑った。

「あらやだ。私ばっかり喋《しゃべ》っちゃって。初対面なのに。ごめんなさいね。もう、ほんとおばさんってこれだからやあね」

「いえ、その、いいんです。でも声だけですか、僕、一言挨拶《あいさつ》しただけなのに」

「うーん、そうね、雰囲気《ふんいき》も似てるのよ、うん、やっぱり」

「雰囲気、ですか」

体格も違えば髪形も違う。雰囲気が似ているとはとうてい思えなかった。その表情を察してかおばさんは、言葉を付け足す。

「もちろん、あなたのほうがうんと男前よ。若いし。雰囲気の感じよ、感じ。あんまり気にしないで。もう十年以上も昔の話だしね」

そう言っておばさんは、適当に闘真との話を打ち切り、犬の散歩に行くからと、柴犬《しばいぬ》に似た雑種の犬を連れて朝の町に散歩に出て行った。

闘真は蛟の隣人《りんじん》であった女性も、本当に普通の人らしいことに、やはり違和感《いわかん》を覚えながら、似ていると言われた言葉の意味を考えていた。

自分と蛟《みずち》が似ているはずがない。あんなにも穏《おだ》やかな空間を作り上げる人が、自分と同じであるはずがない。

部屋に戻る。この空間のどこに自分と共通する部分があるというのか。

朝の日差しに照らされた穏やかな空間。時の流れも何もかも緩《ゆる》やかな。しかしそうであるはずなのに、小さなトゲのように感じる違和感はぬぐいきれない。

もう一度部屋を見渡し、神棚の奇妙な刀傷の数が何を指すのか、突然脳裏《のうり》にひらめいたとき、闘真は誰《だれ》にともなく声を漏《も》らした。

「……ああ」

――僕は馬鹿《ばか》か。

心の中で自分をなじる。

穏やかな空間。どこまでも平穏《へいおん》で時の流れが緩やかに思えるほどの、空間。

蛟は穏やかな人であったわけではない。穏やかであろうとしたのだ。殺人狂を内に抱えて平静でいられるわけがない。徹底した平穏な空間はその恐れの裏返し。

闘真は知っている。禍神《まがかみ》の血《ち》は、己の死に一切の寛容《かんよう》を持たない。つまりそれは、自害すら許されないことを意味する。

一年半前の凶事《きょうじ》の後、闘真は己の手で、屋敷の使用人まで一人残らず殺したと知ったとき、自殺を試みた。しかし、すぐに無駄《むだ》だと悟った。

自ら命を絶つ自由さえない。

神棚を見る。四十三の傷が目に入った。あれは完璧《かんぺき》にコントロールされていた蛟《みずち》の記憶《きおく》が、それでもなお抑えきれずに噴出した狂気の一端。

カバンの中から、鳴神尊《なるかみのみこと》を取り出した。なるべく触れないようにしていたそれを、紫色の袋の中から取り出し、鳴神尊に手を置いた。ドクン、と大きく心の底が波打った。

抜くつもりはない。ただ、もう一人の内なる自分との距離をあえてこの場所で、縮めてみたかった。

呼吸を整え、目をつむる。鼻から息を吸い、ゆっくりと口から出す。

徐々に、忌《い》まわしい記憶が再現されてくる。セピア色の風景が色彩を取り戻し、鮮やかな血の朱の華がそこかしこに咲き始めた。

闘真《とうま》は、徐々に大きくなる手の震《ふる》えを、この場の穏《おだ》やかな空気がなんとか抑えてくれることを強く望みながら、できる限り淡々と、もう一人の自分が鳴神尊を思う存分ふるっているときの記憶を再現し続ける。

まず最初に体が思い出したのは、一人目を殺したときの歓喜の感情。内に秘められていたもう一人の闘真が、心の底から喜び、呪縛《じゅばく》から解き放たれ思うまま欲望を満たしていく恍惚感《こうこつかん》。

一人、また一人と刀が一閃《いっせん》するたび、人が倒れていく、いや、死んでいく。

死体をまたぎ、蹴飛《けと》ばし、闘真は奥に進んでいく。その頃《ころ》の闘真はすでに、喜びよりも落胆《らくたん》のほうが大きくなっていた。

つまらない、つまらなすぎる。

手ごたえのあるものなど、何もなかった。思う存分力を振るえる喜びは、十人も殺したところでとっくになくなっていた。

手ごたえがない。動かない人形を斬《き》っているような感覚に、もう一人の闘真でさえ、自分の殺戮衝動《さつりくしょうどう》が馬鹿馬鹿《ばかばか》しいものに思えてきた。

もはや最後は、鬱憤晴《うっぷんば》らしに近い。喜びなど湧《わ》いてこない。斬っても斬ってもたまるのは憤懣《ふんまん》だけだ。子供が八つ当たりをするように闘真は人を殺していった。

それは暗殺者にとどまらない。闘真を、麻耶《まや》をかわいがってくれた屋敷の使用人達《たち》にもおよぶ。皆、闘真をすがるような目で見、すぐにその瞳《ひとみ》の色は恐怖とあきらめ、もしくは驚《おどろ》きと恨《うら》みに塗り替えられていく。

一つの扉の前で、闘真の足が止まった。その奥から放たれる気配に、闘真の顔に新たな種類の笑みが浮かぶ。

麻耶がいる部屋だ。その少女はなんの武術も身につけていない。拳銃《けんじゅう》はおろか、ナイフひとつ持っていない。

しかし、いままでの人間達とは明らかに違う空気が、その部屋の中から漂ってくる。

手が震えている。喜びだ。分厚い木の扉を斬った。部屋の奥、暖炉の前に呆然《ぼうぜん》と座る一人の少女の瞳が、闘真を映した。

その瞳《ひとみ》からは、少女の感情は解《わか》らない。恐怖か諦念《ていねん》か、感情らしい表情がないまま、少女はただじっと、闘真《とうま》を、信頼《しんらい》しきっていた兄の、変わり果てた姿を見つめている。

いままで殺してきた人間達《たち》とは何もかもが違う彼女の雰囲気《ふんいき》に、闘真の手が一時止まったその直後。

——いかんな、まだその娘を殺させるわけにはいかんのだよ。

なんの気配もさせず、父、不坐《ふざ》が後ろに立っていた。

闘真の朱の記憶《きおく》はそこで途切れる。

必死に記憶と戦う闘真の心の内に、父、不坐に対する憎《にく》しみの感情が湧《わ》いてきた。

思えば、いままで湧かなかったことのほうが不自然だ。屋敷での最後の記憶。それは笑う父の顔。屋敷の使用人を全員殺す前に、自分を止めることができたはずなのに、なぜ止めてくれなかったのか。否《いな》、暗殺者の侵入さえも、最初からあれは父がしくんだことではないのか？

父に会って、真っ先に確かめたいことだった。無論、父、不坐が正直に教えてくれるわけはないだろうと思う。だが、一年半前、自分は何も確かめないまま、父に正面から一度も対峙《たいじ》することがないまま、逃げてしまった。もう、それは嫌《いや》だ。それだけは、嫌だ。

蛟《みずち》はどうだったのだろう。自分以外の継承者は皆、表の人格に殺戮者《さつりくしゃ》の記憶を残さないと聞いた。しかし、その記憶の内容を忘れたとしても、記憶を失っていたこと自体を意識しないわけではあるまい。記憶がない時間、自分はなにをしたのか、それすらも解らないのは凄《すさ》まじい恐怖をもたらすだろう。

あの刀傷の数は、殺した人数などではない。失っていた記憶の時間《とき》の数だろう。四十三回。その間に蛟はどこで誰《だれ》を、いったい幾人《いくにん》殺してきたのか。

忌《い》まわしい血。望んで手に入れたわけではない血。それを当主、不坐に操られ、人を殺すための道具に変えられる。与えられるのは完璧《かんぺき》な殺戮者という称号。

操られるから、こうなる。一方的に押し付けられ、命令され、傀儡《かいらい》にされる。

ここにも、本当の意味で求めるものなど何もなかった。完璧な継承者とは、あくまで当主側から、利用する側からつけられた称号に過ぎない。

自分の意思を持つことなど、蛟はできなかった。どうして死んだか誰も知らないと言った。殺されたということは考えにくい。何かの病気だろうか。それとも不坐が必要なくなったから殺したのだろうか。死が自分の上に訪れたとき、彼は安堵《あんど》したのだろうか。

自分は欠陥品だろう。当主側から見ればそういうことになるだろう。しかし、だからこそ俺《おれ》はこれ以上操られる運命など、受け入れはしない。不完全なのはむしろ無理やりに人格を二つに別《わか》たれ、操られているからだ。

最高の暗殺者を作りたいのなら、人格を二つに別つことなど必要ない。むしろ邪魔《じゃま》だ。最愛の相手さえも殺せる人間であればいい。殺すことの喜びは、食欲や性欲と同じ。どうでもいいくだらないものでは真に満たされやしない。ケチな相手となんかやりあって、自分より弱いものを殺せばそりゃあ寝覚めも悪い。最強だなんてえばってみたって、そのうち馬鹿《ばか》らしくなり、嫌《いや》になってくるだろう。

結局のところ、蛟《みずち》とかいう奴《やつ》も馬鹿だった。何が鳴神尊《なるかみのみこと》の完璧《かんぺき》な継承者だ。笑わせる。こんな嘘《うそ》っぱちの生活で、自分をごまかしていたのに。

最高の相手を、殺すことに最高の満足を得られる相手を、そんな相手を殺していれば、常に心は満たされ自尊心も保たれる。心が壊《こわ》れることなど、ない。

ずっとずっと、待っていたんだ。いままでは歯ごたえのない野郎達《たち》ばかりだった。もうずうっと嫌気がさしていたんだ。つまらない人間どもを相手にすることに、辟易《へきえき》してたとこだった。

だがやっと、永《なが》い時間をかけてやっと、見つけた。

あの少女。

あの少女は、完璧だ。強靭《きょうじん》で、しなやかで、賢く、美しい。

最高の相手。峰島勇次郎《みねしまゆうじろう》の最高傑作《けっさく》？　スペシャルランクの遺産？　そんな呼び名は彼女に失礼だ。人類が生み出した奇跡。それがあの少女だ。

あんな相手とやりあえば、もう渇くこともない、もう嘆くこともない。相手を心から尊敬し、認め、愛し、誰《だれ》にも渡さず、已の手で、殺すことができたら。そして彼女を殺すことができたなら、できたなら、そのときこそ――

刹那《せつな》、ぼおぉん、と大きな音が鳴った。

その音で闘真《とうま》は、はっと我に返った。

気づけば窓から入る朝日は燦然《さんぜん》と輝きを増し、鳴神尊の刀身はわずかだが姿を現し、鈍く日の光を反射している。

慌《あわ》てて、渾身《こんしん》の力で刀身を鞘《さや》に収めた。その力加減をあざ笑うかのように、あっさりと、おもちゃの刀より簡単に鳴神尊は鞘に収まった。

――僕はいま、何を考えていた？

闘真の体に冷たい汗が浮かぶ。決して寝ていたりしたわけではない。姿勢は最初に座ったときのままだし、その間、自分が何を考えていたか、しっかりと憶《おぼ》えている。

もう一人の自分。禍神《まがかみ》の血《ち》と皆が呼ぶ、もう一人の自分。

自分を正気に戻した音は、あの柱時計の音だろうか。しかし朝なのに針は三時の場所を指したままだ。動いた様子はない。止まっている時計が、鳴るはずがない。

とにかく、鳴神尊を急いで袋に戻し、開けていた窓を、片っ端から閉めていった。さんざん物色したために、ひっかきまわされた引き出し類も、すべて元通りにした。

一刻も早く、この部屋を出たい気持ちになった。

雨戸も全部閉め、電気のブレーカーを落とし、すべての戸締りをチェックしてから、闘真は小窓から射《さ》しこむ光でもう一度、刀傷がついた神棚を見上げた。そして最後に、大きな柱時計に触れ、その針が少しも動いていないことを確認する。

玄関の鍵《かぎ》を閉め、蛟《みずち》の家から足早に遠ざかりながら闘真《とうま》は、間違いなくあの時計が、自分を闇《やみ》の深遠から引きずり出してくれたのだろうと思った。

しかし、あれを鳴らしたものが、あの家に残された蛟の良心か、それとも恩讐《おんしゅう》なのかまでは、闘真には解《わか》らなかった。

2

「意識はまだ戻らないのか？」

ベッドに横たわる少女は、死んだように身じろぎ一つしなかった。腕に刺さった点滴や、鼻に通された管が痛々しい。この状態になってからすでに二日が経過している。

首を振る担当医に、伊達《だて》はそうかと短く答えた。表情を殺した顔から心中を察するのは難しいが、何かしらの迷いらしきものが見えるのは担当医の気のせいだろうか。

「目を覚ましたら、いまはゆっくり休めと伝えておいてくれ。私は当分、所用でここには戻れない」

それだけを言い残し、伊達は病室を出る。

「は、はい。そのように……」

担当医は驚《おどろ》き返事が遅れ、口を開いたときにはもう伊達の姿は部屋から消えていた。伊達から少女を多少なりとも思いやる言葉が出るとは、思ってもいなかったのだ。

少なくとも、自分が担当になってから、初めて聞いた言葉であった。

しかし、担当医はすぐに気持ちを切り替え、自分の仕事に戻る。クランケの容態を逐一《ちくいち》監視し、変化があればすぐに上層部へ連絡できるよう準備を整えた。

この奇異なクランケの専属になって三年、何度か意識不明に陥《おちい》るようなことはあった。最近では一月前の脱走未遂《みすい》。それまでも何度か無茶《むちゃ》を通り越した体を痛めつける行為に、何度も病室に運ばれている。これも一種の自傷行為、精神的疾患《しっかん》と考えていいのだろうか。

担当医は首を振って、その考えを追い払う。精神分析医は別の担当者がいる。それだけでなく、横たわる少女の生命維持のため、各分野から十人近い優秀な医者がそれぞれの専属としてついている。

生命維持と内心で表現して担当医は苦笑した。そうなのだ。少女の扱いは健康管理ではなく生命維持と表現するのがふさわしい。だから先の伊達のいつもと違った反応に驚いてしまった。

カルテを置き、クランケの様子を窺《うかが》う。機械類ではどうしても計測できない経験則からくる患者の変化を読みとるためだ。

普通なら飽きてしまうであろう作業も、このクランケには当てはまらない。

艶《つや》やかな長い黒髪はキャップに隠され、顔色も悪く、チューブ類と酸素マスクが顔の半分近くを覆《おお》う。最低限にされたとはいえ、各所に施《ほどこ》されたベッドにくくりつけるための拘束具《こうそくぐ》もある。しかしそれでも少女は美しかった。

寝ている様子は静かで、まるで物語に出てくる眠り姫のようだ。

3

「ざまないねっ！」

峰島由宇《みねしまゆう》の容態の変化がないことを受け、それを喜ぶ声がした。

「しょせん小娘。あのざまだ。俺《おれ》を差し置いてLAFIを制御しようなんて、十年早い」

NCT研究所の地下に割り当てられた自室で、木梨《きなし》は思う存分、たまった鬱憤《うっぷん》を吐き出す。

ウィスキーを片手に、彼は一人、自分のしたことの成果に祝杯をあげていた。いっそあの娘がこのまま永眠してくれれば万々歳《ばんばんざい》だ。

しかしこれで小娘の株は下がったものの、自分の評価が上がるわけではない。だがこれに関しても、木梨は一計をめぐらしていた。

「そろそろ、いくか」

その顔に浮かぶ笑みはいままでとは違い、妙に引きつり強張《こわば》っていた。

誰《だれ》もいないのに左右を見渡し引き出しを開けると、木梨は中から一枚のカードを取り出す。

NCT研究所の所員全員に配布されている身分証明書のカードだ。セキュリティ管理も含めた機能になっている。研究所内ならどこに行くにもカードと声紋《せいもん》、指紋、そして大脳皮質に刻まれた番号がチェックされる。

　それらのセキュリティをかいくぐる下準備はすんでいる。いま手の中にあるカードもその一つだ。

　セキュリティシステムにダミーの認証が記録されるのはわずか三十分。三十分で自動消滅する。それ以上の時間は、幾重《いくえ》にも管理されているセキュリティシステムに気づかれる恐れがあった。

　木梨は自室にある端末を操作すると、かねてより用意していたプログラムを走らせる。モニターにカウントダウンが表示された。いまから三十分、NCT研究所内で木梨の入れない場所はない。改ざんしたセキュリティプログラムが成功していればの話だが。

　カードを取ろうとして指先が震《ふる》えているのに気づいた。

　これからやることはADEMにそむく行為だ。いや成功しなければスパイ行為として捕まり、すべてを失う。

　だが、確かに危険は伴うが、これが成功すれば、たとえその行為までの経緯がとがめられるものであっても、岸田《きしだ》や伊達《だて》が自分を見る目は変わるだろう。多少の処罰の後は、大きな躍進《やくしん》が待っている。峰島勇次郎《みねしまゆうじろう》失踪《しっそう》の真相を究明するのは自分だ。

「武者震《むしゃぶる》いさ」

景気づけに——木梨《きなし》は気づいていないが怖気《おじけ》づいた心を奮《ふる》い立たせるために、残ったウィスキーを一気に喉《のど》に流し込む。こぼれた酒をぬぐいもせず、彼はカードを片手に立ち上がった。

下層に続くエレベーターに向かいながら、木梨は何度も時計を確認した。時間はまだ充分にある。

下層区画に行くエレベーターに乗り込む。本来ならいまの時間、行けないはずの区画を指定し、偽造カードをスロットに通す。グリーンのランプが灯《とも》り、目的の部屋の扉が通行可能であることを示した。うまくいったことに木梨は胸をなでおろす。

「ちょろいね」

偽造カードをパタパタと揺らし虚勢を張る。本当は背中一面冷や汗でびっしょりだ。

木梨が目的の部屋に入ると、そこは三日前と同じだった。峰島由宇《みねしまゆう》がLAFIから峰島勇次郎《ゆうじろう》に関するデータを引き出す実験に失敗したときと同じように、LAFIとそれにシンクロするためのシートとバイザーが置かれている。

木梨はメインコンソールに座り、震《ふる》える手で準備を進めた。全システムのプロセス管理をオートに設定する。

先日ここで起こったことを思うと痛快だ。木梨は実験のシステムに介入し、緊急《きんきゅう》停止プログラムを改ざんしたのだ。非常事態が起こらなければ意味のない行為だったが、天が味方したのか由宇は何かの原因で失敗し、緊急用の切断プログラムは動作せず、いまは病室のベッドの中だ。

「俺《おれ》がLAFIを一番うまく扱えるんだ」

LAFIファーストのシンクロ用シートに座りバイザーをかぶる。三日前、由宇は同じようにこの座に腰を下ろし失敗した。大丈夫《だいじょうぶ》、俺は成功する。俺には才能がある。何度も心の中で繰り返す。

『シンクロ開始、十秒前』

電子音声がオート起動の状態を告げる。椅子《いす》の肘掛《ひじかけ》を無意識のうちに握り締めていた。極度の緊張で嚙《か》み締めた唇《くちびる》が紫に変色している。

『5、4、3』

舌なめずりをする。さあ、歴史的一瞬《いっしゅん》だ。

『1、0』

その瞬間、木梨の頭に想像すらできなかったほどの大量のデータが流れ込んだ。

同時に由宇を襲《おそ》ったのと同じかそれ以上の、凄《すさ》まじい頭痛と嘔吐感《おうとかん》。

データ、否《いな》、LAFIから流れてくる意思を持った何かは脳細胞をじわじわと侵食し、シナプスの情報を書き換え、またたくまに勢力を広げていく。

「ひゃあああああっ！」

実験室で木梨の悲鳴が、絶えることなく響《ひび》く。

痛みだけではない。自我の崩壊《ほうかい》、自分の脳が書き換えられていく感覚に、おびえ恐怖し混乱した。だらしなく開いた口からはよだれが流れ、失禁し、椅子《いす》を汚した。

悲鳴は肺の空気を残すことなく吐き出してもなお続いているように思われた。しかしそれもやがて、終えるときを迎える。

木梨《きなし》の叫び声は聞こえなくなり、激しい呼吸音も途絶えた。実験室の中に、静寂《せいじゃく》が訪れた。

時間にして数分もないであろうか。オートに設定されたプログラムは、自分の任務に忠実だった。静寂の中に、電子音声が響《ひび》く。

『シンクロ実験終了。LAFI、電源をカットします』

その声に誘発《ゆうはつ》されたかのように、がっくりとうなだれた木梨の手が、ぴくりと動いた。

そのときにはもう、木梨と呼べる意識は、その体にひとかけらも存在しなかった。LAFIから流れ出てきた別のものになっていた。

警備兵が異変に気づいたのは悪臭からだ。

「おい、誰《だれ》だ。こんな時間に何をしている？」

尋問《じんもん》の言葉は途中で途切れる。

「まさか、木梨さんですか？　なんでこんなところに？　どうかしましたか？」

そこにいた人物がＬＡＦＩセカンドの責任者である木梨だったことで、警備兵は何か理由があるのかと思ったが、それでもぬぐえぬ不審感に警備兵は銃を握り締めた。

口のまわりは吐瀉物《としゃぶつ》で汚れている。さらに別の異臭を追って視線を下に下げると、ズボンが濡《ぬ》れていた。誰がどう見てもそれは失禁の跡だ。

――クスリでもやったのか？

警備兵の疑問はもっともだった。一緒《いっしょ》に警備にあたっていた同僚《どうりょう》とも顔を見合わせる。

「いったいどうしたんですか？」

どう対処しようか悩みながらも、表面上は礼儀《れいぎ》正しく振舞った。下手に刺激するのもまずそうだ。

木梨の表情は知ったものと違っていた。普段《ふだん》の険のある顔から、それがすっぽりと抜け落ちている。口のまわりの汚れさえ気にしなければ、子供のようにあどけないと言って差し支えない顔だ。やはり、クスリで人格を破壊《はかい》されたものの顔が一番近いだろうか。

「あが……ぎぃ？」

意味を成さない言葉の羅列《られつ》を口にする。言葉の羅列というよりも異音に近い。それはとても人の口から発せられた音とは思えず、聞いただけで警備兵の腕に鳥肌が立った。

「木梨さん？」

「ぎな……し……サン？」

異音が意味のある音を綴《つづ》る。しかし音そのものは人の喉《のど》から出たとは思えないのは変わらずで、理解可能な言葉になっても、生理的嫌悪感《けんおかん》を抱かせる。

「おい、おかしくねえか？」

もう一人の警備兵が銃の安全装置をはずした。彼は同僚《どうりょう》が対処している間に、木梨《きなし》の後ろにまわりこんでいた。

「そうだな」

二人はうなずきあうと、木梨の処遇を決める。

「申し訳ありませんが警備室までご同行願えますか？」

そして警備兵の一人が肩に手をかけた。

「……ぎ？」

ぎょろりと大きく開いた眼《め》が、警備兵を見る。

「ひっ」

その深淵《しんえん》に人以外の何かを感じた警備兵は、思わず後ずさりしようとする。それより早く木梨の手が肩の手を払う。いや、動作としてはそのような種類のものだが、唯一《ゆいいつ》異なるのは残像すら残さない速度を有していたことだ。肉と骨がひしゃげる音がする。

「へっ？　なんで？」

警備兵のなぎ払われた腕は消失していた。いまだ状況が理解できず、上から滴《したた》る赤い雫《しずく》を追って天井《てんじょう》を見た。天井に張り付いていた腕がゆっくりとはがれ、持ち主の足元に落下した。

「ひっ、ひゃっ！　い、いてえええええっ！」

血の噴き出る肩を押さえ、警備兵は地面をのた打ち回る。

「あっ……が？」

凶行《きょうこう》を行った張本人である木梨は、苦しむ警備兵には目もくれず、折れた自分の手をぽかんと見ていた。過剰《かじょう》な速度で激突した腕と腕。折れて当然の現象だが、木梨はどうして折れたのかまったく理解できていない様子だ。

「お、おまえっ！」

危険を察知したもう一人の警備兵が銃を撃《う》つ。木梨の体がのけぞる。だがのけぞっただけだ。胸に近い右肩を中心に血がじわりと広がる。致命傷ともいえる傷。しかし木梨はのけぞった上半身を元に戻した。

「な、なんだよおまえは？」

さらに銃を撃とうとする。しかし銃口の先端が跳《は》ね除《の》けられた。瞬《まばた》きの間に、木梨の顔が鼻先にあった。

「かあぁあっ！」

奇妙な音と共に木梨の口が大きく開く。人の限界を超え、唇《くちびる》の両端がみちみちと裂けていく。

それでもなお口はさらに開いていった。

「なんなんだよおまえは！」

それが警備兵の最後の言葉になった。一気に閉じた木梨《きなし》の口は、警備兵の喉《のど》どころか首の半分を食いちぎっていた。

命を失い倒れた同僚《どうりょう》を見て、腕を失った苦痛に転げまわっていた警備兵は我に返る。

「あ、ああ……」

警備兵に装備されているセンサーが異常な死を感知したのか、非常事態を告げるけたたましいサイレンと赤いランプがNCT研究所全体を駆け抜けた。

それらをまるで意に介さず、木梨はゾンビのようにおぼつかない足取りで、血の川を延ばしながら、ゆっくりと部屋から去っていった。

4

峰島由宇《みねしまゆう》が意識を取り戻したきっかけは、けたたましいサイレンだ。

『非常事態発生、非常事態発生。警戒態勢をレベルAに移行。一般職員の皆様は各ターミナルの指示に従い避難《ひなん》してください』

視界に飛び込んできたのは病室を染める赤いランプ。

自分が意識を失っていたのはどのくらいだろうか。最後の記憶《きおく》を掘り起こし、何が起こったのか思い出す。

頭に流れてきた大容量のデータ、いやデータというよりあれは意思を持った何かだ。必死に防ごうとした途中で、意識が途絶えている。

「私は峰島由宇。峰島由宇だ。他《ほか》の何者でもない」

目を閉じ、意識を研《と》ぎ澄《す》ます。脳の中に何か混じっている様子はない。唯一《ゆいいつ》不自然なのは風間《かざま》が送り込んだ【天国の門】の映像のみだ。

「よし、頭は問題ない」

拘束具《こうそくぐ》に戒《いまし》められながらも顔は動かせる。ずいぶんと扱いは向上した。部屋を見渡すと、そこは見慣れた治療室だ。邪魔《じゃま》なチューブ類や点滴の針を引き抜き、可能な限り体をねじるように動かし、身体《からだ》の状態をチェックする。

「ざっと五十時間前後か」

筋肉の強張《こわば》り具合から、寝ていた時間を推察した。

「私……じゃないよな？」

非常事態常習犯は、自分が起こしたものではない非常事態を奇妙に感じながら、自分の置かれている状況をチェックした。

治療室唯一の出入り口は、いつもどおり鍵《かぎ》がかかっている。他には窓も、人の通れそうな通気口のたぐいも一切ない。

備え付けのマイクで岸田《きしだ》博士を呼び出した。コール二回でモニターに岸田の顔が映る。何かあせっている顔をしている岸田博士だったが、由宇《ゆう》の顔を見て少しだが表情を明るくした。

『由宇君！　よかった！　意識が戻ったのか』

「目覚ましのベルにしては少しうるさすぎるな。何が起こっている？」

『まだ状況は詳しく解《わか》っていない。木梨《きなし》君が突然暴れだしたのだ』

「木梨一人が暴れてレベルAの警戒態勢か？」

『いま映像を送る。彼が通った跡の被害状況だ』

監視カメラの映像がモニターに映し出された。移している場所は研究所の廊下の一つ。それを見て由宇はわずかに眉根《まゆね》をひそめた。彼女だからこそこの程度の反応だが、普通の精神の持ち主なら嘔吐《おうと》しかねない光景が映し出されていた。

ちぎれた、あるいはつぶれた、あるいはねじれた、あるいは裂けた、人であった血と肉が一面に広がっている。真《ま》っ赤《か》になった廊下の床と壁と天井《てんじょう》は、本来の色をほとんど覆《おお》い隠されてしまっていた。

ガラスのむこうで由宇を看《み》ていた人の血や肉など見慣れている医師でさえ、顔をそむけた。

由宇は木梨に関するデータを脳の奥から引っ張り出す。木梨孝《たかし》。三十二歳。ハッカー上がりの技術者。能力は極めて優秀だが自尊心が強く、協調性に難あり。しかしそれでもNCT研究所を管理するLAFIセカンドの開発管理主任を任されているのは、その優秀さゆえだ。

しかし多くの技術者と同じく戦闘《せんとう》能力はゼロに等しい。たとえ重火器を使用したところで監視カメラに映っているような凄惨《せいさん》な光景を生み出せる人物ではない。そもそもこのような血なまぐさい光景を見せたら、一瞬《いっしゅん》で気絶するほうだろう。

「木梨が……やったのか？」

『信じられないと思うが、そうなのだ。そのときの映像を見るかね？　あまり気持ちのいいものでは……』

「早く」

岸田《きしだ》博士が送った映像を由宇は倍速の速さで流した。

このとき由宇が抱いた感情は大まかに三種類に分類される。

激しい嫌悪《けんお》と湧《わ》き上がる疑問、それと特殊だが、あえて表現するなら——感心に近い驚嘆《きょうたん》、だった。

「木梨は最近、遺産保管倉庫に入ったか？　いまどこにいる？」

由宇の問いに岸田博士は満足な返答を用意できていないのか、すまなそうな顔をした。

『申し訳ない。木梨君はロストした。いま全力をあげて行方《ゆくえ》を追っている。保管庫の出入りは調べている最中だ。やはり由宇君も遺産の力だと思うか？』

いや、と由宇《ゆう》は己と岸田《きしだ》博士の言葉を否定する。

「あれだけの人体変化を急激にもたらす遺産がここにあったか？　Bランクのゲノム・リモデル技術？　違う、生体があそこまで成長していては無理だ。だとすると……」

一つの可能性も由宇は自ら否定した。遺産の力を借りた強力な殺戮《さつりく》兵器なら訓練された一団を、素人《しろうと》が絶滅させることも不可能ではないが、木梨《きなし》を一夜にしてあのような惨状《さんじょう》にする類《たぐい》のものではなかった。

『由宇君、聞こえているか？　結果が出た』

岸田博士は由宇を現実に引き戻すと、報告を開始した。

『木梨君の最近の行動だが、二十四時から三十分、行動の詳細がつかめない。彼の行動のデータログに加工の跡が見られる。ただ保管倉庫には近づいていない。他《ほど》にどの施設に入ったか、いま調査中だ。もう少し……』

『所長、目標発見しました』

画面の外にいるオペレーターの切羽《せっぱ》詰《つま》った声を、マイクが拾い上げる。

『いまどこにいる？』

『これは……まずいです！　第十九区画、峰島《みねしま》由宇のいる治療室のすぐそばです！』

まるでオペレーターの叫び声を待っていたかのように、ガラスの向こうの医師達《たち》のいる部屋の扉が開いた。奇妙な静けさが訪れる。

医師達は恐怖に顔を引きつらせた。由宇からは見えないが、開いた扉の先にいる何かが彼等《かれら》を怯《おび》えさせていた。医師達は慌《あわ》てふためいて逃げようとするが、彼等の恐怖の対象は、唯一《ゆいいつ》の逃げ道である扉の前にいる。医師達はまるで由宇に助けを請うように、反対側のガラス壁に張りついた。

ゆらっと、木梨と呼ばれたものは、まるで薬漬けで廃人になった人間のように一歩一歩、緩《かん》慢《まん》な動作で入ってきた。その姿はもはや人ではなかった。

衣服は銃撃戦《じゅうげきせん》でボロボロになり、体のあちこちには傷跡を深く残していた。片足は引きずり、右腕は皮とスジのみで繋《つな》がり力なく揺れ、腹にいたっては腸がはみ出ている。

怪我人《けがにん》を見慣れている医師でさえ、いや医師だからこそか、その状態で歩いている異常さを誰《だれ》よりも理解し、その姿に怯えた。

「治療室に現れた。急ぐんだ。医師達が危ない」

『わ、解《わか》った。警備兵を第十九区画の治療室に集結させろ。今度こそしとめるんだ』

しかし岸田博士の言は最後まで由宇の耳に届かなかった。由宇の意識をそらしたのは音なき声。すでに死体と言ってもおかしくない木梨の体が、口を動かす。

――痛い。

裂けた口が、音にならない音をつむぐ。音ではなく口の形で、由宇はその言葉を理解した。

――痛い、いたい、イタイ。

それは助けを求める声だったのか、いまだ残る木梨《きなし》の記憶《きおく》の残滓《ざんし》が、傷ついた体を治療室へと向かわせたのか。

木梨だったものに、一歩踏み込んだ医師がいた。勇敢《ゆうかん》にも彼は、死んでもおかしくない、いや死んでいないとおかしい肉体へ近づいた。しかし人を救う職業につく者として、褒《ほ》め称《たた》えられるに値する行為は、あっさりと裏切られる。

医師の伸ばした手を木梨のいびつな手がつかんだ。有無を言わせない力で引き寄せられた医師の目の前に、限界以上に開いた口があった。

わずか数分で生存している医師は、いなくなった。清潔に保たれているはずの部屋は、いまはどこを見ても真っ赤《まか》に染められている。

岸田《きしだ》博士に見せられた映像と、同種のものを目の前で見せつけられた。由宇《ゆう》は唇《くちびる》を噛《か》む。

「くそっ」

全身を真っ赤に染めた木梨はぼんやりと立っている。顎《あご》の骨はいびつに変形している。歯と顎の骨の耐久力を超えるものを強引《ごういん》に噛んだからである。それを可能にしたのは、筋肉のスジが視認できるほどに異常発達した顎の筋肉。

おぞましい光景を前に、由宇はただ無力だった。いまだ拘束具《こうそくぐ》を抜けられずベッドにくくりつけられたままだ。

ガラス越しの景色に気づいたか、木梨は緩慢《かんまん》な動作で振り返った。よどんだ目が由宇を見る。驚《おどろ》いたように見えたのは由宇の気のせいか。

木梨の裂けた口がかろうじて言葉を読み取れる程度に動く。

――みねしま……ゆう。

その名はどのような情動の下につぶやかれたのか。ただ覚えている名前を口にしただけなのか。

さらに状況は変化した。木梨の顔からまるで錆《さ》びた鉄の表面が剝《は》がれるように、皮膚《ひふ》が落ちだしたのだ。剝がれた皮膚の裏からは、赤ん坊の肌のような色が現れる。

皮膚はどんどん剝がれていく。顔からだけではなく、手や足、服の間の見えない部分から、剝がれ落ちていく。

「……な？」

由宇は木梨の変貌《へんぼう》を、彼女がめったに見せない驚きの眼《め》で見つめた。

突然、木梨は吼《ほ》えた。いや、完璧《かんぺき》な防音処理のためガラスの向こう側の音は伝わらなかったが、大きく開いた口が、のけぞった体が、音なき咆哮《ほうこう》を由宇のもとへ届ける。

その先も由宇でさえ予想不可能の連続である。木梨は体を震《ふる》わせると、苦しそうに体を丸め、床を転げまわる。

『由宇《ゆう》君、大丈夫《だいじょうぶ》か？　もう少しで警備兵が……。どうしたのだ？　彼の身に何が起こった？』

監視モニターを見て気づいたのか、岸田《きしだ》博士も目を奪われる。その動きを見ながら、由宇の中で一つの仮説が組み立てられつつあった。

「サーモセンサーの映像を」

『え？　なんだって？』

「サーモセンサーの映像を。早く。いまの彼の体温を知りたい」

苦しみは徐々におさまっているのか、ゆらりと立ち上がった木梨《きなし》の姿に苦しみの色はない。皮膚《ひふ》の表面はほとんどは剝《は》がれ落ち、鮮やかなピンク色をさらしていた。しかし小さくなるどころか、体は一回り大きい。かろうじて残っている衣服は、はちきれそうに膨《ふく》らんでいた。

さらに折れた手足や体の傷は、悪い冗談《じょうだん》のように復元している。傷跡すらなかった。代わりに鎧《よろい》のような筋肉があった。

——みねしまゆう。

いま一度その名を口にする木梨の眼光は、鷹《たか》のように鋭い。先ほどまでの濁《にご》った色は微塵《みじん》も見えなかった。

——みねしまゆう。

最後にもう一度だけそう口を動かすと、木梨は部屋を出て行ってしまった。

『いったい木梨君の身に何が起こってるんだ？』

岸田博士は、混乱の極致だ。おそらく研究所のほとんどの職員が似たような心境だろう。ただ一人、由宇だけは状況を積み重ね、一つの仮説を形作っていく。

「サーモセンサーの映像を」

『何か解《わか》ったのか？』

「たいしたことじゃない。とにかくいままでの行動をサーモセンサーで記録したものを。早く！」

由宇の声は苛立《いらだ》ちのためか、いくぶん強張《こわば》っていた。由宇を保護するために、警備兵がかけつける。その間にサーモセンサーの映像が用意された。

『これは……』

サーモセンサーに映っている木梨の体は、真《ま》っ赤《か》になっている。体温が高いことを意味しているが、いくらなんでもその値は高すぎた。

「私なりの解釈を説明する。まず第一に、木梨は傷を癒《いや》すため新陳代謝の速度を上げている。体から剝がれているものはいわば老廃物。垢《あか》だ。おそらく戦闘《せんとう》で傷ついた体を癒そうとしたのだろう」

『新陳代謝の速度を上げた？』

「そう。しかし急激な新陳代謝は一つの弊害《へいがい》を生んだ。体の温度が、異常に高くなってしまった。当然だ。あれだけ新陳代謝の速度を上げれば、エネルギー消費量もそうとうなものだ。それだけ発熱する温度も増える。どうなると思う？」

『人の体のタンパク質が固まる。そうなれば死んでしまうぞ』

「そう、人のタンパク質の凝固温度は四十二度。体温計が四十二度までしかないのもそのためだ。新陳代謝促進の発熱で、タンパク質の凝固温度に近づいてしまった。怪我《けが》を治すために、己を体を殺すという矛盾《むじゅん》。しかしあれは……」

言葉尻《じり》を濁《にご》し、由宇《ゆう》は己の非論理的な予想を頭から追い払う。あれが唯一《ゆいいつ》木梨《きなし》を倒せる機会だったのではないか。

「しかし現在、木梨の体温はさらに高い温度で安定している。考えられる理由は一つ。タンパク質の性質を新しいものに置き換えた。体の性質を変え、古い物をすてた。あの膨大《ぼうだい》な老廃物はそのためだ。あれは」

映像に目をむけ、由宇は感情を殺した声でつぶやいた。

「あれは人から、別のものに生まれ変わろうとしている」

二十分も経過した頃《ころ》、ようやく朗報が由宇の耳に届いた。ずっと木梨の映像を睨《にら》むように見ていた由宇は、顔を上げた。木梨の不明だった行動が、無断でＬＡＦＩファーストとシンクロしたのだと判明してから、ずっとその表情だ。

『大丈夫《だいじょうぶ》だ。下層部の一区画に閉じ込めることに成功した。全ゲートもＬＡＦＩセカンドの管理下でロックしてある』

しかし、由宇はその報告を良しとしなかった。彼女の中で木梨だった化け物の評価は、誰《だれ》よりも高いようだ。

「何が起こったか解《わか》らないが、彼の腕を甘く見ると痛い目に遭《あ》うぞ。私を除けば、ハッキング能力は彼がもっとも優秀だ」

『それも大丈夫だ。あの区画からＬＡＦＩに干渉《かんしょう》する手段は限られているからね。どんなに木梨君が優秀でも、速度的な問題は解決しようがない』

「あそこのインターフェイスは？」

『普通の制限付の端末機と一緒《いっしょ》だよ。キーボードのみ。あとはセキュリティ認識用の指紋《しもん》センサー、網膜《もうまく》センサーとマイクくらいなものだ』

「木梨はいま、どういう経路でハッキングしている？」

『彼は……いや、あきらめでもしたか。彼はいまハッキング行為を行っていないそうだ』

画面外の人間に確認を取ったのか岸田《きしだ》博士はほっとした顔をするが、すぐにまた不安げな顔に戻った。由宇はずっと不審な表情を崩《くず》さない。ハッキングをしていないのなら、いま木梨は端末機を前にして、何を熱心に打っているのか？

「あの部屋の監視カメラに切り替えを」

モニターが分割され、同時にいくつかのカメラ画像が入るが、由宇《ゆう》の望むアングルはない。どのカメラも木梨《きなし》の背や頭が邪魔《じゃま》になって、モニターやキーボードの様子がはっきりと見えなかった。

自分ならあの状況をどうやってくぐりぬけるか。問題となるのはデータの転送量。それをクリアできればいい。しかし人の手の入力速度ではそれはかなわない。

思案をめぐらし、由宇の頭脳はすぐに一つの可能性を導き出した。

「セキュリティ認識用……そうか」

同時に木梨の動きが止まる。

『観念したのか？』

「いや」

岸田《きしだ》博士の希望的観測は由宇の一言で否定され、スピーカーから誰《だれ》のものでもない不思議な音が流れてきた。

それは奇妙な音だった。かん高く、微妙な音の強弱と高低を持っている。

『……歌？』

確かに木梨を隔離《かくり》した部屋から聞こえてくる奇妙な音は、歌のように聞こえなくもない。

『所長、大変です！』

横からオペレーターの悲鳴に近い声がした。

『何事だ？』

『突然大量のデータが隔離した区画から流れてきました。ハ、ハッキングです。それもすごいスピードの。先ほどの四十倍のスピードです』

『ありえないっ！　彼はいま何もしてないじゃないか』

「……この音だ」

由宇が全員の疑問に答えた。

「木梨がさっきまで手で打ち込んでいたのは、音声をデータとして入力するためのプログラムだろう。それが完成したから、手を止めた。そして、この音は歌じゃない。プログラムだ。昔あったコンピュータの通信方法、音響《おんきよう》カプラと同じだ」

音響カプラとは電話を利用したアナログの音をデジタル信号に変換して行う、インターネット以前に普及していた通信方法である。音は通常、木梨の歌とは異なり人の耳には雑音にしか聞こえない。

『それこそありえない。そんな精緻《せいち》な音を人の声帯が出せるなんて』

「どうかな？　さっきの映像を見たんだろう？　あんな体の動かしかたができる人間なら、このくらいできるかもしれない。あれはもう木梨じゃない。別のものだ」

怜悧《れいり》な由宇の言葉は、モニターの向こうの人間すべてを黙《だま》らせた。

「木梨《きなし》の発する声は、特定の周波数領域のはずだ。それを特定し、こちら側から相殺《そうさい》する音をあの部屋に流す。これで防げるとは思えないが、時間稼《かせ》ぎにはなる」

『わ、解《わか》った』

「それと、私のいる区画とLAFIファーストが設置されている区画を結んで、誰《だれ》かにLAFIサードを持ってくるよう頼《たの》んでくれ」

『それは……』

岸田《きしだ》の迷いを由宇《ゆう》が一喝《いっかつ》した。

「迷ってる暇《ひま》はない。あの木梨は、明らかに外に出ようとしている。そうなったらどうする？　さっきの映像を見たばかりだろう！」

拘束具《こうそくぐ》をとかれ、実験室に連れて行かれた由宇を待っていたのは小夜子《さよこ》だ。胸に大事そうに抱えているのはLAFIサード。ノートタイプのLAFIシリーズ、由宇の愛機だ。

他《ほか》に形ばかりの警備兵が二名。医務室から由宇を連れてきたものとあわせても計四名。いつもの由宇に対する警備に比べれば笑ってしまうくらい軽いのは、木梨のことで人手がさけないということだけでなく、伊達《だて》がいないというのが一番の理由だろう。警備兵は、由宇から一定距離を保って銃を向けてはいるが、形だけだ。むしろ由宇に対する恐怖感が色濃くにじみ出ている距離だった。

そんな中、小夜子はまったく由宇を恐れず、ＬＡＦＩサードを持ったまま由宇の前に立った。

「何をするつもりですか？」

小夜子の声にはありありと不安が含まれている。

「この前の続きだ」

「危険です。前みたいな準備もしていないのに」

「問題ない」

「あります」

「私がいまもっとも問題としているのは、あの汚れたシートに座らなくちゃいけないということだ」

由宇は苦笑してシートを見る。木梨《きなし》が座ったらしいシートは失禁と吐瀉物《としゃぶつ》で汚れていた。

「贅沢《ぜいたく》を言ってる時間はないか。小夜子、シンクロ準備。急げ。警戒態勢はランクＳになった。私以外のものがランクＳになるとは、たいした非常事態だ」

「でも……」

「でもを言う暇《ひま》は、いまの私達《たち》にない。これ以上犠牲者《ぎせいしゃ》を増やしたいか？　このＮＣＴで警戒態勢がランクＳになったのは初めてじゃないが、死人が出たのは今回が初めてだ」

由宇は、なかばひったくるようにＬＡＦＩサードを小夜子からとりあげ、シンクロするためシートに座るべく部屋に入った。小夜子《さよこ》だ。

その由宇《ゆう》を思いがけない強い力が、引き止める。

「だから、時間がないと……」

由宇の不平は、すぐに思い違いであることがわかった。

小夜子は着ていた白衣を脱ぐと、ためらうことなく素手のまま、汚物で汚れたシートを拭《ふ》き始めた。そして、由宇の顔にかぶさることになる吐瀉物《としゃぶつ》で汚れたバイザーも拭こうとし、白衣はもう用をなさないことに一瞬《いっしゅん》困った顔をする。しかしすぐ自分の綺麗《きれい》な淡い水色のカーディガンを脱ぎ、それでバイザーをきれいにぬぐった。

最後に汚れた自分の手をハンカチで拭いてから、

「どうぞ」

と、由宇にバイザーを差し出した。

由宇は驚《おどろ》きで、目を丸くしている。岸田《きしだ》がそんな由宇の表情を見たら、同じように目を丸くして驚いただろう。

「絶対に、無茶《むちゃ》はしないでくださいね。お願いです」

「解《わか》った。約束する。それと、あ、あ……」

何かを言おうとして、由宇は口ごもる。少し困ったような、見ようによっては泣きそうにも見える表情は、由宇の感謝の表現、不器用な微笑《ほほえ》みだったのかもしれない。

その表情を隠すように、由宇はバイザーをかぶった。

小夜子がオペレーターの席につく。モニター越しに、岸田の音声も聞こえてくる。

そして由宇は、LAFIに三度目のダイブをした。


「用件は解っている」

シンクロし、LAFIに潜《もぐ》ったという自覚もないうちに、その声は脳の奥に飛び込んできた。

情報が奔流《ほんりゅう》する不確定な空間で、風間《かざま》は無重力空間に漂っているかのように浮いている。

「ずいぶんとお早いお出ましだな」

小夜子の切迫した声が割り込んできた。

『おかしいです。視覚野、聴覚野《ちょうかくや》、言語野、他《はか》にもすべて拒絶反応が出ています。中止します』

「大丈夫《だいじょうぶ》だ。心配ない」

目も見えれば耳も聞こえ、言葉も話せる。何も問題はなかった。補助プログラムの助けもないのになぜか以前より脳にかかる負担は小さい。あるていど慣れたのかそれとも目の前の男が、なんらかの介入をしているのか。

「俺《おれ》が以前、人の肉体に収まっていたときの話だ。LAFIと精神の融合《ゆうごう》を果たそうと試みるが、なじまない精神は飢餓《きがかん》感を覚えた。現実に戻ったとき、人の体はどうなっていたと思う？」

「知っている。飢餓状態を体験したのと同じ状態になったんだろう。会ったときのおまえは、頬《ほお》はこけ、骨は浮きでて、体力が根こそぎ奪われていた」

「では、もう一つ面白《おもしろ》い話をしてやろう。あの男に入った精神体は、肉体という概念《がいねん》を持たない。精神が非常に強い状態にある。どういう意味か解《わか》るな？」

「精神の思い込みが、肉体レベルで影響《えいきょう》する……というのか？」

「その思い込みのレベルはどこまで影響を及ぼすかだな。そしてそれを自覚しているかどうか」

風間《かざま》の疑問には由宇《ゆう》が答えた。

「奴《やつ》は、LAFIセカンドにアクセスしたさい、生体科学のデータのいくつかを引っ張り出している」

「ほう、すでに自分の体のカラクリを理解しているか」

風間は面白そうだ。

「俺《おれ》は八十八元素と読んでいる」

「八十八元素……？　まさか」

「気づいたか。そうだ、LAFIサードの中で産まれ、おまえが育て、LAFIファーストにおまえが流し込んだ八十八個の意識体。木梨《きなし》という男の脳を乗っ取ったのは、その一つだ」

「……そうか」

由宇は固く目をつむる。しかしそれも短い間だ。

「風間《かざま》、私に協力しろ」

「なんだと？　何を勘違《かんちが》いしているか知らないが、私がこうしておまえと話しているのは、味方だからではない。多少なりだが益があるからだ。しかしそれも面倒でなければというレベルの話だ。それとも私の興味を引くような材料が提示できるか？　言っておくが……」

「ある」

どこか超然としていた風間の態度は、由宇《ゆう》の一言に崩《くず》れる。きっぱりと言い放つ言葉に風間は嘘《うそ》を感じ取れなかった。

「どんな材料だ？」

由宇が口にした情報と取引の提示に、風間は思案顔になる。

「ふむ……悪くない」

「答えは急いでもらおう。私に残された時間は多くない」

「断ったら？」

「断らない」

「相変わらず憎《にく》たらしいことを言う娘だな」

「おまえの意識体の一部をLAFIサードに移せ」

「無理だ。あんな狭苦しい中に私の意識体を移せるわけがない。忘れたか？　LAFIサードでおまえが育てていた八十八元素達《たち》は、その狭さゆえに成長できなかったことを」

「狭いなら中にあるデータはいくらでも消していい。それと最低限この件に必要と思われる知識だけ持って行けば、なんとか足りるはずだ。おまえは私と違ってバックアップなんていくらでもできる。壊《こわ》れたっていいじゃないか。そうでなければさっきの取引の一部はなしだ。早くしろ」

「本当に小憎たらしい娘だ」

そう言いながら、風間はどこか嬉《うれ》しそうだった。そしてあっさり由宇をLAFIの海の中から解放した。

《意識体受信完了。既存データ97パーセント消失》

LAFIサードの小さい液晶モニターに文字が並ぶ。

「声は出せないのか？　つねにモニターがのぞける状況というわけではないからな」

由宇の要求に応じて、LAFIサードの側部に取り付けられたスピーカーから声がした。

『了解だ。ケースバイケースで意思疎通《そつう》の方法を、文字と音声から選択しよう。しかし意外だな。まさか日記をつけようと思う一面があるとは。なかなか乙女《おとめ》チックな内容だ。しかも三日坊主か。……やめろ。それ以上フレームを軋《きし》ませるな。壊れる』

「よけいなことはペラペラと喋《しゃべ》るな。なにより私の声を擬態《ぎたい》するな。口調を真似《まね》るな」

『これは君のためでもある』

「何がだ？」

『誰《だれ》もいないはずの空間から、男の声が聞こえては不自然だろう。君の声色で会話すれば、知らない人間が見ても独り言をぶつぶつ言う頭のおかしな女にしか見えな……』

由宇《ゆう》はLAFIサードを壁に向かって投げつける。

『いまの行為は耐久限度を確実に超えていた。壊《こわ》れなかったのが不思議なくらいだ。奇跡と言っていい』

「次も奇跡が起こるとは限らないぞ」

「……あの、由宇さん、体に異常はありませんか？　大丈夫《だいじょうぶ》ですか？　いまのは独り言ですか？」

小夜子《さよこ》は由宇が無事戻ってきたことに安堵《あんど》の表情を浮かべながらも、気味悪そうにしている。

『さっそく効果が実感できたな。やめろ、フレームを曲げるな』

「うるさい、黙《だま》れ」

そして由宇はLAFIサードのキーボードを叩《たた》き、まだ電源が入ったままのLAFIファーストを通して、小夜子と警備兵がいる部屋のスピーカーに、鼓膜《こまく》を直撃《ちょくげき》し気絶させるだけの大音量を鳴り響《ひび》かせた。

通信のためにヘッドフォンをしていた小夜子以外の警備兵は、あっさりと気絶し、由宇は悠《ゆう》然《ぜん》とLAFIとのシンクロルームから歩み出てくる。

「小夜子」

「はい」

由宇は拳《こぶし》を振りかぶった。目の見えない小夜子でも気配は感じているはずだ。しかし彼女の顔は微笑の形を作る。綺麗《きれい》な顔だと由宇は思った。きっと彼女は由宇が何をしようとしているか知っている。

「すまない」

由宇の拳が小夜子のみぞおちにめり込み、彼女の体は崩《くず》れ落ちた。

慌《あわ》てて抱きとめると椅子《いす》に寝かせる。

「本当にすまないのはこれからだが」

これからやることを知っていれば、どんなに性根《しょうね》の優《やさ》しい小夜子でも、かたくなに抵抗しただろう。

「本当にすまない」

もう一度小夜子に謝ってから、由宇は異臭が染《し》み付いてしまった自分の服を脱ぎ始めた。

木梨《きなし》の巻き起こした逃走劇にともなう大惨事《だいさんじ》によって、NCT研究所は混乱の坩堝《るつぼ》である。

LAFIセカンドの制御もいまや意味を持たないものになっていた。

由宇《ゆう》はあっけないほど簡単に、一ヶ月前逃走を試み、一歩届かなかった扉の前まで行き着くことができた。しかしそこに意外な人物の影があった。由宇がここにくることを待っていたのかのように一人、誰《だれ》かが立っている。

NCT研究所所長、岸田群平《きしだぐんぺい》だ。岸田は、初めて見る由宇の普通の女の子らしい服装、小夜子が着ていた淡い水色のセーターにスカートとパンプスというでたちを見て、驚《おどろ》き、目を細めた。

しかしそれもすぐに真剣な面持《おもも》ちにかわり、由宇に一言、問いかける。

「外に出る気かね？」

「……」

「止めはしないよ。止めて止められるものでもない。死亡者二十八名、重傷者三十五名。警備兵はほとんど戦闘《せんとう》不能。木梨《きなし》君には逃亡された。私もつくづく甘いな。今回のことは私自身、本当に堪《こた》えた。解《わか》らないのは木梨君だ。あれはいったいなんだね？」

「なんらかの理由で、木梨はLAFIファーストにシンクロしたんだろう。そのさい、LAFIの中の意識体の一つに体をのっとられた。私も一度、のっとられかけ、意識を失った元凶《げんきょう》だ。風間遼《かざまりょう》ではない。まったく別の意識体だ。私が捕まえて、処分しなければならない。なぜなら……あの意識体は以前私が、LAFIサードの中で育てていたものだ」

岸田に向かって、由宇は黙《だま》って自分の腕を差し出す。

「毒入りカプセルを希望か？　それとも拘束具《こうそくぐ》かね？　申し訳ないが、私はしないよ。由宇君がここにいることを強制できる権利を、私はもたない。もし由宇君がここにいるのが自分自身の意思ならば、そんなものは必要ない」

由宇の腕にそっと手を置き、岸田は言った。

「最後にもう一つだけ、質問していいかね？　ＬＡＦＩの中で何を見た？」

由宇は黙っている。岸田は、しばらく辛抱《しんぼう》強く待っていたが、由宇に答える気がないのを見てとると、ため息とともにその言葉を口にした。

「……【天国の門】か？」

あっさりと出てきた岸田の言葉に、由宇は驚く。自分もつい一昨日、ＬＡＦＩにもぐり風間に見せられるまで知ることのなかった遺産。まして真目《まなめ》家が関《かか》わるなら、それはトップシークレット中のトップシークレットだ。由宇の無言の驚きに岸田は苦笑いで返した。

「私も、だてにここの所長をやっているわけではない。行方《ゆくえ》不明になるまで、勇次郎《ゆうじろう》君とは旧知の仲だった。むろん、彼が最終的に目指していたものは、凡人の私の考えが及ぶようなことではないが。その名前だけは、何度か耳にしている。彼本人からね」

「木梨をのっとったあの意識体は、間違いなく【天国の門】を目指すと推測される。あそこにはＬＡＦＩの中で産まれた知性が求めるものがある。ただ、あれは普通の方法では得ることができないだろう。私の推測が正しければ、遺産を封じた金庫の鍵《かぎ》は正気の沙汰《さた》でない。都市一つ分の重さと人の命。私が知る限りもっとも厳重なものだ」

「そうか。伊達《だて》君に対する言い訳が一つできたかな」

と岸田《きしだ》は自嘲《じちょう》気味に笑う。

「行って来なさい。なに、私のことは気にするな。私の首は、君を逃がそうと逃がすまいと、これだけの大事件を起こしてしまった時点で、同じことだよ」

そう言って、岸田は小さなカバンと財布、それに警備兵が普段《ふだん》着ている厚手のジャケットを差し出した。

「まだ五月だ。そのかっこうではいささか寒い。こんなものしか調達できなかったが、ポケットもたくさんついているし、ちょうどいいだろう。ほら、LAFIサードもちゃんと入る」

由宇《ゆう》の肩にジャケットをかけ、そのままポンポンと二回由宇の肩を叩《たた》いてから、岸田はドアの開閉ボタンを押した。四角く切り取られたゲートから、夜の冷気が一気に流れ込み、由宇の頬《ほお》を叩いた。

「行きなさい。そして、見極めてきなさい。私のような凡人では決して理解が及ばなかった、峰島勇次郎《みねしまゆうじろう》の本意を」

由宇はかすかにうなずくと、振り向くことなく、開かれた夜の闇《やみ》に向かって駆け出していった。体内の毒のカプセルも拘束具《こうそくぐ》もなく——十年ぶりの、本当の自由な由宇の疾走《しっそう》は、あの日闘真《とうま》が見たように、駿馬《しゅんめ》のように優雅で美しく、長い漆黒《しっこく》の髪をなびかせた。

5

「えっ？　ちょっ……きゃあ、なんで私裸なの？　いやあ、見ないでくださいっ、見ないでくださいっ！」

「大丈夫《だいじょうぶ》、下着はちゃんとつけている、そう、いわば、み、水着と同じだ。とにかく落ち着きたまえ」

「いやあっ！　見ないで！」

半泣きになりながら手当たりしだい物を投げる小夜子《さよこ》に、その場は一時パニックに包まれる。

小夜子がどうにかパニックから立ち直り、由宇の状況をおもんばかる余裕が生まれ、あの服装のまま逃げるわけにいかないから仕方がないのだと納得《なっとく》しかけた頃《ころ》、人気のない山の中で由宇は一人、愚痴《ぐち》をこぼした。

「靴《くつ》のサイズが同じなのはありがたいが、ウエストが緩《ゆる》いな」

小夜子の心がどんなに慈愛《じあい》に満ちていても、一瞬《いっしゅん》で消し飛ぶ一言をさらりと口にしながら木《き》梨《なし》の後を追う。

その頃、時を同じくして、NCT研究所のヘリポートにADEMのロゴが入った一台のヘリが降りてきた。

伊達《だて》である。

彼はヘリの中からここまでずっと、自分を責め続けていた。

心のどこかで、まだ年端《としは》もいかない少女を地下に監禁していることに、罪の意識を感じていた。自覚はなかったが心の重荷だったのだ。

それを最近の由宇《ゆう》の行動を見て多少なりとも信用できるとし、遺産に関しての管理も甘くしてしまった。いまとなっては、峰島勇次郎《みねしまゆうじろう》の足跡を追えるかもしれないなど、自分への言い訳が大きな部分を占めていたのに気づく。

岸田《きしだ》の言うとおりだった。なにもいまでなくても良かった。あと一週間待てば、さらに強力なLC部隊の配属も完備されたのに、何を焦《あせ》ったのか。

答えは解《わか》っている。前回あの娘に助けられた失態を回復したかった、それもある。つまらない自尊心にこだわった自分は木梨《きなし》となんら変わりない。同レベルだ。あの娘を見ていると、自分の能力を、存在そのものを否定されたような気分になる。しかしそれは由宇のせいではない。己のうぬぼれのせいだ。

それが許せない。

「状況を説明しろ」

「報告したとおり。そして見ての通りです」

伊達のきつい言い方にも、なんら動じず、岸田はそっけない言葉を返した。

「なぜ峰島由宇を逃がした？」

「報告は受けているでしょう。謎《なぞ》の意識体に体を奪われた木梨君。あれだけの警備兵が殺され、傷を負いました。LAFIセカンドは制御不可能。誰《だれ》がそんな状況で彼女を止められると言うのですか」

　いつもの柔和《にゅうわ》な顔からは想像もできない岸田の口調に驚《おどろ》き、伊達は振り返った。

「そもそも、あの実験を推し進めたのは、伊達さん、あなたでしょう。私は反対しました。危険だと。それだけじゃない。LAFIには不確定要素も多すぎる、と申し上げたはずです。あなたは聞く耳ももたず一蹴《いっしゅう》しましたがね」

　岸田はあえて伊達の歩調に合わせて歩くことはせず、自分のペースで歩く。いままでと違い、今度は伊達が歩幅を岸田に合わせて歩かねばならなくなった。

「これだけの大惨事《だいさんじ》だからこそ、由宇君を迅速《じんそく》に外に出したのです。前回、前々回の事件、由宇君がいたからこそ解決できたのではありませんか？　由宇君を外に出すことを決断したのはあなたでしょう？　私も今回、同じ判断をしたまでです」

「許可した憶《おぼ》えはない」

「申請したら許可を即座に出したとは言いますまい？　気がすまないなら私の首をもっていきなさい」

　岸田は自分より20センチ近く高い伊達を見上げてもなお、堂々とし、伊達に口を挟ませるいとまを与えなかった。

「このNCT研究所が設立されて十年。いままで怪我人《けがにん》が出たことはあります。しかし我々が彼女にしてきた仕打ちと、この研究所の重要遺産の隠蔽《いんぺい》という目的を考えれば、ここの秘密が漏洩《ろうえい》せず、襲撃《しゅうげき》も受けず、死者が一人も出なかったのは奇跡と言っていい。その奇跡の恩恵は少なからず由宇《ゆう》君の協力にある。そのぬるま湯に十年浸《つか》ってきた私にとって、今夜の出来事は、悪夢以外の何物でもありませんな。寝食を共にした研究員をこれだけ死なせたのですから」

汗をかきかき、伊達《だて》に抗議する見慣れた岸田《きしだ》の姿はそこにはない。完全に開き直ったのか、それともこれは岸田群平《ぐんぺい》という人間が本来持っていた部分なのか。

「伊達さん。十年前、由宇君をここに幽閉《ゆうへい》したのは私達《たち》だ。にもかかわらず、彼女は二度とも、自分の意思でここに戻ってきた。今回彼女がここを出たのは、逃亡なんてものではない。そのことが解《わか》らない君ではなかろう。それでも認められない認めたくないと思うなら、ご自慢のLC部隊で対応すればいい。ちょうど法案も通ったところだ。では、私は事後処理があるのでここで失礼する」

6

傷を負いすぎた。

かつて木梨《きなし》だった肉体はぼろきれのように成り果てた。

――怖い。

それの意識を言語化すると、そう表現されるだろう。

怯《おび》えていた。慄《おのの》いていた。その感情に動かされるまま走り続けた。

しかし走り続けるのは怯えているからだけではない。何かが彼を呼んでいる。その呼びかけに応じるまま、走り続ける。

十数メートルはある渓谷《けいこく》を跳躍《ちようやく》し乗り越える。切り立った崖《がけ》をカモシカのように下る。人の足がなしえる業《わざ》ではない。見れば骨格が人のそれとは異なる。異なるのは足だけではなかった。特殊な音質の発声を可能とした喉《のど》も、一振りで人の肉体を破壊《はかい》する腕にも変化が訪れていた。

木梨孝《たかし》は徐々に人の姿を忘れていった。

7

由宇《ゆう》はひたすら走る。

森の中という悪条件をものともせず、まるで平地であるかのようにその疾走《しつそう》は澱《よど》みがない。頬《ほお》を掠《かす》める枝も、足を奪うぬかるみも、夜に閉じ込められた森の闇《やみ》さえも、由宇を止めるいささかの障害にもなりはしなかった。

その疾走《しっそう》には鬼気迫るものがある。木梨《きなし》を外に解き放ってしまったという事実もあるだろうが、それだけでは説明がつかない。

ただ由宇《ゆう》は前を見ていた。わき目も振らず、否《いな》、わき目を振ることを己に許さず、由宇は走ることに専念した。

幽閉《ゆうへい》され十年、初めて本当の自由を手に入れながら、彼女はそれを謳歌《おうか》することを自らに禁じていた。一度も空を見ることはない。まわりを眺めることはない。ただひたすらに前を見る。まるでそれ以外に意識を向けることが罪悪であるかのように、外にありながら意識をうちへ閉じ込めていた。

美しくもどこか機械的な走り。ただ目的のみを遂行《すいこう》するマシンになることに彼女は徹した。そうでなければ、誘惑《ゆうわく》に負けてしまう。外という名の、自由という名の、誘惑に抗《あらが》えなくなってしまう。

由宇が選んだ木梨の追跡方法は、彼女にしてみれば、らしくない方法だったかもしれない。卓越した観察力と、鋭い五感、さらに彼女の知能をもってすれば、木梨の後を追うのも不可能ではなかったはずだ。

しかし由宇の行く先に木梨の姿はない。

その先にあるのは、ある目的で造られた日本を横断する巨大なトンネル。中に入れば由宇が目的とする場所、そして木梨が目的とする場所まで一直線である。何より、外という抗いがたい誘惑を絶つことができるうってつけの通路だった。

夜露《よつゆ》をふくんだ葉が由宇の疾走で揺れ、頬《ほお》を濡《ぬ》らした。どこからか動物の鳴き声が聞こえた。あの鳴き声は鹿《しか》か。ときどき、それ以外にも小動物の気配を感じる。

苔《こけ》むした木々の幹は、月の明かりを反射し、暗い夜道にわずかばかりの光をもたらす。いま、頭上を見上げれば、木々の間から満天の星が輝いているだろう。

空を見上げてはいけない。見てはいけない。

その思いに気をとられたためか、足元の根につまずき、彼女はよろけた。倒れそうになる体を、大きな太い木の幹に寄りかかることでなんとか持ち直す。奇《く》しくも、それは二週間前、闘《とう》真《ま》が見上げたのと同じ大木であった。

むろん、由宇はそのことを知る由《よし》もない。

右手が左の胸を強くつかむ。苦悶《くもん》に表情が歪《ゆが》んだ。一度途切れた緊張《きんちょう》は、苦しみを浮き立たせる。

「う……くっ」

本来、由宇の体は頑丈ではない。卓越した運動能力は鍛《きた》えた体からもたらされるものではなく、体の動きを最適化するという頭脳労働の恩恵である。しかしそれは肉体にそぐわない運動能力を要求する。その代償は小さくない。

一分だけ。それが自らに許した休憩《きゆうけい》だった。体の芯《しん》から苦痛が去るのを待つ。湿った大木の幹は、夜だというのに暖かく、生を感じさせる。

人の何十倍もの時を生きてきた巨木に人知を超えたなんらかの心のようなものがあるならば、その意思が、この少女を想《おも》う少年の心を伝えたのかもしれない。

――闘真《とうま》は、いまどうしているだろうか。

由宇《ゆう》は、苦痛を紛《まぎ》らわせるため、一人の少年に想いをはせた。

緊張感《きんちようかん》のない笑顔を思い出す。自分と同じく、父親の業《ごう》を背負わされた少年。初めて自分に、救いの手を差し伸べてくれた少年。初めて自分に、化け物でなく普通の女の子のように話しかけ、接してくれた少年。別れは、特に二度目の別れはとても苦しく、苦々しいものだった。

苦笑してしまった。苦しみを忘れるためなら、多少なりとも楽しいことを思い起こせばいいものを。

脳裏《のうり》に浮かんだ苦い記憶《きおく》を無理やりに払いのけ、由宇は息を整えることに集中した。

一分。由宇は体を起こすと、またも走り出す。

トンネルには少しでも早くつかなくてはならない。木梨《きなし》をのっとったものと【天国の門】と名づけられた遺産が、これ以上の犠牲《ぎせい》を出さないうちに、一分一秒でも早いにこしたことはない。

だが、由宇の疾走《しつそう》は、最初に彼女自身がはじき出した以上に速く、焦燥感《しようそうかん》に満ちていた。

まるで追い立てられている草食動物のようである。それはまったく峰島由宇《みねしまゆう》らしくない、と言って差し支えない。

峰島由宇から冷静沈着さを失わせるほどに、自由と名のつくものは甘く、蜜《みつ》の香りで彼女を誘《さそ》った。

あまりにも、外の世界は誘惑《ゆうわく》が多すぎた。

三章　リニアエクスプレス

1

天井《てんじょう》の隅《すみ》から床の端まで、糸のような格子状の赤い光が人間をスキャニングしていく。

きっかり四往復すると、女性の電子音声が四つの名前と四つの手続きの完了を知らせる。

「大脳皮質番号二〇〇〇五一五、蓮杖直人《れんじょうなおと》、三級権限、二十七項目の照合一致しました。再発行手続き完了」

「問題ありません」

「大脳皮質番号二〇〇一〇〇二、環《たまき》あきら、四級権限、二十七項目の照合一致しました。再発行手続き完了」

「頭、くらくらするぅ。いつやっても、これ苦手なんだよねぇ」

「大脳皮質番号二〇〇〇九一五、越塚清志郎《こしづかせいしろう》、四級権限、二十七項目の照合一致しました。再発行手続き完了」

「……」

「大脳皮質番号三〇〇四一〇〇、吉見《よしみ》萌《もえ》、限定四級権限、二十七項目の照合一致しました。再発行手続き完了」

「頭、痛い」

三者三様の反応をしつつ四人の男女が部屋から出てきた。

「帰国早々に申し訳ないが、これも義務でね」

部屋の前で待っていた八代《や》一《しろはじめ》は書類に必要事項を書き込みながら、目の前の四人を見る。四人が出てきたのは大脳皮質番号発行手続きをする、日本にいくつかあるADEMのセキュリティ発行所である。

ADEM、およびNCT研究所で働く人達《たち》は、身分証明書代わりに大脳皮質に直接ナンバリングをする。ブレインプロテクトと呼ばれる複製が不可能に等しいその技術は、セキュリティの信頼性《しんらいせい》向上に一役買っている。欠点といえば大脳皮質にナンバリングをするさい頭に衝撃《しょうげき》があるので、再発行などの手続きは総じて評判が悪い。

「ようやくADEMの遺産使用の規制緩和《かんわ》法案が通って、君達アドバンスLC部隊の活躍《かつやく》の場を作ることができた。いまは猛烈に人手不足でね。正直助かったよ」

四人のリーダーである蓮杖《れんじょう》が、自分達に向けられた八代の言葉に一礼で返した。知性を感じさせる静かな風貌《ふうぼう》は、兵士というより僧侶《そうりょ》のような佇《たたず》まいに近い。だがその静かな見た目とは裏腹に、外人部隊として戦った経験もあるアドバンスLC部隊の中でも、もっとも経験豊かな人物である。

「歓迎の挨拶《あいさつ》がこれなわけ？　まだ頭ガンガンする」

環《たまき》あきらは若い女性だ。男性の中に入ってもひけをとらない長身に、赤く染めた短い髪がよく似合った。動く瞳《ひとみ》と口は、裏も表もなく感情をそのまま外に出す。

八代に一礼した蓮杖以外は、八代の話を聞いているのかいないのか、三人ともまだ顔をしかめている。

「全員、半強制的に再発行手続きなんて珍《めずら》しいですね」

三人の気持ちを代弁したのは、越塚清志郎《こしづかせいしろう》だった。普段《ふだん》めったに喜怒哀楽《きどあいらく》を出さないこの男は、いまものっぺりとした能面のような表情を崩《くず》さず、遠まわしな言葉で不平を漏《も》らした。

「うん、頭、まだすごく痛い」

吉見萌はいまだ頭を抱えている。

「萌ちゃんは、こないだもやったばかりだもんねえ。かわいそうに」

環あきらが吉見萌の頭をなでた。新参者《しんざんもの》の吉見は、ついこのあいだ、ブレインプロテクトの洗礼を受けたばかりだ。

ブレインプロテクトにそれほどの苦痛はない。特に、百戦錬磨《れんま》の兵士達が不平を漏らすような、肉体的苦痛は伴わない。だが、苦痛になれた彼らに言わせると、それは同じ肉体の痛みでも、外から加えられる苦痛とはまるで種類がことなるらしい。

だが、セキュリティ目的なら、体の別の場所にして欲しいと言われても、処置を施《ほどこ》す位置を変えるわけにはいかない。

ブレインプロテクトのもう一つの機能に、機密事項を外部に漏《も》らさないための意識操作がある。人の口に科すプロテクトである。これによりADEMの極秘機関であるNCT研究所は、存在の噂《うわさ》以上のことが外部に漏れることはない。

「最近になってブレインプロテクトの機能を疑問視する意見が出てね。特殊ケースだから君達《たち》には当てはまらないとは思うが、念のため全員再発行手続きが義務になったんだ」

きっかけは伊達《だて》が見た由宇《ゆう》と話している闘真《とうま》である。彼は以前ブレインプロテクトを施したにもかかわらず、いくつか重要事項を弧石島《こせきとう》において無関係な人の前で話してしまっていたらしい。

しかし坂上《さかがみ》闘真という人物自体、非常に特殊なケースである。彼にのみブレインプロテクトが効かない可能性も高かったが、念のためブレインプロテクトの再発行手続きが取られることになった。

もっとも、八代《やしろ》はそんな機密事項を目の前に並ぶ四人に説明するなどできるはずがないし、する必要もない。

「ADEMの命令につべこべ言わない。これはLC部隊の基本中の基本。再発行手続きの文句は受け付けない」

じろりと、目の前の四人をねめつける。蓮杖《れんじょう》を除く三人も、ようやく頭から手を離す。

それを見計らって、八代はパンパンと二度、手を叩《たた》いた。

「はい、ここまで。これで僕のお仕事的義務はオシマイ。やあやあ、よく帰ってきてくれたね。君達がいない間、いろいろ大変だったよ。ほんと。海外は楽しかった？　僕なんて二年間休暇《きゅうか》なし」

八代の雰囲気《ふんいき》が一変しても、呆《あき》れる人間こそあれ、驚《おどろ》く人間はいなかった。

「やっぱり、八代っちだねえ」

「環《たまき》くん、八代っちって呼ぶのいいかげんやめてくれない？　一応これでも僕、上司なんだし」

環あきらは、はいはいとウザったそうに手を振る。

「ねえ、そんなことより、真治《しんじ》さんは、今日ここに来てないの？」

「環、司令、もしくは伊達さんと呼べ。司令は忙しい身だ。私達の帰国くらいで煩《わずら》わせることもないだろう」

「うわー。リーダーその言い方卑屈《ひくつ》う。いいじゃない。愛情と親しみを込めて、真治さんで。本人の前ではちゃんと司令って言ってるんだし」

環は目を輝かせて、八代に向き直る。

「ねえねえ、八代っち、もちろん真治さんまだ再婚してないよね？　候補もいないでしょ？」

「僕の知る限りでは、仕事一筋だけどね」

「うっしっ！」

ガッツポーズする環《たまき》に八代《やしろ》が、無駄《むだ》だと思うけどね、と小さな声でつぶやく。ギロリと睨《にら》む環あきらから八代を逃がしてくれるように、彼の携帯が鳴った。

「伊達《だて》さんから、お呼びがかかった」

「あたしにっ？」

「アドバンスＬＣ部隊に決まってるって」

八代は真顔になる。

「緊急《きんきゅう》なんだ。かなり厄介《やっかい》なことが起こった」

しかしまた、すぐにいつもの顔で、環あきらに親指を立ててみせた。

「そのせいとは言わないけど、伊達さんはいま、身も心も傷ついて、ちょっとやさぐれてる。おまけに各方面からここぞとばかりに大バッシングの集中砲火。あきら君、つけこむならいまだよ」

2

「帰国早々で悪いが、君達《たち》をこき使わせてもらう」

半年振りに帰国した、アドバンスLC部隊への伊達真治《しんじ》の第一声はいつもどおりだった。厳しい表情の中に、疲れも焦《あせ》りも見られない。二週間前に重傷を負ったばかりだという話も、左腕を吊《つ》る包帯がなければ誰《だれ》にも解《わか》らないだろう。

「なんだ、ぜんぜんいつもどおりじゃない」

あきらが小声で文句を言い、責めるように八代を肘《ひじ》でつついた。

蓮杖直人《れんじょうなおと》、環あきら、越塚清志郎《こしづかせいしろう》、吉見萌《よしみもえ》。帰国したばかりの四人は、ヘリで一時間ばかりのところにあるADEMの支部の一室にいる。

伊達が合図を送ると、前面のスクリーンに少女の姿が映し出された。

「うわ、むっちゃ綺麗《きれい》。誰、これ？」

あきらはいつもどおり、驚《おどろ》きをそのまま言葉にする。美しい容姿を賞賛《しょうさん》してか、珍《めずら》しく越塚までが口笛を吹いた。

伊達も八代もそれには無言のまま、さらにもう一枚写真を映し出した。

今度は平凡な男である。三十代前半の少し痩《や》せたデスクワークの似合いそうな男だ。

「男のほうの名は木梨孝《きなしたかし》、NCT研究所の元LAFI開発管理主任。君達の任務はこの二人を捕らえることだ。木梨、男は抵抗するようなら処分しても構わない。ただ、現在もこの容姿である可能性は低い。これが彼がNCT研究所を抜け出したときの最後の映像だ」

映像が映し出されると、戸惑《とまど》いが部屋に満ちた。映っているのは最初に見た写真とは別人、いや別の生き物だった。人ではありえない形状の手足、その動き。横顔にかろうじて木梨《きなし》の面影《おもかげ》が見える程度だ。

「女のほうの写真を渡すことはできない。この場で憶《おぼ》えろ。こちらの女のほうはできる限り生きたまま捕らえろ。その際、頭部以外はどれだけ傷つけてもかまわん。だが、万が一、女が他者に渡るような事態になった場合は、どんな手を尽くしてでも阻止《そし》。殺してもいい。市民への多少の被害も大目に見よう。そして確実に脳だけは破壊《はかい》しろ。場合によってはおまえ達《たち》の命を捨てろ。これは国防がどうのこうのというレベルの問題ではない。世界の未来さえ左右しかねない事態だ。質問は?」

「何者なんです、その女?」

蓮杖《れんじょう》が質問する。

「知る必要はない。不満は持つな。これはおまえ達自身の身の安全でもある」

「俺《おれ》達全員出る必要あるんですか?」

越塚《こしづか》が能面のような顔のまま言った。口調と表情にこそ出ないものの、不満があることは容易に見て取れた。

確かに少女の肢体《したい》は猫科を思わせるしなやかさがあり、同年代の少年少女よりずっと運動能力に長《た》けているだろうことは察せられる。しかし戦闘《せんとう》集団、日本でも数少ない実戦を経験している部隊であるLCチーム、その中でも選《え》りすぐりの、ましてつい昨日まで日本国内で活動すら認められなかった戦闘《せんとう》能力を有した面子《メンツ》、アドバンスLC四人を投じて捕まえよという命令が出るような相手にはとても見えない。

「この写真からだけで理解するのは難しいか。八代《やしろ》、例の映像を流せ」

すぐにスクリーンに、どこかの建物の中と思われる斜め上から見下ろした構図の映像が流れた。

「監視カメラですか？」

カメラのアングルから判断したのか、蓮杖が質問する。

「これは一ヶ月前に起こったスフィアラボ占拠《せんきょ》事件のときのものだ。目標の娘がいま映る」

十人を超える武装集団が映っていた。対峙《たいじ》するは写真の少女。音声はない。しかしその迫力は充分に伝わった。銃器を持った訓練の行き届いた集団に、少女は徒手空拳《としゅくうけん》で挑み、あっけなく勝利している。

さらに流れたいくつかの映像は、少女の高い戦闘能力を裏付けるものばかりであった。

いままで漂っていた、どこか軽い空気はそれにより一変した。あきらも越塚も吉見《よしみ》も、皆無言になる。

「弱点は二つありますね」

しかしその映像を見せられた他《ほか》のメンバーが言葉を失う中、ただ一人リーダーの蓮杖は、平静な声を出すどころか、弱点まであると言ってのけた。

「なんだ？　言ってみろ？」

「一つは体の耐久力。もう一つは甘さ。誰《だれ》一人殺そうとしていない。実力に差があるときは問題ないですが、実力が伯仲《はくちゅう》した場合、その甘さは命取りになります」

「ええっ？　あれ誰も死んでないの⁉」

素《す》っ頓狂《とんきょう》な声を出したのはあきら。他《ほか》の二人も口に出さないにせよ驚《おどろ》いた顔をしている。

伊達《だて》は首を縦に振り、蓮杖《れんじょう》の推測を肯定《こうてい》した。

「観察眼は相変わらず見事だな。蓮杖の言うとおりだ。だが警告しておく。この映像に映っているものがすべてだと思うな。この少女はお前たち四人の遥《はる》か上を行く。無傷で捕らえられる相手ではないと、心しておけ」

蓮杖以外の三人は、露骨《ろこつ》に面白《おもしろ》くなさそうな顔をした。中間管理職に近い立場の八代《やしろ》は、

「さて肝心《かんじん》の行き先ですが」

と、すかさず作戦の説明に入る。

「この女は木梨《きなし》を追うと推測されます。木梨がNCT研究所を抜け出す前に、コンピュータでデータ参照した記録から彼の向かうと思われる場所を割り出しました。もし目的地がここなら、少々厄介《やっかい》なことになります」

スクリーンに表示された資料に、小さな会議室はざわめきにつつまれた。

「……奨励都市《希望》」

「ちょっと待ってよ。ここって真目家《まなめ》の領地じゃないっ！」

「もし目的地がここなら、到達されるとまずいですね」

「しかしなんで真目家の街になんか用事があるんだ？」

「それは君達《たち》が考えることではありません。やるべきことは一つ。二人を捕らえることです」

八代はすっかりお仕事口調である。あまり騒《さわ》いでいる時間はないし、実際戦えば説明は今後不要なのだから。

「問題はどの経路で目的地に向かうかですが」

地図が映し出され、八代のレーザーポインターに明かりが灯《とも》った。

「目的地が《希望》と仮定すると、これが使われる可能性が高いと考えられます」

NCT研究所より南に50キロほど下った地点を赤いポインターが何度か横切る。そこには日本地図を大きく横断するラインがあった。

3

八代がポインターで地図を指したほぼ同時刻、同場所。

地図の上には山々が連なり、人の手がついていない自然が広がるばかりである。しかしそこから地下に50メートルほど進むと、その様相はがらりと変わる。

直径7メートル近い円柱の空洞が、横へ、どこまでも続いている。その両端を見ることはできない。一見どこまでもまっすぐに見えるトンネルは、地図で見れば、数十キロから数百キロ単位で曲がりくねっている。

ほぼ真円に近いトンネルを、巨大な物体が猛スピードで駆け抜ける。円柱の先端をすぼめた奇妙な形は、弾丸を連想させる。弾丸と違うのはその大きさと、後ろに十五両もの客車が連なっていることだ。

その動力は磁力。長年日本が研究していたリニアモーターカーをリニアエクスプレスと名を改め、ついに実用化したものである。

ゴールデンウィーク真っ最中だが、始発ということもあり、乗車率は七割といったところだ。七百名近い乗客が行楽や帰省のために乗り込んでいた。

「皆様、本日はリニアエクスプレスにご乗車いただき、まことにありがとうございます。リニアエクスプレスは平均速度500キロ、東京大阪間をほぼ一時間で走ります」

柔らかい女性のアナウンスが、スピーカーから流れる。

リニアエクスプレスは技術的な面もさることながら、他《ほか》にも様々な問題を抱え長年実用化しなかった。磁力を使うという構造上、従来の技術の流用はできず、実用化するまでのコストが膨大《ぼうだい》であること。さらに政治的な問題。当然のことながら各地に停車駅を設けなければならないが、その数を多くすれば、加速減速停車時間が足を引っ張りリニアエクスプレス本来の速度を生かせない。結局のところ、様々な側面から考慮《こうりょ》すると新幹線でも充分ということになりかけていたのである。

しかしいま、地下にリニアエクスプレスは通っている。

40メートル以上の大深度地下を通すことによる首都圏での土地問題の緩和《かんわ》と、技術開発の躍《やく》進《しん》、さらに通過する都道府県それぞれに対して公平に停車駅を一箇所ずつ設けるという取り決めで、リニアは現実化した。路線はいま現在、本州を三分の二ほどつらぬき、翌年には本州をほぼ結ぶ形で施工《せこう》が進められている。

その最高速度、実に600キロを超える。ジェット旅客機に肉薄《にくはく》する夢のような速度である。技術的には700キロを超えられる領域まで来ているのだが、徹底した静穏《せいおん》構造で音こそほとんどしないものの、共鳴反応により金属類が微振動する現象が避《さ》けられず、600キロにまで落としている。

そのような、夢と技術の結晶の乗り物に今日初めて乗ったある少年は、子供ながらの率直さで素直な感想をもらした。

「つまんなーい」

窓の外を見ていた目を車内の隣《となり》に座っている母親に戻すと、十歳くらいの男の子は、足をばたばたさせる。

「なんにも見えないよ。どこまでもどこまでも真っ暗。なんでずっとトンネルなの？」

男の子の叫びはリニアエクスプレスの欠点を端的かつ正確に表現する。リニアエクスプレス最大の欠点、全行程の90パーセント以上が何も見えない地下であるということだ。速さを実感できる外の景色がなくては、新鮮味がない。

「こら、騒《さわ》ぐんじゃないの。他《ほか》の人に迷惑《めいわく》でしょう」

母親はたしなめながらも男の子と同じ感想を抱いていた。たまに見えるトンネル外の景色も、山や自然ばかりで、人家やビル等の見慣れた対象物がなく、いま一つ速度の実感にはいたらない。速いとは思うのだが、脅威《きょうい》というほどではなかった。

中は狭苦しさを感じさせないギリギリの広さで、緩《ゆる》やかな円筒型をしている。廊下を挟んで整然と左右に二つずつ座席が並び、横にシェードがついた小さな窓、上に開閉式の荷物入れがついている。特に豪華ということもなく、内装も雰囲気《ふんいき》も小型ジェット機とほとんど同じ、目新しさは感じられなかった。

新幹線や飛行機との決定的な違いは、まったく揺れを感じないところだが、それさえも退屈に拍車をかけるだけだ。

座席の前のテーブルには吸いもしないタバコの箱が立っている。ジェット旅客機を超える加速度でありながら、縦に立てたタバコの箱が倒れないという宣伝文句を確認するために、わざわざ駅の売店で買ってきたものだ。それが目の前で実証されると母親は驚《おどろ》いたものだが、男の子にとってはどうでもいいことらしかった。

少年が興奮《こうふん》を覚えたのは、最初に車輪で走っていたリニアがふっと浮き上がるのを感じたときだけである。窓側の席を母親に譲《ゆず》ると、少年は車内の探検に行こうかと思案し始めた。

母親も退屈を感じたのか、全座席に設置されている液晶テレビのスイッチを入れる。このような暇《ひま》つぶしの道具が設置されていることから、運営側にもリニアの抱えている欠点を感じているのだろう。

母親が車内を歩きたいという子供をなだめすかしながら、なんとはなしに朝のニュースを見ていると、リニアがスピードを落とした。その判断は窓からのトンネルの照明の光の間隔《かんかく》と体感からの判断によるものだ。倒れないタバコを見て、すごいわと少しだけ感心する。

だが母親は首をかしげる。次の停車駅はまだ先のはずだ。アナウンスでは確か十五分後に到着と言っていた。その前後は外をしばらく走り、場所も山中ではなく街中である。リニアエクスプレスで一番見ごたえのある場所と聞いていた。

「ねえ、おかあさん、なんで止まるの？　ついたの？」

子供の疑問は母親ではなくアナウンスが答えた。

『ご乗車の皆様、大変ご迷惑《めいわく》をおかけいたします。ただいま緊急《きんきゅう》停止信号が出たため、やむなく停止いたしました』

停止していたのは三十秒くらいだ。

『大変長らくお待たせいたしました。機器の誤動作によるものと判明いたしました。発車いたします。席におつきでないお客様は、足元にお気をつけくださいませ』

アナウンスが一通り終わると、リニアは走り出した。

再び始まる退屈な風景に、少年が窓から目を離すと、車両の前の自動ドアが音もなく開いた。

入ってきたのは見たこともない少女だ。いや見たことがないという定義なら、この車両の母親を除く全員はそうなのだが、通路を歩いてくる少女が放つ存在感は、まったく別次元の存在に思えた。

とにかく、綺麗《きれい》だった。顔かたちだけでない。腰まである艶《つや》やかな漆黒《しっこく》の髪、小柄ながらも均整がとれた完璧《かんぺき》なスタイル。背筋を伸ばしまっすぐにこちらに向かってくる、一切の無駄《むだ》がないその歩き方。なにからなにまでが、少年が知っている女の人とは違っていた。

幼いながらも男の子である少年は、近づいてくる若い女の人をただあんぐりと口を開けて見つめる。

「私に何か用か？」

いつのまにか目の前まで歩いていた少女は、表情のない顔で少年を見下ろした。

「ううん」

「そうか。ならばその頭をどけてくれ」

少年はようやく、座席から身を乗り出した自分が通路の妨《さまた》げになっていることに気づいた。

「これ、義信《よしのぶ》。……どうもすみま……せん」

母親も途中で言葉を詰まらせ、少女の顔を驚《おどろ》いた顔で見上げた。

——芸能人？　それともモデル？　でもこんな綺麗な子、一度見たら絶対に忘れない。きっとデビュー前ね。憶《おぼ》えておかなくっちゃ。あとで自慢できるかも。

それが母親の抱いた感想である。

そのとき、ちょうど母親が目を離した液晶モニターに、ニュース速報の音と、大げさなテロップが流れる。

『矢場台《やばだい》山中に謎《なぞ》の生物。ドラゴンに続く異界からの来訪者か？』

ここ数日日本中を、いや世界中を沸《わ》かせている空に棲《す》む巨大生物の話題。母親も関心があり身を乗り出してモニターに顔を近づけた。

ニュースの内容は要約すると矢場台山中で人の姿に酷似《こくじ》した、しかし獣《けもの》のような動きで走りまわる、謎の生き物が発見されたらしい。目撃者《もくげきしゃ》が多数存在したようだ。地面についた足跡も映る。

「なあに、これ。ヒバゴンみたいね。ちょっとスケールダウンだわ」

ドラゴンのインパクトに比べれば、どうということはない。テレビの中では偉いのか偉くないのかよく解《わか》らない肩書きのついた学者が、ドラゴンと、新たに目撃された謎の生物の関連性をとくとくと述べている。

「矢場台山中か。思ったよりも移動速度が速いな」

思いがけず近いところから少女の声がし、ぎょっとする。すぐ真横に同じように身を乗り出して座席備え付けの液晶テレビをのぞきこんでいる少女の顔があった。

「しかしドラゴンとはどういうことだ？」

「知らないのか？　古今東西様々な神話や逸話に登場する想像上の生き物だ。時に神と同列視され時に単なる……」

「そんなことを聞いているんじゃない。そもそもサードの中に入るのに余計な部分はそぎ落としたんじゃないのか？　なんだその余計な知識は？　それから私の声色はやめろ」

「余計な知識などではない。いま役に立っただろう。それに君の声色を使うのは以前説明したように……」

——ひぃいいいいっ！

母親は顔を引きつらせ、声なき悲鳴を上げる。少女はなにやら会話めいた独り言をぶつぶつと言っている。どうみても頭のねじが二、三本緩《ゆる》んでいる。

「うるさいっ、君はいいかげん黙《だま》れ」

少女は苛立《いらだ》たしげに怒鳴《どな》ると、ノートパソコンらしいものを前の空席のシートにばんばんぶつけた。

「止《や》めろ、壊《こわ》れる」

——お願い、よし君には、うちのよし君には、何もしないで。

恐怖におののきながら、へたに刺激しないよう母親は体を縮める。そしてこんな綺麗《きれい》な娘がなぜ、テレビ画面にも雑誌にも登場しないのか納得《なっとく》した。

天は二物を与えず。この容姿と引き換えに、ちょっと頭のおかしい子に育ったらしい。平凡でも幸せなほうがいい。うちの息子みたいに中の上くらいが一番いいのだ。多少母親のひいき目が入った中の上は、まだぼんやりと少女を見上げていた。

「邪魔《じゃま》をした」

それだけを言い残し、少女は惚《ほ》れ惚《ぼ》れしそうな男前な歩き方で去っていく。その背が隣《となり》の車両に消えたとき、ようやく母親は大きく安堵《あんど》した。

4

「よお、どうしたい。根暗な顔してよっ！」

駅のホームで景気よく背中を叩《たた》かれ、数歩前によろける。危うく線路に落ちかけた。殺人未《み》遂《すい》の相手は誰《だれ》だと背後を振り返ると、意外な顔がそこにある。

「萩原《はぎわら》君……？」

ついこのあいだ会ったばかりの転校生、萩原誠《まこと》だった。

「奇遇だねえ、ええと坂本……」

「坂上闘真《さかがみとうま》」

「そう、坂上君っ！　どうしたの、こんなところで」

「ちょっと親戚《しんせき》のところに用事あって」

「へえ、俺《おれ》もちょうどジイちゃんとこ泊まってきた帰りなんだ。小遣《こづか》いせしめにさ」

と指を三本立てて見せた。三万円ほど、小遣いをゲットできた、という意味らしい。

「これでゴールデンウィークの軍資金ができたぜ」

にんまり笑う萩原《はぎわら》と、よかったねといつもどおり適当に相槌《あいづち》をうつ闘真の前に、電車がとまる。普段《ふだん》はラッシュで込み合う時間帯だが、休日ということもあり、二人は仲良く隣《となり》同士の席に座った。

「ちょっと、席、とっといて」

座るなり萩原は立ち上がり、カバンを闘真に預ける。

「どこいくの？」

「トイレ。連れションすっか？」

あははと笑いながら萩原は二両先の端にあるトイレへ向かった。

その途中、車内で萩原は一人の女の子とぶつかってしまう。

「やあ、ごめんよ。怪我《けが》はないかい？」

女の子は首を横に振った。亜麻色《あまいろ》の長い髪が、左右に豪奢《ごうしゃ》なカーテンのように揺れた。女の子は立ち上がると転んでも手を離さなかった細長い包みを大事そうに抱えて、隣の車両に移っていった。

「ヒュー、カワイイ。ハーフかな。惜しい。ちょっと俺の守備範囲外だ。あと十年、いや五年早く生まれててくれれば、完璧《かんぺき》だったのによ」

表情に乏《とぼ》しいが将来を期待させる顔立ちに、萩原は頬《ほお》を緩《ゆる》ませる。クラスの女子にせっかくの美形が台無しとクソミソにけなされている、だらしないスケベ顔だった。

そのままトイレで闘真に言ったとおり用を足すと、手を洗いながら誰《だれ》に話しかけるでもなく、ぶつぶつと声を出す。

「ああ、こちら萩原。現在、目標を尾行中。……はい。いえ。まあ、順調ですかね。先代の家から何か大きい物を持ち出した形跡もなし。特に変わった様子はありません。とりあえず今日一日張ってみます。ああ、そうだ。最近日本に上陸したっていうミネルヴァのメンバーの中に、小さい女の子は？　該当なし？　ふーん。いや、女の子が一人乗ってたんだけど」

手を洗い終わった萩原は、ぶるっと体を震《ふる》わせ、

「ありゃ……化け物だわ」

とつぶやく。いままでのふざけた表情はひとかけらもない。

それから一通りの報告が済むと、萩原はもと来た通路を戻る。途中女の子とぶつかった通路で立ち止まり、足元に落ちていた写真を拾い上げた。

「坂上闘真《さかがみとうま》の写真？　あいつにストーカーするほど惚《ほ》れてる女子がいるとは思えねぇ」

失礼なことをつぶやきながら、顔は真剣そのものだ。もしこれがあの少女が持っていたものだとしたのなら。

「けっこうヤバイ？」

萩原《はぎわら》は写真をポケットに押し込み、闘真のいる車両に向かって、慌《あわ》てて走り出した。


「どうしたの？　迷子？」

きょろきょろしている亜麻色《あまいろ》の長い髪をした女の子が気になり、闘真は声をかけた。

迷子と言ってしまってから、この女の子の年齢には失礼かなと思ったが、もう口にしてしまったものはしかたない。

それよりも気になるのは、少女がまるで品定めをするように、闘真の顔をまじまじと見ていることだ。

「迷子じゃ、ないんだよね？」

女の子は首をフルフル横に振る。表情に乏《とぼ》しい顔はとっつきにくそうだったが、意外と素直な性格をしている。

「じゃあ探し物？」

少し間を置いてから女の子はコクンとうなずく。

「お財布とか？」

また首を横に振る。

「何か大事なものなのかな？」

そう言いながら、少女が大事そうに手にしている細長い包みがなんとなく気になった。

「写真」

ようやくサクラの花びらのような唇《くちびる》を開く。小さくすぐにでも空気に溶けてしまいそうな声だ。

「写真？　どんな写真だい？」

「人の写真。顔覚えられないから」

なんとなく事情を察する。少女は誰《だれ》かを捜して車内をさまよっていた。その手がかりは写真一枚。しかしこの年齢の少女が、写真一枚を頼《たよ》りに電車内で人を捜すなど奇妙なことだ。

「少しは特徴とか解《わか》らない？」

「相貌失認」

首を振って、短く聞きなれない単語を口にする。

「そうぼう……しつにん？」

「認知障害の一種。人の顔が覚えられない」

悪いことを聞いたかなと、気まずい空気が流れる。いや、気まずく思っているのは闘真《とうま》だけで少女にはなんの変化もない。ただ事実に答えたというだけである。

「なんだなんだ、坂上《さかがみ》君。俺《おれ》のいぬまにナンパとはね。でもちょっとストライクゾーン広すぎな……」

闘真の横に座る少女、クレールの姿に萩原《はぎわら》は引きつった顔をする。

「あ、萩原君。この子、人を捜しているらしいんだけど、写真を見ないと顔が解らないんだって。その写真を落としちゃったらしくて。萩原君、トイレ行く途中でなんか落ちてなかった？」

「い、いや、見なかったけど」

萩原は引きつった笑顔のまま、ジーンズの後ろポケットに無造作に入れてしまった写真を、さりげなく奥深くにぐしゃぐしゃとつっこんだ。

「そうだ、名前は？」

「名前？」

「うん、捜している人の名前は？」

——うわあああああっ！

闘真と少女のナチュラルな会話に、萩原の心臓がひっくり返りそうになる。

だが、萩原の祈りが天に通じたのか、少女はまたしても、首を横に振ってくれた。

「名前は知らない」

「そうか、困ったねえ。何両先から乗ってきたの？　二両先？　じゃあ君が歩いてきたほうを捜してみよう。ごめん、萩原《はぎわら》君、ちょっと行ってくるね」

「お、おう、行ってこいや、気をつけてな」

引きつる表情筋をなんとか微笑《ほほえ》みの形に動かし、萩原はヒラヒラと手を振った。

連結部分のドアを開けて少女を通してやる闘真《とうま》を見ながら、

「あははは、すげー緊張感《きんちょうかん》」

と萩原は本当に乾いた笑いを発し、また独り言のように、ほとんど唇《くちびる》を動かさず話し出した。

「萩原だ。緊急。坂上《さかがみ》闘真を狙《ねら》う可能性のある組織の中に、先ほど報告した特徴を持つ少女がいないか調べてくれ。少女の新たな追加事項。重度の相貌失認《そうぼうしつにん》。単独での行動。ミネルヴァ側、真目《まなめ》家側、双方の尾行、少女の行動に対して動きなし。坂上闘真を狙っているのは確実だが目的は解《わか》らない。以上」

報告を終えた萩原は、右手で心臓を、左手で胃のあたりをなでた。

万が一、少女が名前を知っていて、それは僕だよなどと闘真が答えた日には、この平穏《へいおん》な車両の中で何が起こっていたのか。想像したくないがなんとなく想像がつく。

あの少女がミネルヴァか他《ほか》の組織かは知らないが、遺産に関《かか》わる連中というのは、どうしてこう一般常識を歯牙《しが》にもかけないのだろう。

闘真も闘真だ。この男が蛟《みずち》の屋敷から出てきたときに持っていた、あの雰囲気《ふんいき》は、いまではきれいさっぱり消し飛んでいた。自分のカバンの中には遺産をもしのぐ劇物が入っている自覚など、たぶんどこにもないと思われる。

真目家といい、遺産に関わる組織といい、この手の連中はそろいもそろってネジがどこか緩《ゆる》んでいるのだろうか。

「見つからなかったよ」

そろってネジが緩んでいると評された二人は、仲良く萩原の前に戻ってきた。

「そうか、残念だったね。で、君はどこまで乗っていくのかな？」

萩原の質問に、少女はワンピースのポケットから小さなメモをとりだしてみせた。そこに書いてある駅名を、ちょうど車内アナウンスが告げる。

「あ、この駅だよ。ついた、ついた。さあ、降りなくちゃ」

一緒《いっしょ》に自分も降りそうな勢いで、萩原は少女をうながす。その横から、闘真は少女に心配そうに尋ねた。

「捜していた人は、いいの？」

「うん、時間切れ」

謎《なぞ》めいた言葉を残し、亜麻色《あまいろ》の髪をした少女は丁寧《ていねい》に二人にお辞儀《じぎ》をしたあと、ホームをとことこと歩き、改札を出て行った。

5

「始発のリニアエクスプレスが緊急《きんきゅう》停止したそうです」

八代《やしろ》の報告に伊達《だて》が顔をしかめた。

「ここにきて人員不足が足を引っ張り出したな」

本来ならLC部隊全員をかりだしてでも逃走ルートをふさぎたいところだが、ADEMにそれだけの余裕はない。一ヶ月前と二週間前の事件で多大な損失を出したばかりだ。

NCT研究所の非合法部分に大きく関《かか》わるので、部外の組織を頼《たよ》るわけにもいかなかった。もとより表向きな部分でも折り合いは悪い。

人海《じんかい》戦術は使えない以上、自然と捕まえる手段は逃走ルート特定後に絞られてくる。

「停止した地点はどこですか？」

「ここですね。緊急避難《ひなん》用のハッチから中に入ったんでしょう。いまはもうリニアの中ですか」

あきらがハイっと元気よく挙手した。

「トンネル内でリニア止めて、両方から挟み撃《う》ちしちゃえば？」

「トンネルと言ってもメンテナンス用通路や緊急避難用、排水用、様々な通路が複雑に入り組んでいる。かえって不利です」

八代にあっさり却下され、あきらは口をとがらせる。

「しかし逃走ルートにリニアを使ったのは失敗だな。リニアは完全に外部から制御されている。つまりあの小娘は自分の乗っているリニアの主導権を握ることはできない」

蓮杖《れんじょう》の言葉も、これまたすぐに八代に否定された。

「その結論は早計です。あの女なら、外部からのハッキングで制御権を奪うことも可能です」

「ハッキング？」

「はい。あの女の能力は、先ほど見せた直接的な戦闘《せんとう》だけではありません。事実、いまの緊急停止は間違いなくあの女によるものと思われます」

八代の言葉とともにスクリーンに新たに映し出されたのは、上空から撮った工場のような大きな施設だ。

「この建物がリニアエクスプレスの心臓部。リニアエクスプレスコントロール施設の写真です」

「大きいねえ。こんな大掛かりな建物が必要なわけ？」

「電力変換変電所という施設が場所をとるからです。リニアエクスプレスは東西に一箇所ずつ、車両を制御するコントロール施設がある。これは通常の車両と違い、リニアエクスプレスの動力はレール側にあるためです。ああ、いまレールって言いましたけど、正確にはガイドウェイって名称ですね。つまりコントロール施設を押さえておけば、リニアの制御は奪われない。ただ、その制御の主導権を完全に彼女から守り通せるか」

「どういうこと？　NCTには、隠し持った遺産がゴマンとあるんでしょ？　その木梨《きなし》って男が管理してたLAFIとかいうのも、すごいコンピュータって聞いてるよ？　そんなの使っても、制御奪われちゃうわけ？　それってどういうことよ？」

アドバンスLC部隊は実行部隊である。彼らは自分達《たち》が操る遺産以外には疎《うと》い。あきらの抗議はもっともであるが、伊達《だて》も八代《やしろ》も、由宇《ゆう》がLAFIサードを所持しており、そのハッキング能力で制御系統が奪われる可能性があることまでは説明しない。必要もない。

「現在、早急にNCTとリニアのコントロール施設を結び、技術者も手配済みです」

「NCT研究所のほうで、可能な限り妨害《ぼうがい》を行う。LAFI開発管理責任者がいなくても、リニア一台分の制御系統くらいは守れるだろう。だが完璧《かんぺき》にできる保障はできない。だからおまえ達が行って追い詰めろ。それだけのことだ」

伊達の命令を黙《だま》って聞いていた蓮杖《れんじよう》が、何か思いついたのか発言する。

「止めても逃げられる可能性は高い。となると逆にリニアは止めないほうがよさそうですね。リニアの速度が200キロ以下にならない限り、目標もリニアから降りることはできないでしょう」

「止めないでどうやって捕まえる？」

「ここを」

蓮杖が地図の一点を指す。

「リニアの通路はこの駅の前後で、地上に出ます。合計12キロ足らずですが」

「それで？」

「走っているリニアに飛び乗ります。そのさい速度は200キロまで落としてもらいます。それ以上速度を落とすと、逃げられるかもしれません。我々が飛び乗ったら捕まえるまでノンストップにしてください」

「地上に出ている時間は四分もないぞ。できるか？」

伊達が念を押す。蓮杖は力強くうなずいた。

「少数精鋭で行きます。ここから終点まで200キロを維持したとして、二時間。それだけあれば、目標を拿捕《だほ》、あるいは処分可能」

「二時間だって!?　長すぎる！」

蓮杖の作戦に大きく異議をとなえたのは八代だ。

しかし伊達は大きくうなずき、蓮杖はすでに必要装備の手配に入ろうとしていた。もはや誰《だれ》も聞いていないことをなかば予測しながらも、渾身《こんしん》の抗議を試みる。

「いまはゴールデンウィークの真っ最中なんですよ！　リニアエクスプレスのレールは二本。片道一本ずつしかない。ダイヤはめちゃくちゃ、乗客はすべて足止め。何万人に影響《えいきょう》が出ると思います？　作戦の騒《さわ》ぎだけならともかく、いったい誰が各方面への処理をすると……」

「おまえ以外の誰がいる」

上司の伊達《だて》は冷たい一言で跳《は》ね除《の》けた。

「まあまあ八代《やしろ》っち、二時間もかかんないって、だいじょうぶ」

「なるべく早く拿捕《だほ》、あるいは処分するよう、努力します」

部下の言葉は上司よりはいくぶん温かいが、そのぶん、よりいっそう悲しく感じるのはなぜだろうか。

一人部屋に残された八代の心の中を、生暖かい寂寥感《せきりょうかん》がひゅうと音をたて、吹き抜けていった。

6

「ママア、たいくつぅ」

「もうちょっとだけ我慢《がまん》してね。トンネルを抜けるとすごいものが見られるから」

時速600キロオーバーで流れる外の景色は、きっと男の子なら満足してくれるだろう。かくいう母親自身も、未知の世界の映像に胸を躍《おど》らせていた。

そう思った矢先、体がかすかに前方向への慣性を感じた。リニアエクスプレスが減速している。速度を示すパネルは600キロメートルからみるみる下がっていく。

「また緊急《きんきゅう》停止？」

しかし一定の速度まで下がると、あとはその速度を維持していた。トンネルを抜ける。いまや速度は時速200キロまで落ち、新幹線と変わらない平凡な眺めがあるはずなのだが、

「ほんとだ、すっごーい！」

男の子は歓声をあげ、母親の顔は引きつった。

何台ものヘリコプターが窓の外を併走していた。あまりの出来事に乗客は喉《のど》を詰まらせる。

「な、なに？　戦争？」

母親がそう思ったのも無理からぬことだ。銃器で武装した一団が、睨《にら》むように車内を見ていた。ヘリにマーキングされたLC部隊のマークに気づく余裕などあるはずがない。

ヘリはリニアの後部へ回り込んだ。屋根のメンテナンスハッチの横にワイヤーを打ち込み、それを伝って車両上部のハッチから、次々と武装した者達《たち》が降りてくる。

「わあ、ほんとにすごいやぁ」

無邪気に喜ぶ息子を抱きかかえ、母親は体を丸めた。

『ご乗客の皆様に申し上げます。本車両に凶悪犯《きょうあくはん》が乗っているとの情報がありました。そのためただいまより全車両はADEMの指揮下に入りました。上空のヘリはLC部隊です。皆様の安全を守るため、どうかご混乱のないよう、すみやかに指示に従い……』

「……LC部隊？」

おそるおそる顔を上げる。

すぐに紺色《こんいろ》の制服を着た係員が誘導《ゆうどう》にきた。

「ご乗車の皆様、恐れ入ります。七号車以降は完全に封鎖されます。いまから誘導いたしますので、六号車以降のお客様は、前の車両にすみやかに移動をお願いいたします」

いきなり映画のような光景を見せられ、車内はパニック寸前だったが、始発で人がそう多くないことも手伝い、比較的落ち着いて避難《ひなん》は行われた。

「ほんとにすごいねー」

外のヘリの集団を見、無邪気に喜んでいるのは、子供ばかりであった。

7

「次のトンネルまであと一分！」

「あと二人下ろせ！」

「あと三十秒切りました！」

時速200キロが作り出す烈風の中では、大声で怒鳴《どな》りあわないとお互いの声が聞こえない。

最後の一人、環《たまき》あきらが下降している最中だが、体重が軽い分風の影響《えいきょう》は大きい。それでもバランスを崩《くず》さず器用に降りると、すぐさまワイヤーを切り離しヘリを自由にする。離脱した直後、リニアエクスプレスはトンネルに呑《の》み込まれた。

「ひゅう、やばかったねえ」

「越塚《こしづか》の腕は一流だ」

「ろくすっぽ寝てないのに。ねえ、萌《もえ》ちゃん、大丈夫《だいじょうぶ》？」

吉見《よしみ》萌は無言でうなずくと、足場の吸盤を回収しハッチを閉める。と、叩《たた》きつけるような風がぴたりとなくなった。

「さて、どこの車両に隠れているか」

「わざわざアナウンスして人払いしたんだから、六号車より前には、いないんでしょ、リーダーの読みではさ。ま、あたしにまかせといて」

あきらはバックパックから水筒を取り出すと蓋《ふた》を開け、手のひらの上で逆さにした。中に入っていた水がこぼれ、手のひらをつたって指の間から床に落ち飛び散る、かに思えたが落下した水は途中でその勢いを失い、ついには停止する。それどころかそれぞれの指の間から落ちていた水流は蛇《へび》の鎌首《かまくび》のように持ち上がり、まるで生き物のごとくうねった。

よく見ればあきらの手のひらから細かい放電のような現象が見える。

「さあ、行きな」

あきらの号令に従い四本の水の紐《ひも》は、飛ぶように伸び車両の先へ進んだ。それぞれが何かを捜すように、車両の物陰や狭いところを動き回る。

あきらの手のひらには、四つの映像が映し出された。せわしなく動く映像は、紐《ひも》の先端の動きと連動している。四本のカメラだ。

「リニアに積んである水じゃ駄目《だめ》なのか？」

「駄目って訳じゃないんだけどさ。不純物が混じってると、こまかい操作には支障をきたすからね」

あきらは舌なめずりをすると、四つの水流を放った。

「さあ、どこに隠れているのかな、子猫ちゃんは」

客室とは明らかに異なった内装の部屋の物陰で、じっと身を潜《ひそ》ませていた由宇《ゆう》が見ていたLAFIサードのモニターに、エラーが表示された。

――このリニアの制御系統は全力でブロックしているようだ。しかしもう一つのほうはなんとかなりそうだ。

モニターの隅《すみ》に、由宇が打ち込んだものではないメッセージが表示される。LAFIサードに無理やり押し込んだ風間《かざま》の一部だ。

「解《わか》っている。このリニアを走らせている間は、私を閉じ込めておけると判断したんだ」

『君はなぜ私が文字という原始的な方法で意思疎通《そつう》をしようとしているか、理解しているのか？』

「声が外に漏《も》れるのを怖《おそ》れたんだろ。気にするな。それより木梨《きなし》……だったものに関する手がかりになりそうな情報を、ネットワークから集めてくれ。それと先ほど見たドラゴンの情報も。気になる」

『私を何かと便利に使うつもりだな』

「分業と言ってもらおう。私にもやらねばいけないことがある。それとも君が、乗り込んできたLC部隊を撃退《げきたい》してくれるのか？」

『それは……待て、何か聞こえないか？』

「水の音？」

せせらぎのような清音に、由宇は耳を澄《す》ます。やがて近づいてくる音は実体を伴う距離まで近づいてきた。

それはまったく奇妙な光景だった。流れる水は、重力を無視し、低いところから高いところへと向かっている。まるで蛇《へび》が鎌首《かまくび》をもたげるように水の流れの先端が持ち上がり、波紋《はもん》が広がった。

『なんだ、あれは？』

「解らないか？　意外だな」

『この窮屈《きゅうくつ》な機体に入るため、色々そぎ落としている。当然知らない知識も増えてしまう』

憮然《ぶぜん》と言い放つ。

「どうでもいいが私の声色で話すのはよせ」

『気にするな。それよりあれはなんだ?』

「ウィンディーネと呼ばれる遺産だ。水分子を操り、水を自在に動かす。ふん、そうか。新法案ではLC部隊もCか限定Bクラスの遺産までの使用を許可されるんだったな。しかし水の光の屈折率までも操作し、カメラのように使うとは」

『ようは光ファイバーか』

「発想も操作技術もたいしたもの。中々うまい使い方をする」

由宇《ゆう》は嬉《うれ》しそうに笑った。

『どうしてそんなに楽しそうなのだ? 敵だろう?』

「いままで対峙《たいじ》した人間はどいつも使い方が下手だった。道具に振り回され、力押ししか知らない。しかしようやく遺産を道具として使いこなす相手が現れた。ただのLC部隊ではないな。噂《うわさ》に聞くアドバンスLC部隊か。優秀な駒《こま》か指導者がいるらしい」

毛並みの美しいヒョウが笑うとしたら、いまの由宇のような表情になるだろう。

「少しは楽しめそうだ」

「いた」

あきらは由宇とは異なる、獲物を狩る狼《おおかみ》のような笑みを浮かべた。

「やっぱり、私らの車両の一個前だよ」

水面には、魚眼レンズで見たように歪《ゆが》んだ由宇の姿が映っていた。

「まずはこれを使わせてもらおうかな」

彼女の背後には天井《てんじょう》に届きそうなほどの大量の水がある。それもやはり物理法則を無視し、つぶれかけたシャボン玉のような形で宙を漂っていった。リニアに蓄えられていた飲用や排水のための水である。

「トップバッター、いかせてもらうよ」

巨大な水の玉を引きつれ、あきらは滑《すべ》るように中へ入った。

由宇が隠れていたのは簡単な医療設備を整えた救急車両。備え付けのベッドがあり、鍵《かぎ》のかかった棚がいくつも並ぶ。

一車両を使った医療施設はリニアの売りの一つだった。騒音《そうおん》、気圧の変化、激しい揺れといったヘリや飛行機の欠点を補い、早く正確に急患を目的の病院まで届けられる。リニアの特性を活《い》かした有用な使い道であった。

狙《ねら》う獲物は、その車両の物陰に身を潜《ひそ》ませているが、あきらには丸見えである。

あきらは、背後に控えるウィンディーネの巨大な水玉を、由宇に向かって狙いを定め、巨大な水鉄砲のように走らせた。

巨大な水の束は物陰に隠れた由宇《ゆう》に襲《おそ》い掛かる。

「なんだ、たいしたことないじゃない」

水流に押し出され、転げ出た由宇の体は、大量の水に次々と覆《おお》い隠されていき、すぐにすっぽりと包まれてしまった。

車両の半ばを埋め尽くす水の球体に呑《の》み込まれ、由宇は必死にあがくが、その手が水面から出ることはない。水の檻《おり》から逃れられるのは、口からこぼれる泡ばかりだ。

あきらは勝利を半ば確信したが、気を緩《ゆる》めるようなことはしなかった。溺死《できし》されては元も子もない。意識を失う境を見極め、水の檻を解かなければならない。

由宇の足掻《あが》きが徐々におとなしくなる。そろそろかとあきらは目を細めた。

しかし次に取った由宇の行動は、あきらの予想をいとも簡単にくつがえす。

彼女は腰のナイフを手に取ると、手首にあて、ためらうことなく引いた。大量の血が水の中に広がった。

「しまったっ！」

あきらの驚愕《きようがく》は、由宇の命を懸念《けねん》したものではない。

綺麗《きれい》な球の形を保っていた水は、歪《ゆが》み、やがて水風船が破裂するように崩壊《ほうかい》した。水に血を混ぜることによって、水の伝導率を変化させ、ウィンディーネの制御を狂わせたのだ。

制御を失い雪崩《なだれ》のように押し寄せてくる水に、足を奪われるあきらの頭上を、巨大な体が飛

び越える。萌《もえ》だ。

対し由宇《ゆう》は水の流れを利用し、背後へ流されるように下がると、そのまま隣《となり》の車両に姿を消した。その後を萌が追う。

「ちっ！」

流され口に入った水をぺっと吐き出すあきらの背後に、蓮杖《れんじょう》が立つ。

「しくじった」

「あれで捕まえられるとは思っていない。予定通り、自分の血を使ってくれた。あの少女の弱点は、体力。血を流し戦い続けることによって、体力の消耗《しょうもう》は一段と激しくなる。あとは休ませない程度に、こちらに被害が出ない程度に攻め続ければいい」

「えげつない作戦だねぇ」

よっと体を起こしながら、あきらは別に不満といったふうでもない。彼等《かれら》はプロフェッショナルだ。命令を成し遂《と》げるという目的の前には、どんな卑劣《ひれつ》な行為も黙殺《もくさつ》される。

8

かつて木梨《きなし》と呼ばれたものは、目的の場所まであと少しのところに来ていた。

《希望》に向かうはずのその生き物がたどりついたのは、工場のように巨大な建物だ。

人語を失った喉《のど》は、奇妙に軋《きし》むような音を出す。施設に向かって走り出そうとすると、車がまわりを取り囲んだ。

「いたぞ。こっちだ」

「早くしろ」

口々に叫び、銃を向けてくる。

しつこいくらいに追ってくる連中に、木梨の中に入った意識体はうんざりしていた。最初の頃《ころ》にあったような恐怖心はない。それよりも肉体を自由に操れる喜びが優《まさ》っている。

右手を横へ伸ばす。ただ思うだけでいい。脳に記憶《きおく》された様々なデータを組み合わせ、力強い肉体を形成していく。

皮膚《ひふ》の下で肉と骨が、みしみしと音を立てて変化し新たに生まれ変わる。古い肉体が剥《は》がれて地面に落ちた。そして異様に太い腕ができあがった。

この肉体形成の欠点は、大量のエネルギーを必要とすることだ。しかしそれも問題ない。餌《えさ》は、自分のほうから集まってくれるではないか。

いまや蚊《か》ほどの痛みもない銃撃《じゅうげき》をかいくぐり、車と呼ばれる機械の一台を、新たに生まれた手で乱暴に振り払う。餌のいくつかを巻き込んで、車は横転した。それを見て、餌達《たち》は顔色を変えた。

「ぎ……きぃ」

一分後、元木梨《きなし》は、満腹に満足を覚えながら、再び目的の場所へ歩みを再開する。

広大な敷地に立てられた建築物の門をくぐった。中から餌《えさ》の騒《さわ》ぐ様子が感知できる。

その門には、リニアエクスプレス総合コントロール施設と書かれていた。

9

『いきなりピンチだな』

他人事《ひとごと》のようなLAFIサードから聞こえる自分の声は無視し、由宇《ゆう》は、巨漢、萌《もえ》の轟音《ごうおん》がうなる拳《こぶし》をかいくぐり、バックステップで距離を取った。腋《わき》の下を押さえ、切った手首からの血の流出を防ぐ。しかし激しく動いていては、それもままならず、床には赤い雫《しずく》が作った水溜《みずたま》りがいくつも点在している。

由宇の顔は険しい。

「この闘《たたか》い方、その体……」

目の前の相手の体をしげしげと見つめ、由宇は不審がる。その不審のもとを確かめたいのだが、相手の顔は分厚い装甲のようなマスクで覆《おお》われていた。

さらにもう一つ奇妙なのは、由宇と萌が闘っている車両に、他《ほか》のメンバーが入ってこようとしないことだ。

「確かめてみるか」

はたから見ると無謀《むぼう》とも言える踏み込み。しかし由宇は充分な勝算をもって萌の懐《ふところ》へ飛び込んだ。巨漢の体を壁にし、駆け上っていく。最後に美しい弧《こ》をなぞるように駆け上ったつま先が、萌の顔を捉えた。体をのけぞらしそれを避《さ》ける萌。直撃《ちょくげき》は避けたが、顔を覆うマスクが天井《てんじょう》にぶつかる。
二、三歩よろめいた萌は素顔をさらし、由宇を睨《にら》みつけた。見覚えのある顔がそこにあった。
「やはり、亜門《あもん》か」

スフィアラボ事件の犯人グループの一人、主犯格では唯一《ゆいいつ》生き残った男の名を口にする。

「……あもん？」

亜門と呼ばれた巨漢は、それが初めて聞いた名前のように聞き返す。

これも新条約に伴い、合法となった手段だ。復帰不可能と判断された脳障害のある犯罪者は、特定の条件下、日本政府に貢献するという形でのみ、回復手術が行われる。おそらく以前の記《き》憶《おく》はほとんどないだろう。いま目の前で闘っている相手は、かりそめの人格だ。

「LC部隊もいよいよ、えげつなくなってきたな」

由宇の独り言が終わるか終わらないかのうちに、リニアがトンネルを抜けた。朝方の山中の景色に真昼のような光など望めるはずがない。しかし強烈なライトが爆音を伴い、外から飛び込んできた。

すぐ真横を併走するLC部隊のヘリ。その先端に備えられたガトリングガンが、リニアに向いた。

由宇《ゆう》は反射的に伏せる。ガトリングガンが爆音と火花を吐き出した。ガラスや外壁はあっというまに砕け、蜂《はち》の巣になり、伏せた由宇の頭上を鉄の玉が横切っていく。

しかし萌《もえ》は、否《いな》、亜門《あもん》はガトリングガンの砲火の中、悠然《ゆうぜん》と立っている。着ている服が裂け、中から鈍くライトを反射する装甲が現れる。以前由宇と闘《たたか》ったときと同じ、A9汎用《はんよう》特殊装甲のオリジナルである。ガトリングの近距離射撃《しゃげき》をあびてもびくともしないのはさすが遺産技術といったところだが、その衝撃《しょうげき》に平然と耐える亜門も尋常《じんじょう》ではなかった。

それどころか亜門は砲火の中、悠然と由宇へ向かって歩き出した。対する由宇は立ち上がって逃げることはできない。立てば即座にガトリングガンの餌食《えじき》になる。

ガトリングガンの砲火は、200キロで併走しているにもかかわらず、寸分たがわず膝《ひざ》より上の高度を保ち、きっちりと由宇を床に釘付《くぎづ》けにしている。越塚《こしづか》の技術は並大抵ではない。

亜門の手が伸びた。それを避《さ》けるため体を転がしただけで肩をガトリングの弾がかすめる。裂けた肌は、さらに出血を増やした。

無茶《むちゃ》で卑劣《ひれつ》で、しかし正確な遺産の使い方を心得、合理的に作戦を展開する。いままで関《かか》わったどんな相手よりも手ごわい連中だ。

『あと十秒でトンネルだ』

由宇は片方の目をつむり、転がることだけでなんとか亜門の追及を避け続ける。

風間《かざま》のカウントからきっちり十秒後、トンネルに入ったとたん、車内に流れ込む空気の流れが変わり、強烈なライトと砲火は消え、闇《やみ》が訪れた。車内の電灯はことごとくガトリングに破《は》壊《かい》されている。

由宇はその瞬間《しゅんかん》、つむっていたほうの目を開ける。闇になれた瞳《ひとみ》は明かりのない車内の様子をまたたく間に把握《はあく》する。対し亜門は突然訪れた闇に視界を奪われ、そのときだけ動きが止まった。

立ち上がると同時に、由宇は亜門の体を壁にし、同じように駆け上がる。先ほどの行動を正確にトレースしたかのような動きは、しかし違う結末を迎えた。

強烈な威力を内包したつま先が亜門の顎《あご》を捕らえ、巨漢の体はゆっくりと床に倒れた。


「ほら、起きなよ。萌ちゃん」

あきらに頭を叩《たた》かれて亜門――萌は首、意識をはっきりさせようと首を振った。体を起こし、まだぼんやりしている頭を叩く。

「がんばったのに」

萌は見るからにしょんぼりしていた。まるで風船をなくした子供だ。

「いいんだよ。萌《もえ》ちゃんはよくやった。胸はりな」

頭をなでて――二人の身長差ではあきらが背伸びしないと手は届かないが、いい子いい子する。

「ねえあ、あきら。亜門《あもん》ってだれ？」

「あもん？」

「あの女の子、僕のこと亜門って呼んだ。ねえ、亜門ってだれ？」

よほど気になるのかしつこく尋《たず》ねてくる。

「人違いだ。お前の名前は吉見萌《よしみ》」

二人の会話を耳にはさんだ蓮杖《れんじょう》は優《やさ》しい口調で割り込んでくる。それでいて有無を言わせない何かを含んでいた。萌は不満をぬぐいきれないまでも、その話題から引き下がった。

その間に由宇《ゆう》を追って奥に進んだLC部隊員が戻ってくる。彼らは一様に戸惑《とまど》いを浮かべた顔で蓮杖に報告した。

「どこにも見当たりません」

「どこにも？」

見張りを残し、蓮杖はあきら達《たち》を引きつれ先の車両に進む。蓮杖の頭には、先ほどまではなかった、見慣れないゴーグルのようなものが装着されていた。

報告どおりである。隣《となり》の車両は言わずもがな、次もその次の車両も由宇の姿はない。人の隠れられそうな空間はしらみつぶしに捜した。それでもいなかった。

「うかつだった。私が最初に入るべきだった」

「ここまで荒らされると過去視は無理？」

「ああ。これだけ人の出入りが多いと駄目《だめ》だな。不確定要素が多すぎる」

蓮杖は難しい顔をして、頭にあげてあるゴーグルを叩《たた》く。

床に滴《したた》る血の量は少なくなかった。

「血の跡はここで途切れているが……」

「でも、どこにも隠れる場所はないよ」

蓮杖の頭が上を見る。そこには最後尾からLC部隊が乗り込んできたものと同じメンテナンス用のハッチがあった。

「あそこだ」

「え、うそ、ま、待ってよ」

「ありえない話ではない」

「200キロでトンネルの中だよ。ありえない。無茶《むちゃ》だ。あたし達だって、命綱《いのちづな》つけてようやく飛び乗ったんだ。なんの装備もなしに！」

「自分達の技量を基準に考えると、痛い目に遭《あ》うと、司令が言っていた」

蓮杖は椅子《いす》を台にして天井《てんじょう》に張り付くと、ハッチのハンドルを回す。ハッチを開け息ができないほどの風に抵抗しながら、周囲を見た。そして遥《はる》か後部の屋根に張り付いている少女の姿を発見する。

「よくもこの風の中吹き飛ばされずに、まあ」

呆《あき》れ半分感心半分、すぐさま中に戻ると蓮杖《れんじょう》は指示を飛ばす。

「吉見《よしみ》の吸盤グローブをとったようだ」

「あ、ない」

萌《もえ》は自分のポケットを探る。

「屋根に張り付いている。後ろに戻る」

「ウソッ!? 後ろって?」

「すでに最後尾まで移動している。我々が入ったハッチから中に戻るつもりかもしれない」

驚《おどろ》くあきらの背中を叩《たた》き、蓮杖は後ろに駆け戻った。

最後尾に着くと今度はあきらがハッチを開けて外を見る。

「あきらめるんだね。もう逃げ場はないよ」

由宇《ゆう》の姿は最後尾のハッチよりさらに後ろへと下がっている。いったいそこまで下がってどういうつもりなのか。

由宇はLC部隊が乗り込むさいに使用した吸盤を両手に持っている。それにしてもここまで移動しているその身体能力は尋常《じんじょう》ではない。あきらはようやく、伊達《だて》や八代《やしろ》が言っていたことがおぼろげに理解できた。

「顔色が悪い。血を流しすぎだ。いまここで投降するなら、最寄《もより》の駅ですぐに輸血ができるよう手配を整える。しかし抵抗するなら、我々も相応の待遇を用意するしかない。投降しろ」

あきらの脇《わき》から上半身を出すと、蓮杖はまるで教本のお手本のような姿勢で銃を構え、照準をぴたりと少女の急所へ合わせる。あきらの手には水流の流れがある。

由宇はよろめくように後ずさりする。実際は、血を流しすぎたため、風に押されたのかもしれない。あの出血量からして意識を保っていることだけでも難しいに違いない。さらここは200キロで走るトンネル内だ。いかな由宇とて、飛び降りることのできる速度ではない。

真正面にはアドバンスLC部隊。戦力差は歴然。血の気を失った顔はしかし、ふっとほころんだ。

「さすがアドバンスLC部隊か。追い詰める手際《てぎわ》は見事だった」

「あたし達《たち》を過小評価してたか」

「見事と言っておこう」

負け惜《お》しみとも取れる返答にLC部隊の面々は苦笑する。しかしそれも由宇の片手が離されるまでだ。体を支えるものが片手だけになった由宇の体は、不安定に揺れた。

「まさか200キロで爆走する乗り物から飛び降りるってのかい？」

「そのまさかさ」

あきらは笑おうとする。質《たち》の悪い冗談《じょうだん》だ。しかし、少女の目は真剣だ。

「自殺行為だ。強がってないで、さっさとこっちにきなよ。悪いようにはしないから」

「いや、ここでお別れだ」

唯一《ゆいいつ》、由宇《ゆう》の体を支えていた手が離れた。

由宇の体が風に吹き飛ばされ、きりもみするように後ろへふっ飛んでいく。

「ばかっ！」

あきらはとっさにウィンディーネを伸ばしつかもうとするが、200キロの速度の中、うまく形を整形できず砕かれるように散る。

「自殺するなんて……えっ？」

あきらの声は途中で呆《ほう》けた。あきらだけではない。隣《となり》の蓮杖《れんじょう》も同じように虚《きょ》を突かれた顔をする。200キロの速度で爆走するトンネル内。由宇の体は遥《はる》か後方の線路に叩《たた》きつけられ、即死するはずだった。

しかし1メートルと離れていない距離に、まるでF1のスリップストリームのように、ぴたりと追走するもう一台のリニアエクスプレスの姿があった。全員が我《わ》が目を疑う。

きりもみする由宇の体は、アクロバットのように回転し、体の向きを立て直すと、背後のリニアエクスプレスを目指す。わずかな距離とはいえ、200キロの速度にトンネル内の乱気流も加わり、風速60メートルを超える風の中、それは命がけのダイブだった。しかし由宇の両足は傾斜が鋭いリニアエクスプレスの先端に見事着地した。一度転がるものの四肢《しし》はしっかりとリニアをつかむ。同時にずっと追走していた由宇を乗せたリニアは急速減速。最後尾のハッチから顔を出すＬＣ部隊の面々から一気に離れていった。

「ありえない。なんで？　あれだけ出血してれば動くのだってままならないはず」

そのあきらの言葉で、蓮杖は気づいた。彼女が移動したはずのこのリニアの車両上に、決定的に欠けているものがあることに。

「やられた。あの出血は彼女のものではない。医療用車両に逃げ込んだのはそのためだ」

一歩遅れて彼女の意図を悟ったあきらが、悔《くや》しそうにハッチから降りて床の血をねめつけた。

「切ってみせたのはほんのちょびっとなのに、まんまと騙《だま》されたわけだ。しかもあたしらと戦いながら、その間にもう一台のリニアの制御のハッキングまでしてたってわけ？」

「私なりに高い評価をつけていたつもりだが。ふむ、それでも甘かったか」

相手の実力の一端を見れただけ良しとする。すでに蓮杖は由宇の実力を修正し、次の作戦を頭の中で構築していた。

「次は実力の底を見せてもらわないと、わりにあわないな」

見えなくなった遥か後方の少女へ、蓮杖は冷たい眼差《まなざ》しを向けた。

10

「あっさり撃退《げきたい》されたか」

ＮＣＴ研究所の地下施設で、岸田《きしだ》博士はしかしどこか満足そうに椅子《いす》に腰を落ろした。

混乱したＮＣＴ研究所では、由宇《ゆう》の持つＬＡＦＩサードを完全に防ぐ手立てはない。そこでリニアの管制室にアクセスし、由宇の乗っているリニアの制御だけは死守したのだが。

まさか別のリニアの制御を奪い、それに飛び乗るとは思いもしなかった。いや、思ったところで、そんな無茶《むちゃ》を実行するとは。

「ふう」

疲れたように岸田博士は体の力を抜く。しかし、岸田に休息は許されなかった。

「所長、大変です！」

「どうした？」

「何者かが、リニアの管制室でハッキング行為をしています」

「なんだって？　由宇君ではないのか？」

「いえ、違います。経路はリニアの管制室内からです」

「香坂《こうさか》君はどうした？　連絡はないのか？」

香坂とは、リニアの管制室に派遣したNCT研究所の所員である。

「それが、先ほどの連絡を最後に、いくら呼びかけても返答がありません」

「所長！」

「今度はなんだ？」

「リニアの制御設備からエマージェンシーコール！　それを最後に内部との連絡がとれなくなりました！　誰《だれ》も応答しません」

「なんだって!?」

リニア内のLC部隊と連絡を取る手段は電波が遮断《しやだん》されるトンネルが多いため、そのほとんどをリニアコントロール施設に依存している。それまでも絶たれたということだ。

「緊急《きんきゆう》停止用コール受け付けません。それどころか、現在、走っているリニアが……速度を上げています。このままでは規定速度をオーバーします！」

11

「どういうことだ？」

由宇はLAFIサードに映し出される情報を見て唸《うな》る。その情報はリニアの管制室が何者かに乗っ取られたことを示していた。それも直接内部から。

『現在、リニアの速度は650キロに到達しようとしている。危なかったな。あと五分遅れれば、リニアからリニアに飛び移る芸当はできなかっただろう』

由宇《ゆう》はもう自分の声で喋《しゃべ》る風間《かざま》にあきらめたのか、多少不満を顔に出しつつも、現状の把握《はあく》に努めた。その由宇の表情がさらに険しいものに変わる。風間に対してではなく、モニターの示す内容によってだ。

「600キロが制限速度のはずだろう。なぜスピードを上げる？　この速度のままでいくと、まずい」

由宇はリニアの路線図と地図をリンクして、モニター上に表示させた。

直線が多いリニアの路線で、一箇所だけ大きく曲がっている場所がある。

真目《まなめ》家の持つ土地の地下にある巨大空洞。それを隠蔽《いんぺい》するためだろう。リニアの路線は奨励都市《希望》を迂回《うかい》するように、無理やり路線を変更させられている。そのカーブはリニアエクスプレスにしては急なカーブで、300キロまで速度を落とすことになっていた。そのために真目家は、リニアに巨額の資金提供をしたとも言われている。

にもかかわらず、リニアはその地点に向かい速度を落とすどころか上げ続けていた。

そのとき、リニアの状況を表示している項目の大半が突然消えた。

『コントロール施設への通信手段が絶たれた。物理的にカットしたか、他《ほか》に何か小細工でもしたか。どちらにしてもここからやれることはなくなった。ふむ、どういう目的かは解《わか》らないが、やはりあいつがやったと見るべきか。なかなか手際《てぎわ》がいい』

「うるさい、おまえは黙《だま》れ」

『このままの速度でいくと、《希望》の地下で間違いなく脱線するな』

「おまえは黙れと言ってるだろう。そんなことより……、く、制御は奪えないか」

『あたりまえだろう。あいつのもとをなんだと思っている』

もはや、由宇は風間に言い返すこともせず、必死でリニアを止める方法を模索しはじめる。

制御を奪ったのが木梨《きなし》であれば、中の人間は全員絶望か。アドバンスLC部隊を前にしても涼しい顔だった由宇の顔に、初めて焦《あせ》りの汗が浮かんだ。

「くそ、あと20分もない。どうにかして止めなければ、どうにかして……」

時速700キロでのリニアの脱線。そこに生存者など望めるべくもない。

12

「そういや、ここらってリニアの線路の近くなんだよな」

グラビア雑誌に鼻を伸ばしていた萩原《はぎわら》は思い出したように顔を上げ、窓の外を見た。

「ほら、あれ。見えるだろ。コントロール施設とかも近くにあるらしいよ」

「へえ」

「時速600キロの世界か。一回乗ってみたくない？　まあ、駅も近いから、ここらへんはたいしてスピードは出ないらしいけど」

「ふうん」

のんきに二人が窓の外を見ていると、ちょうどそのとき、リニアエクスプレスが通り過ぎた。しかし、その速度はまるでジェット機。瞬《まばた》きする間もなく、リニアは視界の向こうに消える。

「あれで遅いの？　ずいぶんと速く見えたけど」

適当に相槌《あいづち》を打っていた闘真《とうま》が、初めてまともに萩原《はぎわら》に言葉を返したが、もちろん萩原がその理由を答えられるはずもない。

「あれ、速すぎ……うわっ」

と、窓の外を見るため体をねじっていた闘真と萩原は、見事にお互いの頭をゴツンとぶつけた。電車がいきなり耳障《みみざわ》りなレールの音をたて、緊急《きんきゅう》停止したためである。

「えー、ただいま緊急停止信号により、電車が急停車いたしました。しばらくお待ちください」

リニアとは違い、色気もそっけもない男の車掌《しゃしょう》の声が状況を説明すべくアナウンスした。しかし、その声には隠しても隠しきれない明らかな異変が含まれていた。

今度は向かいの窓の外を見、萩原の顔がひきつる。他《ほか》の乗客もいっせいに騒《さわ》ぎ出した。

「おいおい、どうなったらあんな状況になっちゃうんだよ？」

萩原が驚《おどろ》くのももっともだ。線路をふさぐように車が横転していた。側面は何か途方もない力で叩《たた》かれたのかひしゃげている。さらにおびただしい血痕《けっこん》が路上に見える。

電車を止めている理由を見て、萩原は思い切り顔をそむけた。

「うえ、いやなもん見ちゃったな。事故かなんか？　このぶんだとしばらく動きそうにねえな。どう思う、坂上《さかがみ》君？」

闘真の反応はない。彼は目の前の惨事《さんじ》には目もくれず、後ろの窓に首をまわしたまま、萩原や他の乗客とはまったく別のことに気を取られていた。

闘真の視線の先にある建物を見て萩原は少々呆《あき》れる。

「さっき説明したあれだよ。リニアエクスプレスのコントロール施設。この状況であっちのほうに興味いくなんて、おまえ、ちょっとおかしくねえ？」

闘真は萩原の声などまるで聞こえていない。とてもそのような状況ではなかった。

臭《にお》いすら感じ取れそうなほど、肌がチリチリと焼ける感覚がする。全身を貫くひどい悪寒《おかん》は、幾度《いくど》か覚えがある。

由宇《ゆう》は言っていた。

普段《ふだん》の人格と殺戮《さつりく》を喜びとする人格。その二つの垣根《かきね》が薄《うす》れつつあると。その片鱗《へんりん》は弧石島《こせきとう》の事件で垣間見《かいまみ》た。確かにそのような感覚を感じることはある。わずかだが違和感《いわかん》を抱くことがある。

しかしいま闘真が感じているのは、そうしたレベルを軽く凌駕《りょうが》している。どうしてかは解《わか》らない。ただ、原因の場所だけは解《わか》った。

闘真《とうま》が目を向けている施設の中から、尋常《じんじょう》でない何かの気が放たれている。だからそこから視線が動かせない。闘真のいる場所から数百メートルの距離があるにもかかわらず、だ。

それを察することができる闘真は確かに異常だ。だが、それをさせてしまう施設にいる何かは、もっと異常なものだ。少なくとも、この禍々《まがまが》しい気は、人間の範囲を超えている。

――あそこに、何か、いる。

それが、この惨事《さんじ》を巻き起こしたものだ。この血と死の臭《にお》いを撒《ま》き散らしていったものだ。

間違いない、確信した闘真は、ガタンと電車の窓を開け、ためらうことなく飛び降りた。

「え？　ちょっと、坂上《さかがみ》君！」

「ちょっと行ってくる」

「ちょっと行ってくるって、どこに？　だめだよ、坂上君！　外はあんなありさまで、なんかヤバい感じだよ？　ほんとに、マジ、いくなよ、こら！」

闘真のジャンパーの端をひっつかみ、萩原《はぎわら》は必死で止めようともがくが、窓から乗り出しただけの体勢で闘真に抵抗され、あえなく頭から線路に転落した。

「ああ、ごめん！　萩原君。だいじょうぶ？　ごめんね、ほんと、急ぐから！　もし電車がなかなか出ないようだったら、あの建物からできるだけ離れて。それから警察に電話して。とにかく何かやばいって言っておいて！」

顔を打って気絶一歩手前の萩原に向かってそれだけ伝えると、闘真は、いまも血と死の臭いを撒《ま》き散らし続けている何かへ向かって、走り出した。

「リニアエクスプレス総合コントロール施設?」

門の文字を見て、闘真は首をかしげる。萩原の話をまともに聞いてなかったので、ここがリニアエクスプレス関連の施設だということに、軽い驚《おどろ》きを感じていた。

広大な土地に工場のような大きな建物が三つほどある。さらに中小の建物を数えれば、二十以上の建築物が点在していた。

門の脇《わき》に詰め所のような小さな建物があった。これだけ大きな建物となると守衛か誰《だれ》かいるはずだが、人の姿はなかった。その代わりに、おびただしい血の跡がある。

闘真は意識して呼吸を整えはじめた。

建物全体を包み込むほどの死と血の気配。気を抜くと殺戮《さつりく》人格が目覚めそうになる。二重の意味で警戒しなければならなかった。

建物の規模のわりには人は少ないのか、人影はなかった。血の跡も最初に発見したきりだ。

——萩原君は警察に連絡してくれただろうか。

どうして血の跡があるのに、警察がこないのかと考えていたら、敷地内にすでにパトカーが三台とまっていた。しかし人は誰《だれ》も乗っていない。

一番手近な大きな建物を見る。

「……静かだな」

静かすぎる。音だけでなく、気配すらも感じない。

「あの、誰か、誰かいませんか？」

おずおずと工場のような建物の玄関をくぐる。受付は空席だった。そこも無人だった。部外者立ち入り禁止なのか、受付から先のドアはどこも鍵《かぎ》がかかっていた。ただ、エレベーターは動いている。ボタンを押すと待つことなく扉が開いた。

開いたエレベーターの中を見て、闘真《とうま》の顔が強張《こわば》った。エレベーターの中にも血痕《けっこん》が残っている。

引き返すべきか迷った。迷っているはずなのに、体は勝手にエレベーターに乗り込み、上の階のボタンを押している。

押した階で扉が開いた。どうやら一発で当たりの階を引き当ててしまったらしい。鼻の奥にこびりつくような血の臭《にお》いが、その階全体に充満していた。それでいて血の跡はどこにもない。

窓から隣《となり》の建物が見える。

「あれは……なんだ？」

隣の建物に見えた人影。いや、人影というにはそれはあまりにも異質すぎた。二本の手足で構成され、人に似ていなくはないが、根本が別物だ。

――あれには関《かか》わってはいけない。

本能が命じる。生死に敏感だからこそ、あれの恐ろしさを充分に理解できる。心臓がぎゅっと萎縮《いしゅく》した。

あの物体から遠ざかるように、身を隠しながら近くの部屋に入り、ドアを閉めた。

そのとき、どこからかベルの音が突然鳴った。今度は心臓が止まりかける。

すぐに音がどこから聞こえてくるのか解《わか》った。なんのことはない、机に置かれた電話の一つが鳴っている。とにかく落ち着けと自分に言い聞かせて、肩から力を抜く。

ベルはしばらく鳴り続ける。どうしようかと迷うも一瞬《いっしゅん》で、闘真は受話器を手に取った。

「……はい、そうです。リニアの施設ですが、あ、あの、もしもし？」

受話器の向こうで、なぜか相手の息を呑《の》む音が聞こえた。

13

『……あ、あの、もしもし？　あの、いま、大変なんです！』

あまりにも意外な、しかし聞き覚えのある声に、由宇《ゆう》は思わず息を呑んだ。

リニアエクスプレスに起こった状況を多少なりとも把握《はあく》しようと電話回線を無断拝借し、L

ＡＦＩを受話器代わりにして電話したのだが。

「ほう」

風間《かざま》が感心した声を出す。

「声紋《せいもん》を照合した。該当する人物がいたぞ。坂上闘真《さかがみとうま》」

声が似ているだけだろうという由宇《ゆう》の希望を、風間はあっさりと否定した。

『あの、もしもし？　こちら、えーと。僕は、その、ここの職員じゃないんですけど……。のっぴきならない状況というか、大変なことが起こってて』

由宇は自分の声を加工するように風間に指示すると、そこでようやく返事をした。自分が峰《みね》島《しま》由宇であることは名乗れない。闘真は彼女の状況を知れば、必ず手助けしようとするだろう。それだけは避《さ》けたかった。

「解《わか》った。状況を説明してくれ」

変換された声は、一番適切と思われる落ち着いた中年の女性の声だ。風間も少しは一般常識を勉強したか、それとも風間ですら、遊んでいる場合ではないと判断したか。

闘真の要領の得ない説明を聞き、由宇は何が起こったのか理解した。木梨《きなし》だった化け物が、リニアエクスプレスのコントロール施設を占拠《せんきょ》して、暴走させているのだ。

『だいたい僕のほうの状況は、こんな感じです』

「君の危険なことに首を突っ込みたくなる悪癖《あくへき》は、どうにかならないのか？」

『え、はい？　どういうことですか？』

「なんでもない。こちらの話だ」

いっそブレインプロテクトの意識操作を応用して、危険から遠ざかるように脳みそをいじってやろうかと本気で検討した。

『あの……えーと』

「どうした？」

相手が闘真だと知り、やりにくくなった由宇は、自然と言葉少なになる。

『名前、教えてもらえますか？　名前ないと話しづらくて。僕は坂上、坂上闘真といいます』

「ああ……、そうだな。安藤《あんどう》だ。そこの施設で働いている人間の一人だ。今日はたまたま非番だった」

コントロール施設を調べたときに見た名簿《めいぼ》を思い出しながら、由宇は答えた。

『あ、そうなんですか。安藤さんですね、あの、警察には』

「通報済みだ。無駄話《むだばなし》をしている時間はない。こちらでは大変なことが起こっている」

そして由宇は一台のリニアが600キロオーバーで爆走していること、あと十五分程度でその速度では曲がりきれないカーブに到達することを簡単に説明する。

計り知れない大惨事《だいさんじ》の予言に、闘真の返事がどんどん硬い声になっていった。

次の言葉を由宇は迷った。しかし制限時間内にこれを実行できそうな人物は彼しかいなかった。

自らに言い聞かせ、口を開いた。

――これが最後。

「君に頼《たの》みがある。いまその施設は、外部からの操作が一切不可能になっている。そこで君に管制室まで行って、リニアの制御を取り戻してもらいたい。技術的補佐は私がする」

『解《わか》りました。やってみます』

七百人の命と引き換えだ。由宇《ゆう》の思ったとおり、腹立たしいくらい潔《いさぎよ》く、闘真《とうま》は由宇の願いを請け負った。

闘真は携帯の番号を安藤《あんどう》と名乗る女性に教えて、いったん電話を切った。まずここから管制室にいかなければならない。

地図を確認し部屋の外に出た。

背筋がぞくりとする。いや、そんな生易しい表現ではなかった。体の中をめちゃめちゃにかき回されるような、意識を根こそぎ奪っていく悪寒《おかん》。

――まずい。

振り返るなと理性が警鐘《けいしょう》を鳴らす。しかし背後に感じる存在感は、意思が肉体をコントロールする自由すら奪い去る。

「きぃ……」

まるで金具が軋《きし》むような音。それが背後にいるものの鳴き声だと悟ったときにはすでに、闘真は後ろを振り返っていた。

「……うぐっ」

廊下の遥《はる》か先に立つものを見た。あらゆる負の感情が行き場を失って、喉《のど》を詰まらせる。

体形は人のそれに近い。みように節くれだった手足。皮膚《ひふ》を張る筋肉の束は、数十メートルの距離を置いても視認できるほどだ。人の面影《おもかげ》を残しているのが、かえって化け物の歪《いびつ》さを強調し、生理的な嫌悪感《けんおかん》が増す。

生気のない眼《まなこ》が、闘真を見た。まるで死んだ魚の目だ。感情がない。カリッと床を引っかく爪《つめ》の音が耳に障《さわ》る。

鳴神尊《なるかみのみこと》を抜くことを本気で考えた。そう思ってしまうほどに桁違《けたちが》いだった。あれは正真《しょうしん》正銘《しょうめい》、化け物だ。

化け物の気配が変わる。床に伏せたのはとっさの判断というより、半ば以上恐怖心を感じた本能が命じた。

爆発のような音と同時に、伏せた背中の上を風の塊《かたまり》が通り抜けた。視界の隅《すみ》に、弾丸のように跳んでいる化け物の残像が見える。化け物は目標を外したことに気づいたのか、四肢《しし》を広げ壁や天井《てんじょう》に爪《つめ》を食い込ませ、削岩機で削ったような跡を残し、急ブレーキをかけた。

後ろを見れば、化け物が跳躍《ちょうやく》したと思われる床が、大きくえぐれている。跳躍に使った威力を思い知った。地面がえぐれるほどの踏み込みを体に乗せたそれは、まるで生きる大砲だ。

「……ぎ、き」

不快な音を喉《のど》に鳴らしながら、無感動な目が闘真《とうま》を見つめる。

あれがなんなのか解《わか》らない。ただ闘《たたか》うという選択肢《せんたくし》が愚《おろ》かなのは理解できる。体を起こすととっさに走る。化け物が最初にいた方向だ。

たった数十メートル先の曲がり角がやけに遠く感じる。途中、化け物が砕いた床の大穴を飛び越える。

「きぃぃ」

鳴いた。来ると思った。頭をかかえ転がるように曲がり角に向かって迷わずに飛ぶ。爆音が背後から聞こえた。化け物が跳躍して壁にぶつかった音だ。地面を転がる闘真に壁の破片がいくつもぶつかる。痛かったがそんなことは気にしていられなかった。

体が転がった拍子に一瞬《いっしゅん》だけ見えた背後は、信じがたい光景だ。突進により壁に空いた大穴。そこからゆっくりと手足を引き抜く化け物の姿は、生物という枠からあまりにも逸脱しすぎていた。唯一《ゆいいつ》の救いは、化け物が己の跳躍力を制御しきれていないことだ。活路があるとすればそこだ。

闘真はひたすら走った。次の曲がり角が見える。案内板から階段に通じる通路だと解った。

「しめた」

階段なら短い距離で何度も折れ曲がっているので、化け物の突進力は殺される。

通路を曲がると同時に、背中を爆風が叩《たた》いた。戦闘機《せんとうき》のような音をたて、何かが遠ざかる。

階段を転げ落ちながらもすぐに立ち上がり、階段を三つ四つ飛ばすように一気に降りた。頭上から追ってくる化け物の足音がわずかだが遠のく。

しかし目的の階について、闘真は己の運のなさを呪《のろ》った。

「なんでこんなに長い通路があるんだよ」

100メートル近い長さの通路。別棟に通じる道を強引《ごういん》に廊下にしたのだろう。

だがすぐに覚悟を決めて走った。迷っている贅沢《ぜいたく》なんて許されない。階段で距離のアドバンテージを稼《かせ》いだ。その貯金でここを走り抜けられるか、それとも貯金を使いきり、己の命の危険という借金まで背負ってしまうか。

闘真は迷いを振り払う。雑念は邪魔《じゃま》だ。いまはただ走ることに専念する。

時間にしてわずか五秒。半分まで走りきったところで、背後に化け物の気配が現れる。それでも振り返らずに走る。さらに五秒。曲がり角の先が見えた。今度は直線ではない。

「助かった」

しかし、そのわずかな猶予《ゆうよ》に振り返ってみれば、

「ぎ……ぎぃぎぎぎ」

通路の途中で化け物が止まっていた。

「なに……してる……んだ？」

荒い呼吸に言葉が途切れがちになる。

化け物のふくらはぎに当たる部分が大きく膨《ふく》れたかと思うと、まるで殻が剝《は》がれるように表皮が零《こぼ》れ落ちていく。中から現れたのは黒光りする皮。甲虫の殻を連想させるしろものだ。ふくらはぎは下方へ行くほど広がり、それは黒いノズルを連想させた。

──まさかな。

嫌《いや》な予感は必ず当たる。ふくらはぎの下方、ノズルの噴射口にあたる部分が、内から発せられるまばゆい光によって茜色《あかねいろ》に変色した。その現象は音も伴っていた。たとえるならロケットの噴射だ。いや、たとえるもなにもそのままと言っていいくらいに、その現象は似ている。

その突進力は先ほどの数倍。蹴《け》った床を大きくえぐり、矢のように一直線に迫る。

闘真《とうま》が全力で走った距離を二秒にも満たない時間で化け物は飛んだ。

闘真が稼《かせ》いだ貯金は一気に帳消しにされた。角を曲がり、再び走り出すも、最初の角を曲がった直後、再び背後にあのおぞましい気配がする。

化け物は噴射による跳躍《ちょうやく》を繰り返しながら、腕までも変形させた。今度は肘《ひじ》の部分に、足と同じように膨《ふく》らませた黒い殻のようなノズルが現れた。

手足四本のノズルと跳躍を駆使《くし》した動きは、もはや飛行と呼ぶにふさわしい動きをしていた。機動力も向上し、針路変更のロスが徐々に少なくなり、闘真との距離を確実に削ってくる。

それを寸前にかわす。本能的に伏せる。廊下の曲がり角や開いたドアのくぼみを利用する。どれもすべて紙一重。奇跡の大盤振る舞いだ。

それでも闘真は、なんとか、目的の場所にたどり着いた。

闘真を迎え入れたあと、分厚い自動ドアが閉まる。追う化け物が飛来する。

自動ドアがまた開こうとするが、寸前で閉まった。闘真がドアの横の開閉用手動レバーを下げたのが、コンマ五秒、早かった。

バリケード代わりに、ロッカーや机を移動させる。化け物がガリガリと爪《つめ》で扉を削る音が聞こえる。ここもそう長くは持たないだろう。

体育館よりも広大な空間に、大きなロッカーのようなものが、何列もずらりと並んでいた。

とにかく安藤《あんどう》さんに連絡しようとポケットから携帯を取り出すと、それを見計らったように、携帯が鳴った。

「はい」

『まだ生きていたか』

「なんとか。もう十回くらい死にかけてますけど」

『そうか。目的の場所にはついたのか？』

そうかの一言で済まされたのを不満に思いながらも、闘真《とうま》は律儀《りちぎ》に答える。

「たぶん、言われた場所だと思います。ロッカーみたいな形の機械がいっぱい並んでます」

『電力変換変電所か。君がロッカーと言ったのはインバータのことだろう。リニアエクスプレスの心臓部にあたる施設だ。そこでリニアの動力となる推進コイルに電流などを供給している』

「じゃあ、これを壊《こわ》せば止まるんですね？」

『ふう。君は二つ勘違《かんちが》いしている。一つ目はリニアを止めるくらいに壊すには、その施設の三分の二は破壊《はかい》する必要がある。化け物に追われながらそれができるか？　さらにもう一つ、できたとしてもやるな。リニアは制御を失い、下手をすれば大惨事《だいさんじ》だ。時速７００キロオーバーというのは、それだけ危険な速度なのだ』

「う……解《わか》りました。……と」

化け物のジェットノズル音が一段と大きくなる。

『どうした？　大丈夫《だいじょうぶ》か？』

「はい。その……化け物が近くまできて。ドアを破られるのも時間の問題です。でも、あれってなんなんだろう？　峰島《みねしま》の遺産か何かなのかな？　けど警察どころか、ＬＣ部隊もいっこうにきそうにないし」

電話の向こうの女性は少しだけ沈黙《ちんもく》した。

『私の推測だが……君が化け物と言っているのは、あらゆる生物の特性を基盤に、体を自在に進化させる。そのようなものではないのか』

「へえ、すごいですね安藤《あんどう》さんって。そんなこと思いつきもしなかったや。あ、でもそれじゃあれはおかしい。やっぱりその説は間違ってるよ」

なぜかむっとした気配が伝わってきた。

『どこが間違ってるというのだ？』

「だって、あれとんでもないものを身につけてる。手足にジェット噴射のノズル持ってるなんて。そんな生き物いないでしょう？」

はっ、そんなことか、と鼻で笑われた。なんでこの人は、この状況下においても、こんなに偉そうなんだろうか。闘真はふと、誰《だれ》かさんにそっくりだと、地下に幽閉《ゆうへい》されているはずの少女を思い浮かべた。このままでは頭のいい女性に対する偏見が生まれそうである。

『君は本当に無知だな。ある種の昆虫は、腹の中でジェット噴射と同じ原理を内包しているものもいる。ヒドロキノンと過酸化水素を反応させ百度以上のガス噴射を行う。昆虫の多様性は、ときに人の想像を凌駕《りょうが》する』

「ガスまで配合しちゃうの？」

闘真は絶句した。ジェットエンジンを内蔵してる生物なんて聞いたことがない。しかもそれは生物の基盤から外れていないというのだから。

『とにかく最初の予定通り、管制室に向かってくれ。そこで制御を取り戻すしかない。君に期待するのは不本意だが、残り十分もないとくれば頼《たよ》るしかないだろう』

「はあ、ほんとにそっくりだ」

『なにがだ？』

「安藤《あんどう》さんの喋《しゃべ》り方。僕のよく知っている女の子に似てるんです。あ、いや、よくは知らないけど、とにかく似てる」

壁に貼《は》られている案内板を目に留め、管制室の位置を把握《はあく》した。これから化け物に行き先を気づかれないように、反対側のドアから電力変換変電所に向かわねばならない。

『に、似ているのは気のせいだと思うぞ。女性の喋り方なんて、似たようなものだ』

「いや、安藤さんもその女の子も、……あ、似てるって言ったのは由宇《ゆう》って娘《こ》なんだけど、ずいぶんと特殊な喋り方だと思いますよ。男っぽいっていうか、その、その、なんていうか、偉そうな中年オヤジっぽい喋り方というか」

『しかたないじゃないか！　幼少の頃《ころ》から私のまわりは人を見下す中年のオヤジどもばかりだったんだ！　ふむ、中年男性の声が一番適切だったか。今後の参考にしよう。うるさい、おまえは黙《だま》れ！　やめろ、ぶつけるな壊《こわ》れる』

携帯の受信部が壊れそうな大声で怒鳴《どな》り返された。なおかつ最後のほうは意味不明だ。安藤さんという人の、何か触れてはいけないものに触れたらしい。これ以上刺激しないように、闘《とう》真《ま》は反論せず、そっとしておこうと心に刻む。

化け物がまだ入り口を壊せていないのを確認し、慎重《しんちょう》にそこから出た。あとは頭に叩《たた》き込んだ案内板を頼りに進むだけだ。

残り十分。なんとかなりそうだ。

『君は思ったことを口にしすぎる。加えて言わせてもらうなら、行動も軽率だ。さらに言わせてもらうなら、思慮《しりょ》というものが皆無《かいむ》だ。女性に対する配慮というものが、君にはないのか！　最後に付け加えさせてもらうなら、何事にも簡単に首を突っ込みすぎだ！　おまけに君は馬鹿《ばか》だ！』

協力しているのに、どうして自分は説教をされているのだろう。しかし、闘真の顔に浮かんだのは怒りでなく優《やさ》しい微笑だった。

「はあ、ほんとうにそっくりだ。罵倒《ばとう》の仕方なんてとくに。でも、その、ありがとうと言っておきます」

『罵倒とはなんだ。いや、それより罵倒されてなぜありがとうと言う？』

「その由宇って女の子と話してるみたいで。ちょっと嬉《うれ》しくて。もう会えないかもしれないから。最後には、きついこと言われて。もう近寄るなって。僕はぜんぜん彼女の役にたてない。それより迷惑《めいわく》ばかりかけているし」

『そ、そんなことはないと思うぞ。迷惑ということはないだろう、それは、そう、君のために言ったことだ。なぜだか私には解《わか》る』

「どうして解《わか》るんですか？」

『うるさい』

「強がって、いろんなもの跳《は》ね除《の》けて、拒絶して。でも、見ちゃったから」

『何をだ？』

少しかすれた声が返ってきた。

「その娘《こ》が、すごい繊細《せんさい》な心を持ってる優《やさ》しい子だってこと。彼女が泣いたところを一度だけ見たんです。その理由は、僕達《たち》にしてみれば……ほんとに笑っちゃうくらい普通のことなんですけど」

空を望む由宇《ゆう》の姿は、いまも鮮やかに心の中に浮かぶ。

「本当は、望んでるんだ。なのに、自分から目を閉じてしまう。彼女はとても優しいから。でも、そんなの、哀《かな》しすぎる。だから……」

『……だから、なんだ？』

「……ごめんなさい。関係ないこと話してしまって。あっ管制室、見えてきた」

返答はしばらくなかった。

『そうか。管制室についたら、そこで私の指示に従ってリニアの制御を取り戻してくれ』

「はい」

闘真《とうま》は素直にうなずく。

——早く止めなければ。

そうしなければリニアエクスプレスに乗っている乗客七百名と自分を加えた命が、失われてしまう。

『いいか、それが終わったら早く逃げるんだ。あの化け物は、ＬＣ部隊がなんとかする』

しかし、闘真はその言葉には素直にうなずくことができなかった。

あの化け物相手にあと何人犠牲者《ぎせいしゃ》が出るだろう。腰の鳴神尊《なるかみのみこと》に手を当てる。リニアを止めた後、ＬＣ部隊がきたとして、果たしてあの化け物に対抗できるだろうか。

——いや、違う。

闘真は、いままでの経験から、あの化け物が桁違《けたちが》いであることを肌で知っている。通常の、少なくとも普通のＬＣ部隊であれを止められるどうか。答えは否《いな》。そこから導き出される回答は一つ。

——もしかしたら、もしかしたら、また由宇がくるかもしれない。会えるかも、しれない。

その気の緩《ゆる》みか。闘真は背後から迫るジェット音に気づくのが遅すぎた。

振り向く間もない。ただ闘真は本能のみで全身のバネを横に跳躍《ちようやく》させた。鼓膜《こまく》がやぶれそうな爆音と同時に、ハンマーで叩《たた》きつけられたような衝撃《しようげき》が全身を襲《おそ》う。跳《は》ね飛ばされた体はボールのように床を跳ね、廊下の突き当たりに激突してようやく止まった。

視界がぶれる。全身が痛いというよりも熱い。

『……した？　聞こえて……』

豪雨のような耳鳴りがする。耳鳴りに混じって何かが聞こえてくる。それがかろうじて意識を現実に繋《つな》ぎとめた。指一本動かすのもつらい。

『闘……闘真《とうま》！　聞こえているか？　無事なのか？』

「え？　あ」

ようやく意識が覚醒《かくせい》した。声が聞こえてくる携帯電話は、親の形見のように握って離していなかった。

体はたったの一撃《いちげき》でずたぼろだ。回避《かいひ》行動が少しでも遅れていれば、もっと酷《ひど》いことになっていただろう。

「だ、大丈夫《だいじょうぶ》。……大丈夫」

『本当か？　無理はするな』

ようやく焦点を結んだ視界が、化け物の姿をとらえる。しとめるチャンスと見て、よほど気が急《せ》いて突進してきたのか、壁にめり込んだ体を抜くのに苦労している。

まだチャンスは失われていなかった。見上げれば管制室のドアの前。

「はは、運がいいな」

それは運がいいと言っていいのか。闘真の体は20メートル以上飛ばされたことを意味している。

まだ猶予《ゆうよ》はある。痛む体をむりやり立ち上がらせる。激痛は遠くなりそうな意識をはっきりさせて、かえって都合がいい。

闘真はまだ化け物が追ってこないことを確認しながら、管制室のドアのノブに手をかけた。手早くやれば、きっとまだなんとかなる。そう思い、ドアを開けた。

だが、希望はプツンと音をたてて途絶えた。

管制室の設備は、ことごとく破壊《はかい》されていた。


600キロで爆走しているリニアの中は、息が詰まりそうなほどに重苦しかった。すでに乗客達《たち》は異常事態が発生しているのを察してしまっている。それが命に関《かか》わることも。

「どうか皆さん落ち着いてください。単なる電気系統のトラブルです。すぐに回復します」

あきらの声を聞いている人は何人いるか。聞いていても信じている人は何人いるか。

次々と起こる車両内でのトラブル。出すはずのない速度で走るリニア。乗客達の不安は、いまにも爆発しそうだ。他《ほか》の車両でもLC部隊の面々が乗客をなだめているが、ここと似たり寄ったりだろう。

「様子はどうだ？」

あきらは肩を叩《たた》かれ振り返ると、蓮杖《れんじょう》の顔があった。

「見ての通り。通信機器の調子はどう？　ブレーキは？」

乗客に聞こえないように小声で話す。答えは聴くまでもない。蓮杖《れんじょう》の硬い表情がすべてを物語る。

不安そうにまわりを見ていた子供は、泣きそうな顔で母親を見た。

「……ママ」

「大丈夫《だいじょうぶ》よ、義信《よしのぶ》。きっと大丈夫」

息子を抱きしめて、母親は祈った。せめてこの子の命だけでも。

脱線予測地点まで、あと二分も残されていなかった。


『どういうことだ？』

状況を説明すると、安藤《あんどう》と名乗る女性も言葉を失っていた。

「もう、止められないんですか？」

『待て、何か突破口があるはずだ』

闘真《とうま》は呆然《ぼうぜん》とモニターを見る。

生き残っているモニターには、現在走っているリニアの速度が映っていた。時速600キロオーバー。

安藤という女性も、電話の向こうで必死に考えているのが解《わか》る。わずかにあった勝算はもろくも崩《くず》れようとしているのか。

あと二分たらずで、カーブのきつい切り替えポイントにくる。このままでは脱線、七百名近い命が失われる。

体中が痛かった。頭も痛い。割れそうに痛い。

「ぎ……きぃ」

背後に化け物がいる。振り返ってそれをぼんやりと見た。焦点はさだまっているのに、ぼやけているように見える。きっと意識が定まっていないせいだろう。

あと二分もない。何人が死ぬ？　七百人？　それだけじゃない。この施設も血まみれだ。誰《だれ》のせいで？

「ああ……」

意味のない言葉が口からこぼれる。意識が失われそうになる。いや、意識ははっきりしている。なのにどこか別の場所から自分の意識を傍観している不思議な感覚だ。

「……俺《おれ》の、せいかな」

化け物が目の前にいる。ぼんやりと見上げた。振り上げた腕は、当たれば体のどこでも引きちぎって持っていくだろう。それが理解できる。敵対対象である俺は目の前だ。こんな近くにいるのに、なのに、どうしてあんなにノンビリと振り下ろしているのだろう。

首をわずかにねじった。ミリ単位の距離をおいて、鼻先を爪《つめ》が過ぎ去る。瀑布《ばくふ》のような風が顔を叩《たた》く。目標を失った腕は、そのまま施設の一部を削《そ》いだ。

——ああ、そうか。化け物が遅いんじゃない。

自然と笑みが浮かんだ。

「俺《おれ》が、速いのか」

嬉《うれ》しいわけではない。楽しいわけでもない。ただ、化け物が滑稽《こっけい》で、しかたなかった。笑うと体が痛かった。痛みに顔をしかめて、さらに痛くなった。

体が痛い。誰《だれ》のせいだ？　頭が痛い。誰のせいだ？　七百人近くが死ぬ。誰のせいだ？　誰の？　誰の？　誰の？　どうしてこんなことになった？

——まずいな。

ぼんやりと頭の隅《すみ》で考える。由宇《ゆう》の言葉を思い出す。普段《ふだん》の闘真《とうま》と殺戮者《さつりくしゃ》の闘真。その二つの人格の境界が薄《うす》れつつあると。

それが実感できた。頭の奥でぶつぶつと何かが千切《ちぎ》れる音がする。それが二つの人格を分け隔《へだ》てているものだとしたら、確実にいま、何かが崩壊《ほうかい》しているのだろう。

「ぎっ？」

化け物は、己の攻撃《こうげき》をかわされたことを疑問に思っている顔だ。

——そうか、人が大勢死ぬのも、体が痛いのも、頭が痛いのも、

「全部てめえのせえかあっ！」

闘真の手が化け物の顔面を、わしづかみにする。まさかの行動に、化け物の反応がわずかに遅れた。そのまま地面に叩《たた》きつけるように投げつけた。全身の痛みはおかまいなしだ。かえって怒りを増幅させた。

鈍い音をたてながら化け物は地面を転がった。転がる体を追い、起き上がったところを、顔面めがけて全体重を乗せたつま先を叩き込む。跳《は》ね上がった顔を、今度は真上から反動をつけた拳《こぶし》で思い切り殴《なぐ》りつけた。

闘真の拳がめり込んだ痕《あと》を顔面に残したまま、さらに二度転がり、化け物はようやく立ち上がった。

「ぎ……ぎぎぎぎぃ」

それは怒りの鳴き声か。両肘《りょうひじ》のジェットノズルが赤く燃えた。ジェットエンジンで加速されたパンチ。鋼鉄さえひしゃげかねないそれを、闘真は、ようやくいま抜いた鳴神尊《なるかみのみこと》の一閃《いっせん》のみで応《こた》えた。

振り切った刃の向こうで、化け物の肘より先が消失する。勢いだけが残った腕が壁に激突した。

闘真は化け物に、鳴神尊をつきつけた。

「ぶった切ってやる、細切れにしてやる、みじん切りにしてやる！　いいかよく聞けこの汚《きたね》え化け物が。てめぇがこれから思うことはただ一つ。生まれたことを後悔することだけだ」

人格が暴走している。それだけは意識できた。怒りは普段《ふだん》の闘真《とうま》のもの。しかしその行動は殺戮《さつりく》を好む人格のものだ。頭の中で何かが千切《ちぎ》れていく感覚はいまも続いている。

一片の理性も消えようとしたとき、携帯から声が聞こえた。それが彼を現実に繋《つな》ぎとめた。

『聞け、闘真。管制室にマイクがあるなら、携帯をそばに置け。奴《やつ》にのみ可能な制御手段を残しているはずだ』

それが何を意味するか解《わか》らなかった。ただあの少女が語る言葉と同じ、絶対の信頼《しんらい》に足る言葉であることは無意識に理解できた。

体をひねり、開いたままの管制室のドアの先を見る。そこにぽつんと一つだけ無傷のままで残されて立っているマイクがあった。

化け物は残った腕が己の体を壊《こわ》すのもためらわず、大出力でジェットをふかし、背を向けた闘真に向けて発射させた。

背後の攻撃《こうげき》を察知する。しかし電話の指示は一秒を争うものだろう。ひねった体をそのまま跳躍《ちょうやく》させ、空中で独楽《こま》のように回転する。わき腹を化け物のジェットの熱が焦《こ》がしながら、通り過ぎる。まだ宙にあるうちに、携帯電話をマイクめがけて投げた。

歌が聞こえた。闘真には歌に思えた。美しい緩急《かんきゅう》のついた音色。それは携帯電話から流れていた。

さらに体を半分ひねった闘真は、その勢いを余すことなく鳴神尊《なるかみのみこと》へ送り込み、その先端を化け物の頭部へ叩《たた》きつけた。

マイクのそばに携帯電話が落ちる。美しい歌のような音色をマイクが拾った。

足の裏が地面をつかむ。同時に制御室のモニターはいっせいに表示を変え、緊急《きんきゅう》ブレーキを発動した。

頭半分を失った化け物は、後ろへゆっくり倒れると、動かなくなった。

それと同時に、闘真も意識を失った。

リニアの天井《てんじょう》に備え付けられた空力ブレーキが開き、速度を落とす。車輪が降りると地面を噛《か》み、ディスクブレーキが悲鳴を上げる。

突然の減速に、車内の人々も悲鳴を上げた。

悲鳴は別方向から襲《おそ》ってきた慣性によってさらに高まった。問題の急カーブのエリアに来たのだ。

慣性で膨《ふく》らんだ車体が、リニアのレールに該当するガイドウェイをこすった。車内の電灯が明滅を繰り返す。頭上の棚で荷物が暴れる音がする。

悪夢のような時間。誰《だれ》もが体が投げ出されないように必死だ。一人の母親は息子を抱きかかえたまま、床に伏せおののいた。

いったいどれほどの時間、それが続いたのだろう。いつしか静寂《せいじゃく》が訪れていた。明滅していた電灯は、いまは普通に車内を照らしている。

激しい揺れが消えていた。まだどこか信じられない気持ちがある。本当に止まったのだろうか。リニアの安定した走行が、止まったと錯覚《さっかく》させているのではないか。

母親は外を見た。トンネル内の後ろに流れるはずのライトが、動くことなくそこにあった。

「止まった……の？」

「ママ、ママ」

男の子は安心したのか、大声で泣きじゃくる。それが引き金になり、大歓声が車内に響《ひび》き渡った。

彼等《かれら》は命が助かったことを喜びあった。

14

「ふう、どうなることかと思ったけど。たいしたもんだねえ。あれが禍神《まがかみ》の血《ち》か。俺《おれ》にも分けて欲しいな」

萩原《はぎわら》は、床に倒れている闘真《とうま》の脈を見る。多少乱れはあるが、命に別状はない。すぐにでも救護班が駆けつけるだろう。

「さてと……」

闘真の倒れている場所から少しはなれたところにある床の血痕《けっこん》を見て、萩原は頭を掻《か》いた。

「ところであの化け物はどこに消えたんだ？」

そこには、闘真に斬《き》られた頭半分しか残っていなかった。

四章　封印都市

1

総合病院の屋上に一台のヘリが止まった。ジェットタービンを備えた高速ヘリから降りた少女に、病院長はうやうやしく挨拶《あいさつ》する。

「ようこそおいでくださいました。まさか真目《まなめ》家の方がこんな辺鄙《へんぴ》な病院においでくださるとは」

目の前の可憐《かれん》と表現するのがふさわしい少女に、病院長は心のうちで嘆息した。一歩後ろに控えるようにいる人物は、男装の麗人《れいじん》か、それとも男か。医者の視点からも怜《れい》の性別は判断つかないが、二人そろった姿はじつに絵になった。

「時間がありません。病室への案内をお願いします」

麻耶《まや》は簡潔に自分の意思を伝えると、案内をうながす。

「は、はい。ただいま。こちらです」

何かと取り計らってもらおうと思った病院長は、あてがはずれたといわんばかりに、足取りが重くなる。その背中に麻耶は、少し柔らかい声をかけた。

「相応の謝礼はさせていただきます」

ただ、いまはそのような駆け引きはわずらわしいと、言外に含ませてある。

「いえ、決してそのような」

病院長の軽くなった足取りに続いて、麻耶は屋上から病院の中へ入った。

VIP用の階層は内装もすばらしく趣味《しゅみ》も悪くなかったが、点在する武装した男達《たち》が美観を損ねている。ADEMから派遣された警備の者達だ。

「あ、どうもこのたびは──」

病室の前の椅子《いす》に座っていた八代《やしろ》が立ち上がる。伊達《だて》の秘書官をしている彼とは知らない仲ではないが、その表情にはいつもの浮ついた笑顔でなく、疲れが見えた。

「あとでお話があります」

麻耶は一瞥《いちべつ》と感情を殺した声を残して、八代の前を通り過ぎた。

「こちらです」

病院長が個室のドアを開ける。

一歩だけ入って、麻耶の足が止まった。VIP用の病室は無駄《むだ》に広く、中央にベッドがあった。

ベッドの上には、闘真《とうま》が思いのほか静かな表情で寝ていた。しかし表面上だけだ。頭に巻かれた包帯、頬《ほお》を覆《おお》うガーゼ、顔のあちこちが腫《は》れあがり、左手にはギプスまでしてある。胸も肋骨《ろっこつ》が何本か折れていると聞いた。さらに全身を二十針以上縫《ぬ》っているらしい。立派な重傷者である。

「麻耶《まや》様」

怜《れい》が静かに声をかける。そこで気を取り直したのか、麻耶はゆっくりと深呼吸するとベッドに歩み寄った。

闘真は寝ていた。呼吸は穏《おだ》やかで、全身に怪我《けが》をしているのが嘘《うそ》のようだ。その姿を麻耶は黙《だま》って見つめている。一分以上もそうしていた。誰《だれ》も声をかけることはできない。あとから入ってきた怜や八代《やしろ》、病院長は言葉を拒否した小さな背中が自分達《たち》のほうを向くまで、じっと待っているしかなかった。

「席を外してください。怜、あなたも」

「しかし」

「私に同じ命令を二度言わせるつもりですか？」

「解《わか》りました」

怜はうやうやしく頭を下げると、すでに下がった八代達に続いて病室を出た。一度だけ振り返り心配そうに主の後姿を見るが、やがてドアを閉めた。

同時に麻耶の腰が落ち、ストンッと椅子《いす》の上に座る。長いため息が漏《も》れる。唇《くちびる》が震《ふる》えるのを、抑えられなかった。

「……兄さん」

闘真の怪我が、命に関《かか》わるほどではないと承知していた。それでも、麻耶は心が欠けそうな恐怖に怯《おび》えた。このまま二度と目覚めないのではないか。

闘真が闘《たたか》ったのは報告によると、またしても、真目《まなめ》家の情報網をもってしても解らない正体不明の化け物だという。そんな化け物相手では、同じ怪我でも計り知れない危険があるのではないか。取り返しのつかない診察漏れがあるのではないか。悪い想像が次から次へと湧《わ》いてくる。

じっと闘真を見る。ハンカチを出し、額に浮いた汗を拭《ふ》いた。わずかに乱れた布団《ふとん》を直す。それでおしまいだ。自分が兄にできることはこれしかない。

真目麻耶としてできることは、たくさんあるはずだ。が、しかし、いまは麻耶にも不明の情報が多すぎて、不確定要素が多すぎて、どうにもならない。無力感がじわじわと体を蝕《むしば》んでいく。ため息が重い。

「あまり妹に心配かけないでください。兄として失格ですよ」

冗談《じょうだん》めかして話しかけるが、闘真の反応はない。

病室の前で八代《やしろ》と怜《れい》は、並んで待っていた。この二人もお互い知らない仲ではないが、両者の間にあるのは重苦しい沈黙《ちんもく》のみである。

「お姫様、ご立腹のようだね」

沈黙に耐えかねたのか、八代は冗談《じょうだん》めかして口にする。それに怜はくすりと笑う。彼の冗談が面白《おもしろ》かったわけではない。

「ご立腹程度に見えますか？　おめでたい」

辛《しん》らつな言葉を返されて、八代は腹を押さえた。胃痛だ。さらにこの先、胃の痛くなることが待ち受けている。ご立腹程度ですまないお姫様の怒りを抑えつつ、真目《まなめ》家が管理する奨励都市《希望》に向かう木梨《きなし》と由宇《ゆう》を捕らえるため、協力をあおがなければならないのだ。

頭の痛いことは、そればかりでない。坂上闘真《さかがみとうま》。この少年ばかりは本当に恐れ入る。闘真がリニアの現場のすぐ近くにいたことは、本当に偶然だ。それは状況からも、監視の報告からも、解《わか》っている。

まったくあの少年は、どうしてこうも遺産に関《かか》わる物事にからんでくるのか。今回は自分達《たち》のせいではない。決してない。

八代は胃を押さえ、曖昧《あいまい》に笑いながら、ドアの向こうで手厚い看護を受けている少年のシーツをひっぺがして思い切りたたき起こし、すべて僕の責任でやったことです、と麻耶《まや》に向かって自分のかわりに証言させることを本気で二秒ほど考えた。

だが、前回の事件で闘真《とうま》を半ば確信犯で利用し、関《かか》わらせたのは、ほかならぬ自分、八代《やしろ》一《はじめ》である。それはさすがに言い逃れができない。

あのときはこれが最後と思った。しかし、二週間もたたぬうちにこの事態。

さらに今回のことでも、闘真と共にリニアを止めたのは、推測の域をでないが、峰島由宇《みねしまゆう》であろう。

「あなた方は、坂上《さかがみ》闘真を上手く利用すれば、真目《まなめ》家をも上手く利用できると思ってるかもしれませんが、その認識は改めたほうがいいですよ」

八代の思いを見透かしたかのような怜《れい》の言葉だ。

「真目本家当主の意向と、あの坂上闘真の行動は関係ありません。いままでことが上手く運んだのは、麻耶《まや》様の取り計らいがあってこそ。その麻耶様にとって坂上闘真は逆鱗《げきりん》です。それを保身のために利用されるからには、覚悟なさったほうがいい」

──まったく軽く言ってくれるよ、伊達《だて》さんは。

難解なハードルがいくつあるのか考えて、八代の気は遠くなった。いま、許されるならここで倒れて坂上闘真の横で一緒《いっしょ》に眠りたいくらいだ。

闘真の瞼《まぶた》がぴくりと動いた。

い目で、確かに麻耶を見ていた。

「兄さん？」

　医者の話ではしばらくは麻酔《ますい》で目を覚まさないということだったが、闘真は焦点の定まらない目で、確かに麻耶を見ていた。

「私が解《わか》りますか？」

　急《せ》く気持ちを抑えて、優《やさ》しく言葉をかける。

「……麻耶？　あれ、どうしたの？　なんで……」

　闘真は体を起こそうとし、すぐに顔をしかめうめいた。

「いたたたた」

「無理をしないでください。怪我人《けがにん》なんですから」

　闘真を寝かしつけると、乱れた布団《ふとん》を直す。しかしそれもすぐに無駄《むだ》になった。闘真ははっとした顔をすると、すぐに飛び起きた。

「あの化け物は？　リニアはどうなった!?」

　そこまで喋《しゃべ》って全身の痛みを思い出し、またうめき声をあげ体を丸める。それがさらに折れた肋骨《ろっこつ》に響《ひび》いたのか、今度は仰向《あおむ》けになって、荒い呼吸を繰り返した。

「だから動かないでください。これ以上無茶《むちゃ》をするようなら、ベッドにくくりつけてもらいます」

「それで、どうなったんだ？」

「リニアは無事です。軽傷者は何人か出ましたが、全員命に別状なし。すべて兄さんのおかげです」

「いや……、僕一人の、力じゃない」

闘真《とうま》は体に響《ひび》かない程度に、かすかに首を振った。

「安藤《あんどう》さんて人が協力してくれたんだ。電話で指示を出してくれて。あそこの職員だって。女の人。たぶん偉い人、すごく頭が良くて」

「あんどう……、あんどう、安藤澄江《すみえ》さんでしょうか？　安藤という名の技術的指導ができそうな女性は、この人以外心当たりがありません」

「じゃあ、たぶんその人だ。その人にもお礼を」

「ですが、その人は……」

麻耶《まや》は言葉を呑《の》み込む。その名前は、五十音順に並んだ犠牲者名簿《ぎせいしゃめいぼ》の筆頭にあった。だから麻耶もすぐに思い出せたのだ。

「安藤さんが、どうかしたの？　その人がいたから、壊《こわ》れた制御装置も言うことを聞いてくれたんだ」

「壊れた制御装置？　あの化け物と闘《たたか》って壊れたのではないのですか？」

「違う。だから僕一人の力じゃないって。安藤さんって人が……」

いったいどういうことなのか。状況からの判断では、闘真がなんらかの方法でリニアの制御を取り戻し、その後化け物との闘いで管制室が壊れたのだろうと思っていたのだが。

「リニアエクスプレスのコントロール施設の職員は、過半数が死亡。生き残った人達《たち》も重体でいまなお生死をさまよっている人もいます」

「そう……」

「兄さんはよくやりました。兄さんがいなければ、もっと何百人もの犠牲者が増えたことでしょう」

闘真を安心させてから、本題を切り出した。

「兄さん……、その安藤さんについてもう少し詳しく教えていただけます？」

「うん」

五分も話すと安藤の正体が、たった一人の人物像に絞られた。きりっと爪《つめ》を噛《か》み、この情報をどう扱うか検討する。

「麻耶、あの化け物は……どうなった？」

「え？　ああ、兄さんがやっつけてくれたじゃないですか。もうつかまりました。いま死体を分析中です。安心してください」

嘘《うそ》だったが、相手は重傷者。嘘も方便だと、麻耶は自分に言い聞かせる。本当はＡＤＥＭも真目《まなめ》家も全力で捜査中なのだ。

「そうか、よかった」

安心したように目をつむる闘真《とうま》を見て良心が痛む。

疲れているのだろう、闘真はそのまま眠ってしまった。最後に布団《ふとん》を整えると、そっと病室を出て、ドアを閉める。

これで闘真の妹でいる時間は終わった。これからは真目麻耶《まなめまや》として動く時間だ。

2

木梨《きなし》の中にある意識は、安全な場所を求めて、一つの民家に潜伏《せんぷく》した。失った体力を取り戻すための捕食活動も一緒《いっしょ》に行った。

頭部を破壊《はかい》されても命が助かったのは、すでに対策を講じていたからに他《ほか》ならない。破壊されやすい頭部に重要機関を集中させず、脊髄《せきずい》を発達させ、昆虫でいうところの神経節と呼ばれる補助脳を作り出した。

七つある補助脳をもとに、失われた頭部を再構成する。補助脳はいくつか破壊されても、四つあればほぼ記憶《きおく》まで再現できる。三つあれば記憶は損傷するが、生命活動に危険はない。二つまで減少すると、長時間の活動は不可能になり、待っているのは死だ。

異形《いぎょう》の力を手に入れ、慢心《まんしん》していたことを思い知った。

生存本能が、自分を一度殺したあの生き物――闘真を天敵の一種と認識させた。今後も立ちふさがる可能性がある。

もっと強靭《きょうじん》な肉体を構成しなければならない。あれに対抗できるだけの何かを。しかしいまある知識に、それに該当するだけのものが見当たらない。

あらゆる能力を有しているように見える木梨だが、一つだけそして決定的に足りないものがあった。創造力である。彼の肉体構成は、すべて既存の生物からの借り物に過ぎない。由宇《ゆう》の生物としての基盤から外れていないというのは、ある意味とても正しかった。

どこかで情報を補充しなければならない。あの刀を持った化け物に対抗できるだけの情報を。しかしそれだけでは決定打に欠ける。餌《えさ》を食《は》みながら、思案をめぐらす。

記憶として深く根ざしている映像を思い描いた。巨大な地下空間に浮かぶ球体。そう、あれを手に入れることができたなら。

もしあれを手に入れることができたなら、あの刀を持った化け物も怖《おそ》れるに足らないだろう。それどころか、自分を脅《おびや》かす生物は地球上から消滅するだろう。LAFIファーストの中の数ある意識体の中で、カザマと呼ばれたものが特別であったように、自分もまたこの世界で特別な存在になれるのだ。

そこでふと思考が止まった。

なぜ特別になりたいのか、その理由が脳内から失われていることに気づいた。破損し半分失われた脳の再生は完璧《かんぺき》ではなかったのだ。

それはとても大切なことで、失ってはならないはずの記憶《きおく》だった。

胸が締め付けられるような感情が去来した。

木梨《きなし》の中の意識体は、初めて悲しみという感情を知り、涙を流した。

3

闘真《とうま》の病院から帰ってきた麻耶《まや》は、疲れた体を癒《いや》すため、オフィスの一室の扉を開けた。

八代《やしろ》には、話はあとで聞くとだけ言い、麻耶はそのままヘリで帰ってきた。

何か言いたげな八代の言葉に、いまは耳を傾けてはならない。自分の知らない情報に対して聞きたいのは山々だが、まだ自分のもとには、満足な情報が何一つそろっていない。そのような状況であの八代と交渉したら、こちらがつけこまれるだけである。

まず、状況を整理しなければならない。このシティヘブンのビルの一室。ここは麻耶の本拠《ほんきょ》地《ち》だ。とにかくここで一度落ち着いてから考える。このドアを開ければ、そこには新たに集められた情報がある、とにかく、それを――

「よお」

しかし、麻耶を出迎えたものは、ソファでくつろぎまくってる一人の傍若無人《ぼうじゃくぶじん》な初老の男だった。男はかけ声とともに、軽快に片手を上げた。

それを見た麻耶はドアノブに手をかけたまま、硬直してしまう。初老の男は体格のいい体を和服に包み、腕は袖《そで》の中。麻耶お気に入りの白いソファによりかかる体勢は、座るではなく寝ていると表現するのが近い。

「待ちくたびれたぞ。働きすぎは早死にのもとだ。まだ十六だってのに過労死でもしたいのか？」

「……お父様。なぜここに？」

ようやく、なんとかその言葉だけを搾《しぼ》り出した。しかしまだ体はドアノブを持ったまま、硬直したままである。

「なんでえ。父親が娘に会いに来ちゃ駄目《だめ》だっていうのか？」

真目不坐《まなめふざ》は快活に笑うと、襟《えり》の間から出した手で顎《あご》をなでた。彼の癖《くせ》である。

「ほら、遠慮《えんりょ》しねえで座れや」

そう言って身を起こし、自分の隣《となり》のソファをばんばん叩《たた》く。

「自分のオフィスですから遠慮はしません」

やっと麻耶は平常心を取り戻し、スタスタと部屋を横切ると、父の前のソファに腰をおろした。

「け――っ、哀《かな》しいねえ。小さい頃《ころ》はおとーたまおとーたまって、うっとうしいくらいにまとわりついてきたってのによ。あの頃は可愛《かわい》かったなあ」

「そんな記憶《きおく》はありません」

「俺《おれ》の頭の中にはあるんだよ。それよりも、ドラゴンの件、大変なんじゃねえのか？」

「ええ、いまもってまったく解《わか》りませんの。ああ、やっぱりお父様ですわ。お父様はもちろん、窮地《きゅうち》に陥《おちい》った娘を助けに来てくださったのですね？」

「おお、助けてやりてえ親心なんだがよ、あれは俺も解らねえ」

「あら、もうお帰りですか？　なんのおかまいもせず」

「おいおいおい、俺は帰るなんて一言も言ってねえぞ」

「もうお父様に用はありませんから」

「用済みとみるなり追い返すのかよ。ひでえ娘だな、まったく」

「久しぶりにお会いできてとても嬉《うれ》しかったですわ、お父様。それではごきげんよう」

「昔みたいに、もう少し甘えてくれや。そうしたらドラゴンはともかく、もう一つは教えてやってもいい」

「もう一つ？　さあ、なんのことでしょう」

「聞きたくてたまらねえことがあるって、顔に書いてあるぜ」

「べつになにも……」

「よく生き残ったな」

聞くのをためらっていたことを不坐からずばり言われた。まだ心のどこかで父親を信じようとしていた自分がいることに麻耶は悲しみを覚えた。しかしそれさえも、不坐が一瞬《いっしゅん》だけ解き放った刃《やいば》のように研《と》ぎ澄《す》まされた殺気に、もろくも崩《くず》れ去る。

「え、ええ」

情けないと思いつつも、麻耶は声が震《ふる》えるのを抑えることができない。頭が冷たく感じる。これを血の気が引くというのだろうかと麻耶は思った。

間違いなくいまの自分は顔色が変わっているだろう。屈辱《くつじょく》と悲しみに、麻耶は唇《くちびる》を噛《か》み締めた。

「まさか、鳴神尊《なるかみのみこと》と同列の刀がもう一本あるとは思いませんでした」

「ほう、あれの正体に気づいたか。どうして解った？」

「うちのスタッフは優秀ですから」

「闘真《とうま》か」

あっさりと真実に踏み込んでくる。これこそが真目《まなめ》家の当主たる所以《ゆえん》と言えた。ふいに相手の懐《ふところ》に入る手腕。駆け引きすら無意味とする真実を見据える目。

「いえ、うちのスタッフです」

「ふむ、あいつもあれを見抜くまでになったか」

「私の話を聞いてください」

いつの間にか立場が逆転している。だんだん麻耶の頭に血が上ってきた。いつもなら必死に抑えようとするだろうが、今日はやめた。目の前の父にそれは無意味だし、何より麻耶《まや》にとって、怒りに紅潮した顔のほうが、ショックで血の気を失った顔を見せるより何百倍もマシなことである。

「まったく、勝司《かつし》とお前だけじゃねえ、闘真《とうま》まで。さすが俺《おれ》の子だねえ。全員そろいもそろって無傷かよ」

「闘真までって……、お父様、闘真に何か」

「お前とおんなじだよ。気にするな。ちゃんと首と胴体はくっついてる」

「兄さんに、何をしたのですかっ！　まさか、あの化け物もお父様の仕業《しわざ》ですか⁉」

今度こそ、心底の怒りに身をまかせ、麻耶はソファから立ち上がった。

本気の憤《いきどお》りを見せる麻耶に、まあまあ、といかにもわざとらしい手振りで、不坐《ふざ》は座るようにうながし、

「あんな化け物、俺が知るかよ。闘真には、なんにもしちゃいねえよ。いや、本当に、あいつにだけはなんにもできなかったな。一番悪運が強《つえ》えのはあいつだったぜ。監視はつけてんだろ？あとで見ろ」

と、軽く流してしまう。

「にしても、おまえのお兄ちゃんっ子ぶりは、ますます酷《ひど》くなるなぁ」

麻耶は答えない。それは自分でも解《わか》っていることだ。

だが、別に異常なことだとは思っていない。麻耶のまわりに信頼《しんらい》できる家族と呼べる人は闘真しかいなかった。母親は自分を産んですぐに死んでしまった。父親、兄二人、叔父《おじ》。自分になんの見返りも期待せず要求せず、かわいがってくれた身内は誰《だれ》一人としていなかった。まともな家族としての愛情を自分に注いでくれたのは、たった一人、闘真だけなのだ。

そしてその闘真は、呪《のろ》われた血に苦しみあがいている。そのきっかけをつくったのは自分だ。お兄ちゃん子と言われようとブラコンと言われようと、怜《れい》にいくら咎《とが》められようと、それだけは譲《ゆず》れない。譲ってしまったら、自分は人でなくなってしまう。この目の前の父親と同じ、外《げ》道《どう》の道に落ちるのと同義ではないか。

「あんなことがあった反動かねえ。これも一つの精神の均衡《きんこう》を保つための、防御機構なのかもな」

「防御機構？」

不坐の言うあんなことというのが、一年半前の凶事《きょうじ》を指しているのは、すぐに解った。しかし真意がつかめない。言葉どおりにとれば、自分はなんらかの催眠《さいみん》技術かなにかで記《き》憶《おく》を操作されているのだろうか、となる。しかし相手は不坐だ。何もないのにそう思わせ、闘真と麻耶の信頼関係を壊《こわ》すことくらい、朝飯前だろう。

「知りたいか？」

「いえ」

麻耶《まや》は即座に首を振る。麻耶はなによりいまの自分の記憶《きおく》を信用することにした。不満を抱いているならともかく、満足している現状を、相手の悪意で自ら壊《こわ》すのは愚《おろ》かなことだ。事実と真実は違う。

「そうか。じゃあ違う話をしてやろう。あの娘はクレールっていうんだよ。かわいいだろ？」

「クレールというのですか？」

「おう。お前、確か欲しがってたじゃねえか、妹」

「クレール……」

麻耶は少女の名前を何度かつぶやく。自分の妹にあたるはずの娘の名を。自分を殺しにきたにもかかわらず、思わず手を振ってしまった少女。そしてあの少女も、かすかではあったが、確かに自分に手を振り返してきた。

「まあ、あれはあれで色々と欠点が多い。脳をいじりすぎた」

「いじりすぎたって」

「障害がいろいろと出ちまった」

「……お父様」

怒りを押し殺した麻耶の声にも、不坐《ふざ》の顔はあくまで楽しげだ。いや、やっと麻耶が挑発にのってきてくれたと、そのまま書いてある。

「俺《おれ》が嫌いか？」

「ええ」

「俺にそむいてでも自分の道を貫くか？」

「もちろんそのつもりです」

「なら、お前はなぜ遺産を嫌う？　遺産と関《かか》わるな、なんざ俺が俺の代で勝手に決めた家訓だぜ」

「べつに、家訓だから、守っているわけではありませんわ」

麻耶が遺産を嫌っているのは、実は家訓などあまり関係ない。もっと明快で単純なものである。

峰島勇次郎《みねしまゆうじろう》が嫌いだ。一言で言えばそれが理由だ。自分の創り出したものに無責任で、己の好奇心と欲望を満足させれば、子供が飽きたおもちゃを捨てるように、ぽいと放り投げてしまう。まわりの迷惑《めいわく》など顧《かえり》みないその態度。それは目の前の父に対して抱く嫌悪《けんお》ととても似ていた。

家訓などどうあれ、自分はあの技術を使いたくない。あの狂った遺産に踊らされる連中と、同じ立場になりたくない。言ってしまえばそういうプライドの類《たぐい》だ。

「遺産などに頼《たよ》らなくても、真目《まなめ》家の地位を守れる自信はあります」

「おお、大きくでたな。しかしな、麻耶よ。たかが遺産されど遺産だ」

「どうかしました？　お父様。急に老け込まれてそのように弱気なことを」

不坐《ふざ》の声色が変わった。地獄《じごく》の底から頭蓋《とうがい》に直接響《ひび》いてくるような声は、聞くものに強力な呪縛《じゆばく》に近い効果をもたらす。

「近いうちに峰島《みねしま》の娘が《希望》を訪れる。狙《ねら》いは地下に眠るあの金庫の中だ。死守しろ」

「はい」

いままでの麻耶と比べると別人のような態度で、麻耶はうなずいた。うなずいてから、気づいたがそのときの父は、もういつもどおりである。

「もしそれができたら、クレールの身柄をおまえに任せてもいい。鳴神尊《なるかみのみこと》の継承者、その二人をかかえることになるんだ。その意味がわかんねえわけじゃねえよな？」

自分は次期当主の座が欲しいわけではない、と言いかけて、麻耶はやめた。自分が座を譲《ゆず》られれば、兄も、そしてあの妹かもしれない少女も、呪《のろ》われた血から解放できるすべを手に入れられる、と解釈すればいい。峰島の娘から地下の金庫を守ることで、その方法が手に入るのなら麻耶と不坐の利害は一致する。

「お父様」

今度は麻耶が真剣に、不坐に問いを投げかけた。

「なんだ？」

「お父様はそこまでして、何が欲しいのですか」

「ああ？　欲しいもんなんざ別にねえよ。だが、どうしてもやりたいことがある。それをやらんことには、俺《おれ》は死んでも死にきれねえ。それができたら俺は隠居だ。幸い優秀な跡継ぎには恵まれてるしよ」

「では、質問を変えます。お父様は、いったい、何がしたいのですか」

麻耶の本気を悟ったか、不坐は本当に珍《めずら》しく無造作に答えを返してきた。

「なあに、簡単なことだ」

そう、不坐はまるで本当に簡単なことのように、それを口にした。

「峰島勇次郎《ゆうじろう》を殺すのさ」

4

人の気配に、闘真《とうま》は目を凝《こ》らした。

VIP用の豪華な病室は落ち着かない。普通の病室に移動させてくださいと言ったが、警備にはVIPルームのほうが何かと都合がいいらしく断られた。それに明日には別の病院に移されるらしい。おそらく真目《まなめ》家の息がかかった病院だろう。

人の気配を追って、痛む体を押し殺して横を向いた。

明かりのない部屋の入り口に、人影があった。小さい。子供だ。

「誰《だれ》なの？」

「迎えに来たよ」

愛らしい顔をした子供は、外見どおりの無邪気《むじゃき》な声を出す。声から、どうやら男の子らしいとわかった。

「迎えって誰《だれ》の？」

「若様」

「若様？　若様って？」

「あ、そうか。えーと、勝司《かつし》様」

意外な名に闘真《とうま》は息を呑《の》む。

「内密に会いたいって」

「でも、あの、ここを出ちゃいけないんだ。ごめんね」

「えーとね、若様こんなこと言ってた。密談に応じれば、禍神《まがかみ》の血《ち》の抑え方を教えてあげるって」

断る理由を探すはずが、うなずく以外の選択肢《せんたくし》を失ってしまった。

「これに乗るといいよ」

男の子は用意周到に車椅子《くるまいす》を用意していた。

「大丈夫《だいじょうぶ》、歩けるから……、いたっ」

「ほら、大丈夫じゃないじゃない。僕が押してあげるから」

一歩外に出ると、ことごとく警備していた人達《たち》は床に倒れていた。

「眠ってもらったんだ」

にこにこと男の子は、とんでもないことを口にする。

男の子に車椅子を押され、下の階に進む。途中、出会うはずの警備と誰《だれ》一人会わなかった。

何気ない足取りは、呼吸とタイミングのみで成し得る高度な隠密《おんみつ》行動なのだと理解した。

「大丈夫？」

男の子の顔は、本当に気遣《きづか》ってるようだ。闘真は微笑《ほほえ》んで大丈夫であることを意思表示した。

「そういえば名前教えてもらえるかな？」

「才火《さいか》」

変わった名前を口にした男の子の足取りは軽く、とうとう闘真を病院の正面入り口から、堂堂と連れ出してしまった。

5

闘真の無防備ぶりは、呆《あき》れるのを通り越して感心してしまう。

いまも怪しすぎる子供に車椅子を押され、病院を抜け出したところだ。自分にあらゆる手段を使って、いくつもの監視の目がついていることなど、気づいている様子はまったくない。

——気づくとか気づかないっていう問題じゃないな。

病院の屋上から、闘真《とうま》を目で追いつつ、萩原《はぎわら》は思った。

——ほんとに生まれながらのサラブレッドって奴《やつ》だよ、これは。

この一ヶ月、闘真の学校に通い級友の話を聞き、それ以外の日常下の生活も真目《まなめ》家の不興《ふきよう》を買わない程度に監視しつづけ、何回かは直《じか》に話をした萩原は、心底そう思う。

坂上《さかがみ》闘真はマイペースだ、と級友もバイト先の人間も口をそろえる。萩原もそう思う。しかし、そのマイペースさは、いささか度を越している。自分の生まれた家、自分が持つ血の意味、自分が持つ刀の力、そしてこの一ヶ月で経験した二度の事件。

これだけのものがそろっていたら、普通、自分に監視の目がついていないと、思わないほうがおかしいだろう。いや、監視なんていうなまやさしいものではなく、命を狙《ねら》われてるとおびえてもおかしくない。しかし闘真にはそうしたことに対する危機感や不安感が、萩原の見た限りでは——まったく完全に完璧《かんぺき》に、本当に、なかった。

最初は装っているのかと疑ったが、すぐに思いなおした。

闘真の表面上の見た目と性格にだまされてはいけない。彼の中には、あの真目家一族の中で一番色濃い禍神《まがかみ》の血《ち》が流れているのだ。鳴神尊《なるかみのみこと》を持つものは、最強の殺戮者《さつりくしゃ》である。自分の命の危機などもっとも縁遠いもの。つきつめれば、他人、いや自分をとりまく世界に対し、徹底的な無関心にたどりつくだろう。

普段《ふだん》の生活でマイペースに見える態度は、怖《おそ》れと好奇心という、いわば一番人間らしい本能の一部分を消失した歪《ゆが》んだ生き物の、表面上の姿にすぎない。

——ほんとに、もはや人外。

それが一日だけのクラスメイトに対して、萩原が下した判断だった。

その人外のクラスメイトは、これまた人外の臭《にお》いがぷんぷんする正体不明の少年に、車椅《くるまい》子《す》を押され、病院の車寄せにのんびりと向かっている。

萩原はとうとう、がまんしていた独り言を話し始めた。

「俺《おれ》です。萩原です。本日の業務連絡です。あ、ちょうど良かった。俺もうやめます。高校生ライフは楽しかったですけどね、これ以上あんな連中と関《かか》わりたくありません。俺はデスクワークに戻ります。一緒《いっしょ》にまた苦情処理係しましょうよ。え、嫌《いや》です。俺はこの任務おりるんです。身の危険を感じるからだって何度も言ってるでしょう。ADEMの護衛まで、みんなやられましたよ、さっき報告した一人のガキに。俺の任務は坂上闘真の生活面の監視。いいですか、いまの坂上闘真は完全に一般的高校生の範疇《はんちゅう》を逸脱してます。それともなんですか、俺に遺産をなんかくれるとでも？　え？　この通信機？　こんなのランク外じゃないですか。Pランクなんてランク、いつできたんですか。それ何番目ですか。ああ、ちょっと待ってください、坂上闘真の携帯が鳴ったようです。あいつの携帯の番号を知ってるのは真目家以外には俺とあと一人だけですから……、ああ、真目家ですか。もう、そっちでそれだけ解《わか》るなら、ほんとに俺《おれ》なんかいらないじゃないですか。はい、で、黒い車が一台、坂上闘真の前にとまりました。うわ、マセラティ、クアトロポルテだ。ナンバー照会？　衛星で見ればいいでしょ。はいはい、やりますよ」

萩原《はぎわら》がぶつぶつと文句を言っている間に、闘真《とうま》は車寄せに停《と》められたこれまた正体不明の黒い車に近づいていく。

「ああ、やっぱり。今度は直々《じきじき》に兄貴ですか。まったくあそこの連中は憎《にく》らしいほどに金持ちだなあ。俺の乗りたい車ばっか乗ってきやがります。まあ、F40でも黄色はちょっと遠慮《えんりょ》しときますけどね。え、ちょっと待って、乗っちゃうの？　あっさり？　信じられない。一応兄貴とはいえ敵対してる相手だろ！　いま、けが人だろ？　さっきあんな目に遭《あ》ったばかりだろ？　お前少しは警戒心くらい持てよ！」

最後のほうは、ほとんど業務に関係ない。個人的知り合いとしての萩原が闘真に向かって発せられたつっこみと言ってよかった。

闘真を乗せた車は、常識的な速度で、街路樹が並ぶ病院の前の道を走り出した。

「追うのはごめんですよ。これ以上やったら、巻き込まれたとき逃げ場がありません。俺の命の保障なんて、どうせしてくれないんだから。おまえがやめたら誰《だれ》がやるって、さあ、俺に聞かれても。道に立ってる電柱にでもやってもらえばいいじゃないですか。ちょうど10メートルおきくらいに立ってますよ。え？　電柱にそんな芸当はできない？　じゃあ八代《やしろ》さんがやればいいでしょ。とにかく、ほんとに俺、ここまでですからね。そのかわり苦情処理係に戻ったら、絶対お役に立てますよ。言う側の気持ち、心底、痛感してますから。いい研修になったってことで。ありがとうございます。以上」

闘真を乗せた車が曲がり角の向こうに消えたのを確認すると、すぐに萩原は屋上からロープをつたってするすると下に降りる。ふと停まっているバイクを見て、足を止め、一度だけ闘真が消えた街角を振り返った。数日とはいえ友人として言葉を交わした相手だ。心配は逡巡《しゅんじゅん》に繋《つな》がったが、しかしすぐに萩原はその考えを振り払った。

現在、坂上《さかがみ》闘真は鳴神尊《なるかみのみこと》を携帯している。どんな相手でも、坂上闘真が殺されることなど、鳴神尊が負けることなどないだろう。

他人の心配より、自分の心配だ。上司の八代にたてついて、職務を放り出した。まあ、あの八代の言いようなら半ば了承しているようなものだったが、それでも次にＡＤＥＭに戻ったとき、自分のデスクがどこにあるのか、考えるだけで恐ろしい。

萩原は、再び歩き出し、自販機で買った缶コーヒーを飲みながら、

「さて、これから俺はどうしようかなあ。とりあえず、今日は帰ってフロ入って寝るかな」

と、今度こそ本当の独り言を、誰にともなくつぶやいた。

才火《さいか》がここだよ、と闘真《とうま》の車椅子《くるまいす》を正面入り口で止めたとき、突然闘真の携帯電話が鳴った。慌《あわ》てて通話のボタンを押すと、

『久しぶりだな』

いきなり名乗りもせずに聞こえてきた横柄《おうへい》な言葉に面食らう。だが、その声の主はすぐに思い当たった。聞くのは数年ぶりになるが、その声は一度聞いたら二度と忘れられない、そういう声だった。妹、麻耶《まや》も持つ、真目《まなめ》家の者特有の要素の一つだ。

「勝司《かつし》さん、ですよね」

『いま、おまえのすぐそばにいる。ちょっとつきあえ』

ほとんど同時に、黒い車が闘真の前に滑《すべ》るように停車した。窓ガラスが開き、中から乗れ、と勝司の声がする。

直接顔を会わせるのは何年ぶりになるだろう。いきなりのことに闘真が戸惑《とまど》っていると、今度は人差し指一本の動きで、乗れと指示する。それは有無を言わせない力強さを持ち、闘真はドアを開け、痛む体をなんとか動かして助手席に乗り込んだ。

「少し話をしたい。かまわないだろう？　それとも兄である俺《おれ》の言うことが聞けないか？」

傲慢《ごうまん》な口調は昔と変わらないが、不思議と初めて会ったときからその態度に不快感を抱いたことはない。麻耶《まや》などは全力で嫌っている。それどころか同じ感情を抱かない闘真《とうま》に対し、不満を抱いている。だが闘真にとってもともと勝司《かつし》はそのような感情とは縁遠いところにいた。

では好きかと聞かれれば首を振るだろう。興味がないというのが、一番適切なのかもしれない。

闘真が助手席に座ると、才火《さいか》は後部座席に乗り込んだ。足をぶらぶらさせている姿は、本当に子供だ。

「俺《おれ》のオフィスに行くがかまわないな？」

闘真の返事を待たず、勝司は車を発進させる。高級車という点では先日乗せてもらった怜《れい》の車と一緒《いっしょ》だが、こちらはじつに静かで流れるような発進だ。

闘真は、このような車を勝司自ら運転していることに驚《おどろ》いた。運転手がいて後ろで仕事をしているというイメージのほうが似合う。

後ろにいる才火はまるで遊園地の乗り物に乗った子供のように、後部座席に膝《ひざ》をついて、窓の外を楽しそうに見ていた。

「才火。そうやって窓の外を見たいなら靴《くつ》を脱げ。いつも言っているだろう」

「……はあい」

才火は、勝司にしかられ、しょんぼりしながらよいしょよいしょと自分の靴を脱いだ。

闘真は、二人のやりとりに自分の耳を疑った。才火と呼ばれた少年が、普通の部下のように扱うにはあまりにも年少であることを差し引いても、いまの口調は電車内でよく見られるそこらの普通の親子の会話のようだ。勝司のそのような態度は、無関心な闘真をも驚かせるほどのでき事といって、差し支えない。

「あ、あの」

「なんだ？」

「まさか、息子さん、なんてことは」

今度は勝司が不思議そうな顔をする。何を言われたのか解《わか》らなかったか、しかし、すぐに呆《あき》れた顔つきになって、闘真を馬鹿《ばか》にした。

「おまえは、俺をいくつだと思ってる」

「あの、じゃあ、親戚《しんせき》の子供、とか」

「血縁関係は一切ない。ただの部下だ」

一言で切り捨てると、

「さて、おまえに二、三尋《たず》ねたいことがある。最近、また麻耶と仲良くやっているみたいじゃないか」

勝司は話題を切り替え、いきなり嫌味《いやみ》をぶつけてきた。

応《こた》えに窮《きゅう》する闘真に、勝司は笑って答えた。

「別にとがめているわけではない。好きにすればいい。鳴神尊《なるかみのみこと》など、俺はいらない」

「あの、じゃあ、その、どうして僕を」

「禍神《まがかみ》の血《ち》に興味はないが、峰島《みねしま》の遺産には興味があってね。おまえはその点で使えそうだ。真目《まなめ》家の長男である俺《おれ》が知らない、いや親父《おやじ》でさえ知らないかもしれない、ADEMの秘密をおまえは知っている。違うか？」

ストレートな勝司《かつし》の言葉に、闘真《とうま》はようやく悟った。もしかしていま、自分は、敵の手中にあるのだろうか？

自分の身の危機は一切感じなかった闘真だが、ADEMの名を出された瞬間《しゅんかん》、由宇《ゆう》を想《おも》い、突然危機感と警戒心があふれてくる。君は馬鹿《ばか》で能天気すぎると、自分を評した黒髪の少女の姿が頭に浮かんだ。目の前にいる勝司は、兄とはいえほんの二週間前、あの事件を起こした首《しゅ》謀者《ぼうしゃ》の一人かもしれない。つまり、それは、由宇の敵であるかもしれないのだ。

自分のことはどうでもいい。だが、峰島由宇の秘密だけは守りたい。由宇の存在が外部の組織に、まして兄のような人物に漏《も》れることが、彼女の身にどれだけの危険を及ぼすのか。

あまりにもうかつな自分の行動に、闘真は本当に自分を、馬鹿で能天気すぎると激しく後悔した。

頼《たの》みの綱《つな》は、外部の人間には一切話を漏らせないはずのブレインプロテクト。だがそれも脳に施《ほどこ》された特殊な二つの処理のため壊《こわ》れつつあると、由宇は言っていた。

一人焦《あせ》りまくる闘真をよそ目に、海上を渡る高速道路から港の眺めを見て、才火《さいか》は嬉《うれ》しそうな歓声をあげた。

　だが、遺産について、それ以上勝司はつっこんでくる様子はない。

「叔父《おじ》の家を訪ねたのか？」

　次の質問はすでに違う話題だった。

　叔父と言われ、それが蛟《みずち》のことを指すのだと気づくまで数秒の思考の空白があった。闘真にとっても叔父に当たるのだが、面識がないためか、どちらかというと鳴神尊《なるかみのみこと》の前任者という意識が強い。

「あ、はい」

　とぼけてもしかたないので、素直に応《こた》える。

「そうか。叔父の家に行ったか」

　蛟を語る勝司の表情が柔らかいことに、少なからず驚《おどろ》いた。闘真の知らない顔だ。と言っても勝司と長く話したことはほとんどない。それでもいまの表情は、闘真が知るいつもの彼とはいたくかけ離れている。

　それからしばらく、勝司は黙《だま》っていた。

　車内には、橋の次に見える工場や港のライトを見て喜ぶ才火の声だけが響《ひび》く。

「……叔父が、どうして死んだか知ってるか？」

「えっ？　知ってるんですか？」

「どいつに聞いても解《わか》らないと言われたか？　まあしかたない。あれは極秘事項だからな」

「まさか、知ってるんですか？」

「あたりまえだ。当時俺《おれ》はまだ十二のガキだったが、情報の集め方くらいは知っていた」

麻耶《まや》ですら知らない情報を、さらりと知っていると言う。

「叔父《おじ》は、真目《まなめ》蛟《みずち》は最後の任務に失敗したんだ」

「失敗？」

「それを最後に禍神《まがかみ》の血《ち》とは決別する条件で、その任務を叔父は受けた」

「任務って……」

「鳴神尊《なるかみのみこと》の継承者の任務なんて、人殺しに決まっているだろう。叔父は最後の任務に赴《おもむ》き、そして自分が殺された」

淡々と語る。

「最後に暗殺しようとした人って……あの？」

「峰島勇次郎《みねしまゆうじろう》」

それは驚《おどろ》くべき内容のはずだった。しかし闘真《とうま》の心に浮かんだのは驚きよりも納得《なっとく》だった。

禍神の血と鳴神尊を破る者がいるとすれば、峰島勇次郎以外誰《だれ》が考えられようか。

7

「さて、闘真。ここまで来てもらったのは他《ほか》でもない。おまえに会いたいという人がいる。禍神の血の抑え方を知っている人だ」

勝司《かつし》は闘真を薄暗《うすぐら》い部屋の一室につれてきた。公的な勝司のオフィスではないが、日本国内で勝司が持つ、麻耶《まや》にも不坐《ふざ》にも知られずに、自由に使えるスペースのいくつかの一つだ。

この闘真にもなにかしらの危機感があるのか、彼にしては珍《めずら》しく歯を食いしばり、額には脂汗《あぶらあせ》を浮かべている。肉体の痛みもあるだろうが、それだけではないだろう。鳴神尊に意識を集中させているのも見て取れる。

「まあ、そう緊張《きんちょう》するな。いまから紹介しよう」

勝司の言葉と同時に、闘真の目の前に、一人の人間が現れた。

特徴のある帽子《ぼうし》にマント、ステッキ。ミネルヴァのメンバーの一人、マジシャンである。

その瞬間《しゅんかん》、闘真の全身が総毛立つのが解った。

何もなかったはずの空間に、その人物は突然姿を現した、そんな非常識な現実に対する驚きからではなく、もっと本能的な何かが、闘真を突き動かしたようだ。

「はじめまして、坂上《さかがみ》闘真君」

「あんた、何者だ？」

マジシャンが一言、言葉を発した瞬間《しゅんかん》、闘真《とうま》の言葉遣《づか》いが、人そのものが変わった。禍神《まがかみ》の血《ち》が発動した。否《いな》、発動させられたのだ。

闘真は険のある目つきでマジシャンを見る。

禍神の血の発動条件は大別して二種、鳴神尊《なるかみのみこと》を抜くか、差し迫った命の危険か。

しかし、いまはそのいずれでもない。危険こそ感じるが、一刻を争う種類のものではなかった。まして鳴神尊はまだ鞘《さや》の中だ。

「才火《さいか》、どう思う？」

隣《となり》にいる才火は、大きな目を見開いたまま、微動だにしない。

「何者だと聞いている。忘れるほどボケてるわけでもないだろう？」

闘真がマジシャンに詰め寄った。それと同時に、いきなり鳴神尊をその手に握り、無造作に鞘から抜いた。

マジシャンはそれでもまだ、ステッキに両手を置き、じっと闘真を見つめている。

「こんな怪我人《けがにん》ひっぱってきといて、答えねぇのか。じゃあ、死ねよ」

じれたのか、闘真が猛然と間合いを詰めた。禍神の血が目覚めたいま、怪我の痛みなど関係ない。助走三歩、筋力のバネを存分に生かしたそれは、たったそれだけで疾走《しっそう》速度を限界にまで持ってくる。

他《ほか》のものが見たらまるで爆《は》ぜたような走りだろう。肉体構造を徹底的に解析し人体工学を芸術の域にまで練成した峰島由宇《みねしまゆう》ですら、倍の歩数を必要とする。その差は彼女の知の外にある。

由宇が坂上《さかがみ》闘真との直接対決を避《さ》けている理由の一つでもあった。

世界最高峰の頭脳ですら未知の二文字でしか片付けられない存在を、マジシャンは不動の姿勢で迎えた。口に浮かぶ微笑は余裕か、それとも状況が把握《はあく》できない愚《おろ》か者か。

闘真はあっさりと老人の懐《ふところ》に入り、鳴神尊で袈裟《けさ》斬りにする。手ごたえは見ている勝司達《かつしたち》にも音となり風圧となり、血飛沫《ちしぶき》となり伝わってくる。人を斬《き》るリアルな感触。通り抜けた刃は綺麗《きれい》に、肉や皮や骨や筋を残らず裂いた。

致命傷。普通なら倒れる。剛の者でも膝《ひざ》を折る。しかしマジシャンの反応はいずれでもない。

顔の皺《しわ》をさらに深めて、笑った。

反射的に闘真は距離を置いた。置いてから、置いた自分に歯軋《はぎし》りする。

「自己紹介が遅れたね。私の名はマジシャン。なぜそう呼ばれるか、もうお解《わか》りかな？」

ステッキをまわし両腕を広げる姿は、奇術師が披露《ひろう》した手品に拍手を求めているようだ。

「禍神の血をもってしても解らないか。いや敗れないか」

味方の余裕を見て、しかし勝司の顔は難しい。もとより利害だけの同盟。どちらか一方の利が失《う》せれば壊《こわ》れる関係だ。ここで闘真にマジシャンを破られては困るが、マジシャンに対する糸口くらいは見出《みいだ》しておきたかった。やっかいな遺産を使う相手である。

あらゆるセンサー類がこの部屋に張り巡らされ、データを収集している。だがマジシャンにも闘真《とうま》にも、そんなものを気にしている様子はない。

隣《となり》にいる才火《さいか》は、じっと二人の闘《たたか》いを見ている。まるで一部始終を目に焼きつけるかのように。

「いま一度、斬《き》りたまえ」

無防備な姿勢のまま、マジシャンは手招きをする。そのときすでに闘真は動いていた。マジシャンが言葉を言い終わる前に射程距離に入り、言い終わったころには、背中まで深く抜けた刃で両断していた。

二分化されたマジシャンの上半身が後ろに傾《かし》ぎ、落ちる。顔は笑顔で凍りついたまま。しかしそれが地に接する直前、傷口からほどけるように無数の何かが飛び出し、部屋中を跳びまわった。けたたましい羽音が、鼓膜《こまく》を叩《たた》く。

「蛾《が》だと？」

何百何千という蛾の群れが、部屋を埋め尽くす。視界を黒く染め、大気を羽音で染め、醜悪《しゅうあく》と嫌悪《けんお》を鱗粉《りんぷん》と共に撒《ま》き散らした。

勝司《かつし》はかすかに顔をゆがめ、腕で視界を確保し、闘真を見た。才火はやはりこんな事態になっても、蛾がぶつかってもぴくりとも動かない。

とっさに顔を覆《おお》った闘真の両腕に、何匹もの蛾がぶつかる。腕だけではなく体中のそこかしこにぶつかり絶え間なく張り付いた。

背後からの声の主は、消えたはずのマジシャン。振り向いた闘真の額に、乾いた手を伸ばした。

「三度目はなしだ」

「我等《われら》の傀儡《かいらい》になってもらうよ」

闘真の頭を、まるで手当てでもするようにふわりと両手で覆う。

ただそれだけで闘真は意識を失い、膝《ひざ》をつき、地面に倒れた。

部屋を満たしていた蛾の群れは、いつのまにか嘘《うそ》のように消えている。

勝司は息を呑《の》んだ。小さい頃《ころ》から鳴神尊《なるかみのみこと》は無敵の暗殺者と教えられ、数百年の歴史の中、敗れた回数はただ一度。十二年前、峰島勇次郎《みねしまゆうじろう》を暗殺しにいった叔父《おじ》の蛟《みずち》だけだ。それすらあくまで伝聞にすぎない。

目の前で鳴神尊が敗れたことでさえ信じがたいのに、その経過があまりにも予想外だった。時間にしてものの二分もたっていない。マジシャンは闘真に攻撃《こうげき》らしい攻撃を何もしていない。むろん、目に見えるものだけが攻撃方法でないことくらい、勝司にも解《わか》る。だが解るからといって目の前で見せ付けられたものへの驚《おどろ》きが減るものではない。

真目《まなめ》家の当主が絶対なのは、その手に鳴神尊を持つからだ。正確には、鳴神尊の継承者の操作方法と言ってもいい。

その力は外部ではなくむしろ、内部にむかって持つ力のほうが大きい。当主に刃向かえば殺される。どんなに納得《なっとく》のいかないことも、当主に命令されればやらざるを得ない。誰《だれ》が鳴神尊《なるかみのみこと》に刃向おうとするだろうか。

徹底した独裁。それが無駄《むだ》な内部抗争を生まず、真目《まなめ》家を発展させてきたのかもしれない。だが勝司《かつし》は面白《おもしろ》くなかった。当主は生まれた順番では決まらない。現に不坐《ふさ》は三男だ。さらに勝司には禍神《まがかみ》の血《ち》がほとんど入っていなかった。

しかし、蛟《みずち》は敗れた。峰島勇次郎《みねしまゆうじろう》という男の遺産の手によって。それを知ったときから、勝司の心に一つの確信と、ある想《おも》いが芽生えた。

峰島勇次郎はおそらくなんらかの遺産で蛟を破った。ならば遺産を探せばよいのだ。父親がかたくなに峰島勇次郎を嫌うのは、真目家を脅《おびや》かす存在だからだろう。しかし、それは自分には関係ないことだ。もとより自分の中に禍神の血は薄《うす》い。まったくないといって差し支えない。破られた最強の伝説になんの意味があるだろうか。

そう思い勝司はミネルヴァと手を組んだ。遺産の力に、永《なが》い真目の独裁が切り裂かれるとき、自分は新たな真目家の創始者になればいい。

しかし、待望だったはずのその瞬間《しゅんかん》は、あまりにもあっけなく、つまらなく、そして予想以上の寂寞《せきばく》とした感情を勝司にもたらした。

叔父《おじ》、蛟もこのように手玉に取られたのだろうか。そしてあっさりと首を切られたのだろうか。

8

勝司が思索の淵《ふち》に捕らわれていたのは、時間にすればほんの数秒のことだった。

マジシャンは愉快《ゆかい》そうに喉《のど》の奥を鳴らす。

「そろそろ頃合《ころあい》か。あの遺産をめぐり、人も集まろう」

「本当にその男を利用する必要はあるのか？」

「我等《われら》の用意した策も万全ではない。保険が多いにこしたことはない」

マジシャンの言うとおりだ。しかし心のどこかで闘真《とうま》を利用することをためらい、怖《おそ》れている。たとえいまは眠っていても、鳴神尊の継承者。触れてはならないものという意識はつねに付きまとう。

「それに弧石島《こせきとう》でミネルヴァを退けた力が、いかなるものかも知りたい。ADEMは《希望》に向かっている。もしかするとそこで会うことになるかもしれぬのでな。強い駒《こま》は一つでも多く欲しい」

「獅子《しし》身中《しんちゅう》の虫にならなければいいがな」

「そのときは、殺せばよい」

数百年、一度しか成し遂《と》げられなかったことをさらりと口にすると、他《ほか》のミネルヴァを引き連れ、マジシャンは去った。

その背中はあまりにも楽しげで、獅子身中《しししんちゅう》の虫は一匹に限らないと改めて勝司《かつし》は強く思った。

9

かつてないほどに、自分自身が追い込まれていることを麻耶《まや》は実感していた。

様々なことが一時《いちどき》に起こり、状況の整理ができていない。そもそも整理しようにも情報不足が否《いな》めない。ようやくADEMから由宇《ゆう》脱走の情報をつかんだくらいだ。父からの圧力も大きく、敵対しているのは間違いなく兄の勝司。精神的な負担も小さくない。

そんな麻耶に、さらに追い打ちをかけるような情報がつい一時間ほど前に入ってきた。ソファに深く身を預け、長く深いため息をつく。が、怜《れい》が姿を見せるやいなや、麻耶は跳《は》ねるように体を起こし口を開いた。

「闘真《とうま》の行方《ゆくえ》は？」

怜は無情にも首を横に振る。勝司が闘真にコンタクトを取ったという報告を最後に、闘真の監視役は連絡を絶った。同時に闘真も行方知れずになってしまった。

「ADEMからお電話です」

そんな麻耶の心の隙《すき》をついてくるようなタイミングで、コンタクトをしてきた相手は、予想通り八代一《やしろはじめ》だった。

「ご用件を」

挨拶《あいさつ》は抜きだ。

ＡＤＥＭと真目《まなめ》家の直接的な接点はあまりない。理由は簡単だ。真目家は峰島勇次郎《みねしまゆうじろう》に関する事柄には基本的に不可侵であるからだ。自衛のために介入することはあっても、自ら打って出ることはない。峰島遺産管理局――ＡＤＥＭはそのことを熟知している。過去二度の例外はあったが、それに甘んじて協力を求めるような組織ではない。甘んじて他の組織に協力を求めたりしないところは、真目家も同じ。

よっていままで、ＡＤＥＭと真目家の接点はほとんどなかった。表向きの連絡がある場合も、あくまで真目家に自衛を促す形で行われる。真目家にいたっては、自分の身元を明かさず情報を流し、ＡＤＥＭをそれとなく動かす。お互い、そうやってなんとかたもってきた体面は、しかし、今回でとうとう崩壊《ほうかい》するかもしれない。

しばらく相手の話を静かに聞いていた麻耶だが、話が進むうちに眉間《みけん》の皺《しわ》が深くなっていく。

「用件は解《わか》りました。あの穴倉娘ともう一人が脱走し、行き先は《希望》だと。管理がずさんですわね。ええ、そうですね、お互いさまですわね。で、二人と言っていいのかしら、一人は外観が化け物、一人は中身が化け物、の目的は？」

いまのところ八代《やしろ》の話の中で目新しい情報はほとんどない。だがいくつかの推測は確信にいたった。ADEMの意向は真目家《まなめけ》と手を組むことだろう。問題が真目家の管理する《希望》に収束していることからも当然の申し出だが、麻耶《まや》は迷っていた。

麻耶が話している間、怜《れい》はどこかと連絡のやりとりをしている。

その怜の顔がわずかに変化した。麻耶でなければ気づかない微小なそれは、何か情報をつかんだ証《あかし》だ。もしかして闘真《とうま》のことかもしれない。

「少し待っていただけます？」

八代との電話を保留にし、怜を見る。怜はいくぶん申し訳なさそうな顔をした。

「闘真様の件ではありませんが、いくつか気になる情報がありました」

差し出された書類を見て、麻耶は浮かない顔にさらに不可解な表情を重ねた。

「ダッジトマホーク？」

書類によるとバイクの名前らしいが、聞いたことがない。

「これです」

差し出された資料に写っている写真に、麻耶はますます理解不能の表情を深めていく。

「これがバイクですか？」

バイクというより巨大なエンジンに無理矢理車輪をつけたような鉄の塊《かたまり》に見えた。タイヤも常識からかけ離れている。モーターサイクル用のタイヤを前後に二輪ずつ並べ、合計四輪。スタンドなしでバイクが直立し、ステアリングまわりはアルミ削り出しの塊だった。メーターパネルは液晶ディスプレイ。パワーのみを追求するコンセプトを、これでもかというほど前面に主張したモンスターバイクである。

「世界に数台しかないものです。バイパーの10気筒エンジンユニットを搭載した、いえ、エンジンに車輪を搭載したと言ったほうが近いですね。とにかく史上最強のモンスターバイクです。五百馬力のエンジンから生まれる最高時速は理論上480キロ。もっともその速度で人が制御できるかどうかは解《わか》りません。正規販売価格は六千万円台でしたが、いまではマニアの間で億に届く価格にまで上昇しています」

「その高価なバイクの盗難届ですか？　いえ、盗難というのもどうかしら。オーナーの口座に律儀《りちぎ》に億の金を振り込むなんて。盗難場所は……？」

麻耶は何かを思いついたのか、はっとした顔で怜を見る。

「お察しの通り、リニアエクスプレスのトンネルのそばにある公道です」

「都合よく、こんなバイクを積んだトラックが通りかかった、というわけではなさそうね」

「未確認ですが、配送スケジュールの手違いと」

「スケジュールの管理は？」

「コンピュータによるオンライン管理。ハッキング可能な状態でした。実はこの一件だけではなく、配送日程に不具合を起こしたケースが確認できただけでも四件報告されています」

「そのいずれもが高速の乗り物、運搬経路はなぜかリニア路線のそば、なのね」

麻耶《まや》は峰島由宇《みねしまゆう》の用意周到ぶりにひそかに舌を巻いた。様々な事態に対処できるよう、先に手を打っているのだ。そこまでして峰島由宇は《希望》を目指している。

理由として心当たることは一つ。《希望》の地下にある謎《なぞ》の球体状の金庫。中に何が入っているのかいまだに父は教えてくれないが、これだけのことが起こった現在、推測は簡単にできた。

峰島の娘が関《かか》わり、兄、勝司《かつし》も関わっているのなら、中身は遺産に間違いない。それも、真目《まなめ》家に深く関係のあるものだ。父から提示された条件から鑑《かんが》みるに、よほどのものなのだろう。たぶん、この件に関わるなかで、一番状況を把握《はあく》していないのは自分だ。それが悔しい。だが、様々な事態の収束点はそこにある。逆に言えば、そこさえおさえておけば"なんとかなる。

一つの打開策が麻耶の頭の中に生まれる。それは起死回生の手段だが、下手をすれば麻耶の築き上げてきたものをどん底にまで落としかねず、さらに彼女のプライドもずいぶんと削らなくてはならない。しかし麻耶は、状況を打破するにはこれしかないと確信した。

待たせていた八代《やしろ》の電話に再び戻ると、何度か気を持たせるふりをした後、最初から決めていたことを口にする。

「しかたありません。ADEMと協力するしかなさそうですわね。おそらく狙《ねら》いは《希望》の地下空洞に眠る遺産でしょう」

麻耶の賭《か》けはこうして始まった。

10

思いのほか簡単に真目家が協力要請にうなずいたことを、八代はいぶかしんでいた。もう少しごねられると思ったが、進行はいまのところ円滑に進んでいる。

「なんか、裏がありそうだなあ」

真目家から指定された場所には、アドバンスLC部隊のメンバーと小隊四つを待機させてある。移動手段はすべて真目家の用意した乗り物。それがLC部隊を真目家の領地《希望》で活動するため真目家から提示された条件の一つだ。行動を外部に悟らせないためだろう。

「なあに八代っち、真目家のお嬢様《じょうさま》ってそんなにタヌキなの？」

耳ざとく八代の独り言を聞きつけたあきらは、面白《おもしろ》そうに横から口をはさんだ。

「いやいやいや、環《たまき》君、タヌキだなんて失礼だよ。あんなにかわいらしいお嬢様に対して。ただちょっと油断ならないというか、信用はできるけど信頼《しんらい》はできないというか、背後に立たせたくないというか、微妙なところかな」

「ダメじゃん」

二人そろって空をあおぐと、星空からヘリの音が降ってきた。真目家の輸送ヘリだ。だが、その中に真目麻耶の姿を見つけ八代は戸惑《とまど》う。まさか現場に本人が来るとは思っていなかった。

荷と人間の積み込みはすみやかに行われ、十五分後には全員が機上の人となる。

八代《やしろ》の目の前には麻耶《まや》が座っていた。その隣《となり》には怜《れい》。逃げ道のない機上で二人の視線が射《さ》すように痛い。

さらにどのような手違いか、八代の隣には爆弾発言を平気でしかねないあきらがいた。珍《めずら》しそうに麻耶をじろじろと見ている。麻耶の視線があきらに向けられたときは、八代の心臓は飛び上がりそうになった。

「へえ、写真で見るよりずっとかわいいねえ」

無遠慮《ぶえんりょ》ではあってもあきらの屈託《くったく》のない笑顔と言葉に、麻耶はにっこりと微笑《ほほえ》んでみせた。

「このたびはどうも」

だが八代の意味不明な話の切り出しに麻耶は、まったく違う種類の微笑みを浮かべる。

――なんで俺《おれ》にはこうなわけ？

不満は心の声だけにして、八代は確認作業を進めていった。

「ですから、我々が望んでいるのは《希望》における真目《まなめ》家の支援と、その情報開示です」

「ええ、承知しています。できる限り協力させていただきますわ。そのかわりと言ってはなんですが、ＡＤＥＭの武力に期待しています。まずは予定通りみなさんを都市の中心ＫＩＢＯＵビルにご案内します。そこに例の遺産に通じる唯一《ゆいいつ》の道があります」

「はい。それで……」

「ねえ、ちょっと解《わか》んないんだけどさあ」

会話に割り込んできたのはあきらだ。

「真目家って、八陣家《はちじんけ》だっけ？　なんか武芸に達者な集団いなかった？　たとえばあなた」

そう言って怜を指差す。

「強いでしょ？　そんな人達《たち》抱えている真目家が、なんでADEMの戦力を必要とするの？」

「それは買いかぶりです。私達はあくまでも情報を主軸においた、多角経営の企業に過ぎません。八陣家もいまとなっては名ばかりで、時代の流れに埋もれ形骸化《けいがいか》して久しいですから」

麻耶はにっこりと笑う。その笑顔を見て八代は騙《だま》されてはいけないと、肝《きも》に銘《めい》じた。目の前の少女はどんなに純粋無垢《じゅんすいむく》に見えても、世界の情報を牛耳る《ぎゅうじ》家の一員だ。笑顔の裏にどんな顔があるか知れたものではない。しかしあきらは同じ印象を対極の結論にもっていったようだ。

「ふうん。なんだ麻耶ちゃん、思ったよりぜんぜん背中預けられそうじゃない」

「あら？　どなたか私に背中を預けられないって言いましたの？」

あきらは黙《だま》って隣を指差した。

11

ＫＩＢＯＵビルに到着した全員の表情がいっせいに強張《こわば》った。まさか誰《だれ》もビル内が血の海になっているとは思いもしなかったからだ。

堅牢《けんろう》な警備システムに守られていたはずのKIBOUビルは、いまや死の異臭に包まれている。どこを見ても血の臭《にお》いとともに警備員の死体がついてまわった。

「酷《ひど》いね、こりゃ」

口と鼻を手で覆《おお》ったあきらは、血なまぐさい状況にもっとも不慣れな麻耶《まや》を見た。なんとかこらえているらしいものの、足は震《ふる》え、いまにも崩《くず》れ落ちそうだ。

「みんな死んでる」

萌《もえ》が哀《かな》しそうにつぶやいた。

「警戒を怠《おこた》るな。侵入者の目的は？」

すばやく指揮を飛ばし部隊を編成する蓮杖《れんじょう》に、麻耶が答えた。

「【天国の門】に間違いないでしょう」

全員が一丸となって奥へ進む。麻耶はヘリにひかえていて欲しい、素人《しろうと》を連れての作戦は身の安全を保障できないと八代《やしろ》や蓮杖が言っても、麻耶は私のことはかまわなくてよいと言い、黙《だま》って怜《れい》を見た。その二人を除き、真目《まなめ》家側の人員は全員ヘリに戻った。

「変な殺され方ばかりだね」

変死体ばかりだが、とくにおかしいのは獣《けもの》に噛《か》まれたような跡を残す遺体だ。傷跡から推測できる顎《あご》の大きさは、地上のどんな猛獣《もうじゅう》よりも大きい。

「おかしいな」

遺体のそばで首をかしげる蓮杖に、あきらが駆け寄った。

「どうしたの？」

「獣の噛み跡は腹にあるんだが、服が裂けてない」

「噛まれたとき服がたまたま、めくれてたんじゃない？」

「たまたまは二度も三度もない」

蓮杖が示した死体は、噛まれた部位こそ違えど似た状態を残していた。どこを噛まれていようとも、服にはほころび一つないのだ。

奥に進むとさらに異常な死体が見つかる。全身重度の火傷《やけど》で死んだ警備員の服には、焦《こ》げ跡がどこにもついていなかった。まるであとから服を着せたようである。

「生存者発見しました」

隊員が奥で声を出す。すぐにそこに全員が集まった。だがそこにいるのは生存者と言えるかどうか。倒れていた警備員の体には、死んでいないのが不思議なほどの大きな噛み傷がある。

「り、り……あ、ああ、り、りゅ……」

震える唇《くちびる》が言葉にならない声を発した。目からはいまにも光が失《う》せようとしている。

「死ぬなら役目を果たしてから死になさい。なんのためにいままで生きながらえたのです？」

怜がかたわらに膝《ひざ》をついて、非情ともとれる言葉をかける。しかしその言葉が瀕死《ひんし》の体にわずかながらも力を呼び戻した。

「り、竜に……竜にみ……みんな殺され……まし……た」

そこで力尽き、生存者は息絶えた。

「り、竜だって？　馬鹿《ばか》な……」

「真実かどうかはともかく、彼はそれを見たのです。そして死体の中には判別不可能な獣《けもの》の噛《か》みあと。炎で焼かれたものもある」

尋常《じんじょう》ならざる雰囲気《ふんいき》を感じ、皆が押し黙《だま》る中、一番最初に口を開いたのは麻耶《まや》だった。気丈にも無惨《むざん》な死体から目をそらすこともせず、たちこめる死臭に蒼白《そうはく》になりながらも、唯一《ゆいいつ》の生存者だった者の目をとじてやると、一歩足を前に踏み出した。

「先を急ぎましょう。【天国の門】に通じるエレベーターはもう少しです」

謎《なぞ》は残る。しかしいまは立ち止まるときではない。一行は地下目指して進んでいく。八代《やしろ》は通信機を取り出し、麻耶の顔を見た。

「緊急事態《きんきゅう》なのでLC部隊を大量投入させます」

「ええ。その代わり真目《まなめ》家の私設部隊が使用する武器は、不問としてください」

「心得てますよ」

八代は最初から予想していたかのような手際《てぎわ》の良さで、段取りをつけた。

12

暗闇《くらやみ》を突き破ったのは、まるで爆発しているかのようなエンジンの爆音だ。リニアエクスプレスのトンネルを砲身にみたて、弾丸のごとき鉄の塊《かたまり》が空気を突き抜けていく。

ダッジトマホーク。何もかも規格はずれの巨大なバイクにまたがるのは、長い髪をなびかせる小柄な少女。ヘルメットで顔こそ判別できないが、時速500キロ近い速度のモンスターバイクを操れる少女など世界に二人といないだろう。

『しかしあの狭い非常階段をよく通り抜けたな』

LAFIサードからイヤホンを通して風間《かざま》は由宇《ゆう》に呼びかけた。

公道で奪ったバイクをリニアのトンネル内で走らせるには、当然のことながら、そこまで運ばないといけない。しかし近場にある出入り口は非常用の階段のみ。非常階段は大型のバイクが通ることなど考えられていない。特に由宇の乗るダッジトマホークは常識外れの巨体である。階段内でターンするスペースはない。ここを走って下りるなど普通は考えない。

「物事を平面的にとらえすぎだ。立体的に考えれば、造作もない」

なんでもないことのように由宇は返答する。

非常階段に残るタイヤの跡を見れば、否応《いやおう》なくその言葉の意味を理解できるだろう。床や壁や手すり上を縦横《じゅうおう》無尽《むじん》に走り回った跡が残っているからだ。平面でターンできないなら立体的な動作でターンをしたのだ。

これほどの巨大マシンをそのように操るにはおよそ人の力では不可能なのだが、由宇《ゆう》はテクニックを駆使《くし》しそれをクリアした。

トンネル内で平坦《へいたん》な場所は、整備用に設けられたトンネルの両端の道のみ。道幅は人が通ることしか考えられておらず、バイクで進むなど正気の沙汰《さた》ではない。ましてダッジトマホークの巨体ならばなおさらである。

しかしそれさえクリアしてしまえば、この通路はこれ以上にないほどの好条件である。曲がることを放棄《ほうき》したとしか思えないダッジトマホークの設計は、このトンネル内では欠点にならない。リニアエクスプレスもカント角度の都合上、トンネルのカーブは直進と錯覚《さっかく》するほど緩《ゆる》やかだからだ。

由宇の操るダッジトマホークは、最高速度を保ったままトンネル内を爆走した。

『ずいぶんと慣れているな。バイクは好きだったのか？』

「頭の中では何度も乗った」

簡潔な返答に、風間《かざま》は苦笑に近い笑い声をあげる。

ダッジトマホークを乗りこなす姿を見て、誰《だれ》が初めてバイクに乗ると信じるだろう。バイクの性能を最大限に活《い》かし、完璧《かんぺき》にシミュレーションする頭脳。そして己の肉体を精密機械のごとく自在に操る運動能力。その二つを合わせれば、実体験と遜色《そんしょく》ないと少女は言う。

『君が嫌われるのは、君の非ではないな。人間は努力という言葉が大好きな生き物だ』

風間の皮肉を無視し、由宇はひたすら前方に意識を集中していた。

最高速度に達してから二十分ほどすぎ、距離にして160キロメートル以上を走り抜けたところで、突然ブレーキが火花を散らす。

長いタイヤの跡を残し停止する。由宇は疲れたように足を地面に置いた。ヘルメットを脱ぎ現れた顔から汗が滴《したた》り落ちる。規格外の速度は、いかに由宇といえども大きな疲労をともなう。

体とバイクを繋《つな》いでいたベルトを外し、歩こうとしたが、二、三歩よろけてしまう。

「さすがに、きつい」

由宇は呼吸を整えると、顔を上げトンネル内を見た。直線と見まがうほどの緩やかなカーブが多かったトンネルの中で、いま目の前にあるカーブはそれと解《わか》るほどきつい。暴走したリニアが脱線すると問題になった箇所のカーブである。1キロほど先には、そのリニアが停止しているはずだ。

「真目《まなめ》家が介入した跡か」

欠点と言っていいほど不自然な設計をされたカーブを見て、由宇は思案顔になる。

「真目家がリニアのトンネルを直進させなかった理由、いやさせたくなかった理由を拝ませてもらおうか」

長い黒髪を揺らし、弧《こ》の外側を軽く叩《たた》きながら歩いていく。やがてその場所がとある一箇所で止まった。彼女でなければ判別できなかったであろう微細な音の変化をとらえたのだ。

「ふむ、ここか」

ナイフを取り出すと壁に無造作に突き刺す。壁は破壊《はかい》されるのではなく、ふたが開くように10センチ四方程度の広さがはがれた。はがれた壁の裏に現れたのは、認証コードを入力するセキュリティシステムだ。

「おまえの番だぞ」

そう言って由宇《ゆう》は、LAFIのコードをセキュリティシステムに繋《つな》ぐ。

「一分で開けろ。開けられたことは悟られるな」

『人使いの荒い』

風間《かざま》の文句が言い終わる前に、セキュリティロックの解除が表示される。目の前の壁にしか見えないものが、静かにスライドしていった。その先には同じような広さを持ったトンネルが続いている。

真目《まなめ》家の横槍《よこやり》が入り迂回《うかい》する前のトンネルの名残《なごり》。記録からは抹消《まっしょう》され、掘られていないはずの穴。あるはずのない、あってはならないトンネル。それが由宇の目の前に広がった。

ライトで照らしてもトンネルの先は闇《やみ》だ。約3キロ先の地上には《希望》と呼ばれる街がある。そしてその地下、おそらくはトンネルの先に当たる空間は、とある遺産を封印している常軌《じょうき》を逸した地下空洞が存在しているはずだった。由宇がＬＡＦＩに潜《もぐ》ったとき見せられた、たった一つの球体が街を支えている異常極《きわ》まりない場所である。

『どうしてこのトンネルがあると解《わか》った？』

「どうやって人知れず地下空洞を作ったのか考えていた」

風間の問いに答えたのは、再びバイクに乗ってからだ。今度は常識的な速度でバイクを走らせる。

トンネルはきちんと整備されていた。壁はコンクリートで固められ、リニア用の線路こそないものの、いつでも使えそうなくらいだ。しかしその造りは現在リニアレールが通っているトンネルとは異なった。誰《だれ》が作ったか。可能性は一つしかない。

「やはり真目家が秘密裏《ひみつり》に《希望》へ資材を運ぶのに利用していたようだ」

『なるほど。しかしよく残っていたな。塞《ふさ》がれている可能性は考えなかったのか？』

「その可能性も考えたが、木梨《きなし》に乗り移った意識体の行動を見て、残っていると確信した」

『どういうことだ？』

由宇はそれには答えず、

「いい加減私の声色はやめろ」

と不機嫌《ふきげん》をあらわにする。

やがてライトの届かない闇《やみ》のさらに奥に、霞《かすみ》のような明かりが見え始めた。終点が近い。

トンネルを抜けると、そこは歪《いびつ》で幻想的な世界が広がっていた。

最低限の明かりしかなく、全容を把握《はあく》するのは難しい。だがそれでもこの地下世界の異質さは充分に把握できた。

一辺数百メートルの立方体の空間である。その空間の中央に位置するのは、由宇《ゆう》が風間《かざま》に見せられたビジュアルと同じ、丹念に磨《みが》かれた鏡のような表面を持った球体。球体の上下に伸びる支柱は無機質の枝や根のように天井《てんじょう》と大地に張り巡らされている。天井を支える枝が幹である球体を通り、再び根となりいくつにも分岐し大地に下ろしていた。

街の命を、球体一つにゆだねた狂気の所業。真目家《まなめ》が遺産の力を借りてまで球体の中身を封印しようとした姿は、真目家の怨念《おんねん》にも似た執念《しゅうねん》を感じる。

トンネルを抜けた穴の位置は、空間の真ん中よりやや上、中央に位置する球体をわずかに見下ろすポイントとなる。しかしあまりにも広大で、さらに幾重《いくえ》にも張り巡らされた支柱が目の錯覚《さっかく》を誘《さそ》うため、ともすれば球体の位置が正確にはどこなのか、見失いそうになる。

トンネルの淵《ふち》はそのまま支柱の一本へと続いていた。バイクから降り、それに飛び乗ると、由宇は球体目指して歩き出す。

直径1メートル足らずの円柱の上を、すたすたと歩く。まるで日常のごとき姿は、わずかに足を踏み外しただけで数百メートル落下という事実を認識していないかのようだ。

「ふむ」

足を止めると、中央の球体をじっくりと見る。

「……興味深いな」

正気の沙汰《さた》とはいえない構造に、いかなる感慨《かんがい》を覚えたか。

「……こんなとんでもないことを考える奴《やつ》が、世の中に二人もいるとはね」

数少ない持参装備を取り出し、覗《のぞ》き込んだ。小型ながらも各種測定機器を備えた双眼鏡は、何かと利便性が高い。

「超音波測定、赤外線測定、紫外線測定、X線測定、いずれも反応なしか」

予想通りの結果なのか、さしたる驚《おどろ》きも見せず双眼鏡を下ろす。

「……開けられる、はずだ」

かわりに生まれたのは、すべてを見通してから思いを口にする由宇にしては珍《めずら》しい、未知の物に対する決意にあふれた言葉であった。

挑むような表情。めったに拝むことのできないその表情を見ようと意図したわけではないだろうが、由宇が何かを決意したそのとき、薄暗《うすぐら》い空間に、目もくらむような白色のライトが幾《いく》すじにも走り、由宇を一斉に照らした。

ライトの数は一つ二つではなかった。地下空間のそこかしこで生まれた百個以上ものライトは、とある一点で交差し峰島由宇《みねしまゆう》の体を闇《やみ》から切り離した。

それは彼女にとって想像すべき事態の一つなのか、驚《おどろ》くという感情は見受けられず、ただ無遠慮《ぶえんりょ》に浴びせられる光量に、目を細めるだけであった。

浮かび上がったのは由宇の姿だけではない。武装した一団が、由宇と同じように支柱のあちこちにあった。轟音《ごうおん》とともに現れたヘリは、悪い冗談《じょうだん》としか思えなかった。その過半数にLC部隊のマークがある。残りは真目《まなめ》家の私設部隊か。

「他人の家を訪ねるときは、玄関からにしてくださらない？」

いずこから澄《す》んだ声が、話しかけてくる。

「もっとも穴倉娘にして見れば、分相応の出入り口を見つけたのかもしれませんけど。まさかKIBOUビルでの惨劇《さんげき》、あなたの仕業《しわざ》ではないでしょうね？」

声の出所を見つけ、由宇はそちらに向かってわずかに目を細める。この場の殺伐《さつばつ》とした空気にはふさわしくない、自分とさほど歳《とし》のかわらない少女の姿に目を留めた。二人の視線は交差し、お互いに姿を確認しあった。

おそらくこの二人の出会いは、一つの歴史の分岐点と言って差し支えなかった。

世界を変革させる可能性を持った峰島勇次郎《ゆうじろう》の娘、峰島由宇。世界の情報網を大きく握る真目家の次期当主とまで噂《うわさ》される娘、真目麻耶《まや》。

二人は過去に二度、坂上闘真《さかがみとうま》という奇縁で運命を交差させながらも会うことはなかった。そして三度目の今日、ようやく二人はお互いの顔を見る。

「ここが正面玄関だと思ったが、違ったか？　待ち伏せして人の行動をこそこそと盗み見るとは、覗《のぞ》き屋にふさわしい出迎えだな」

それが由宇の第一声。微笑と表現するには友好皆無《かいむ》な表情をして言った。

「それに物々しいだけの品性に欠ける出迎え。真目家らしいと言うべきか」

「あら、品性にかけるこの方達《たち》は、あなたのおうちの方よ。私はあなたの身柄をＡＤＥＭに返すだけです」

「悪いがその前にやるべきことがある」

由宇の視点が中央の球を見る。

「その球には触れないでいただけます？　不用意に、都市丸ごと危険にさらすわけにはいきませんから」

「なら、この物々しい集団を下げてくれ。ＬＣ部隊だけじゃないだろう。日本の銃器対策はいつからこれほど緩《ゆる》くなった？」

「治外法権という言葉はご存知？」

「ああ、無能無策な権力者を保護する制度のことか。的確な説明、礼を言う」

「それではおとなしく捕まっていただけます？」

「ふう。峰島《みねしま》というだけでずいぶんと嫌われたものだ。お茶の一つも出さずに、客人を追い返すか」

「あら、私あなたのこと別に嫌ってはいませんわ。ただ、いまちょっとした非常事態ですの。ですから微笑《ほほえ》むどころでなくって。そう、あなたと同じですわ」

麻耶《まや》の言動に由宇《ゆう》は違和感《いわかん》を覚えた。話したことがあるのは一度、それも通信機での会話だ。彼女の人となりをよく知っているわけではない。ただ由宇の観察眼をすれば、麻耶の挑発はなんらかの真意を隠しているように思えてくる。

「私は最初から君に微笑む気などない」

「そうですか残念です。ではあなたは招かれざる客。さらに親しいお友達がお迎えにきたようですわ。さあ、お帰りを」

見覚えのある顔が現れる。リニアエクスプレスで攻防を繰り広げたアドバンスLC部隊の三人だ。

「お解《わか》りかと思いますが、ここで見聞きしたことは不問。それがあなたがたに協力する必須条件ですから」

アドバンスLC部隊の面々は承知とばかりにうなずく。《希望》の地下に、こんな空間があるのは驚《おどろ》きだが、彼等《かれら》の目的はそこではない。

いっせいに銃器を構え、由宇に狙《ねら》いをつける。殺傷を目的とした種類のものは一つもない。

万が一足を踏み外した場合も考えられていた。先ほどはあまりにも薄暗《うすぐら》く見えなかったが、どこから調達したのか大きなネットが蜘蛛《くも》の巣のように張り巡らされている。

これらすべて麻耶の要求によるものだろう。目的はあくまでも捕縛《ほばく》であり、殺傷ではない。ADEM単独のほうがえげつない。彼等は実弾を使ってでも由宇を捕まえようとするからだ。

だからといっておとなしく捕まるつもりはもちろんない。ただ由宇の体力には限界がある。もう少し体力を温存したかったが、ここらあたりで全力を出すべきか。どうしたものかとまわりを見渡した。外に出るたびに体を酷使《こくし》している気がする。

そのとき、緊張《きんちょう》をはらむ空気に、突如《とつじょ》異質なものが混じった。

「……歌？」

歌が流れていた。歌としか形容しがたい音だった。澄《す》んだ旋律《せんりつ》は美しい強弱をつけ、朗々と地下空間に流れた。

この広い空間で反響《はんきょう》してか、歌の出所は定かでない。誰《だれ》もが音の出所を求めて、あたりを見渡す。

由宇だけは歌の正体に気づき、毒づいた。

「木梨《きなし》……あいつかっ。早すぎる」

交通機関を利用できない木梨がここに来る移動手段は二本の足しかなかったはずだ。しかしその回答を由宇が、そしてその場の全員が目の当《ま》たりにする。

音の発信源を追い、ライトが巨大な空間のあちこちを探しまわる。

やがて一本の支柱にへばりつくようにある姿にライトが集まった。

それを見た麻耶《まや》がうめいた。

「あれが……そうですの？」

闘真《とうま》から話を聞き、写真も見ていたとはいえ、初めて目の当《ま》たりにする異形《いぎょう》のものに、麻耶は激しい衝撃《しょうげき》を受ける。

異常に発達した筋肉と人としてありえない足の長さ。膝《ひざ》の折れ曲がる方向は人のそれとは逆で、足の指は地面をえぐるように噛《か》むための爪《つめ》が太く長く伸びている。その形状は人というより、ダチョウなどの大型の鳥類の足に近かった。

助走二歩、無駄《むだ》のない跳躍《ちょうやく》を由宇《ゆう》は美しいと思った。支柱と支柱の間、十数メートル。それらを危なげなく跳んで行く。手足のノズルが空中で細かい姿勢制御を可能にしている。

由宇以外の人間達《たち》に、戸惑《とまど》いが蔓延《まんえん》する。あれはなんなのか。

元木梨《きなし》であった意識体は、銃を構えるLC部隊へ弾丸のように跳ぶ。銃撃による応戦もあったが、無意味だった。広げた両腕のジェットノズルにかぶさるように生えているのは、刃のように研《と》ぎ澄《す》まされた硬質の外骨格。その一撃はたやすく人を両断した。

闘真からは刃物を使うという報告はなかった。つまりあれは、闘真との闘《たたか》いから学んで進化した形状なのだ。

しかし、由宇にも麻耶にも驚《おどろ》いているいとまは、またしても与えられなかった。

「はーはっはっはっ！　いや、まさかこんなことになっているとはな」

老人の枯れた、しかしよく通る声は、嘲笑《ちょうしょう》と呼ぶにふさわしい響きを内包している。ばらばらの背格好にばらばらの服装。奇異な一団は、由宇よりもさらに高い支柱の上にあった。

「いやまさしく奇縁。とき同じくして、一堂に会するとは。これを運命の導きと言わず、なんと言おう」

「そう、あなた達でしたの、あの無残な惨劇《さんげき》の犯人は」

さらに増えた不法侵入者に、麻耶は表情を険しくする。その中に兄、勝司《かつし》の姿を見つけたとき、麻耶の顔がほんのわずか歪《ゆが》んだ。兄の横には、見慣れない、そしてこんな場所にはまったくそぐわない不自然な格好の老人が一人、立っている。言葉を発していたのはその老人だ。

「しかしこの空前絶後ともいうべき遺産をめぐり、よくもまあそろいもそろったものだ。真目《まなめ》家、ＡＤＥＭ、我等《われら》ミネルヴァ、峰島《みねしま》の小娘、そこの化け物まで、これを欲しているかの」

「ミネルヴァか」

由宇の言葉に、マジシャンは笑った。

「お嬢《じょう》さん方のかわいらしい耳にも我等の名が届いているとは、光栄の至り。さよう、我等ミネルヴァ、この地下空洞に眠る遺産を求め、わざわざ異国より出向いたわけだ」

マジシャンは、ステッキで中央の球体を指す。

「ここに集まった面々。さて、さて一番最初に誰《だれ》が【天国の門】を手にするか」

沈黙《ちんもく》していた由宇《ゆう》が、険しい顔をする。まるで射殺すような鋭い眼光。

「渡すわけにはいかない。ミネルヴァはもちろんだが、ADEM、それに真目《まなめ》家にもそれは渡せない。それは私がいただいていく」

それはこの場全員を対象にした宣戦布告だ。

「何を寝ぼけたことを。これは絶対に渡しません。あなたにも、ミネルヴァにも。真目家の名にかけて、絶対に守り通します」

「はっはっ、これは面白《おもしろ》い。じつに面白い状況だ。よかろう真目の娘よ、我等《われら》の追及からその遺産を見事守ってみせよ。ADEMの力を借りるのもいいだろう」

「一つ尋《たず》ねる」

マジシャンの高揚した声とは裏腹に、由宇はあくまでも静かだ。

「この爺《じい》に答えられることならば」

「遺産は街一つ分の重さによって守られている。どうやって遺産を取り出すつもりだ？」

「これは知恵比べだ。解《わか》っているであろう、峰島《みねしま》の娘よ。この難解なパズルを解き明かし、見事取り出せるか。それとも失敗し、上の街もろとも瓦礫《がれき》に埋もれ命を落とすか」

マジシャンはこの場にいる何十人もの武装兵達《たち》をぐるりと見渡すと、困ったようにステッキをまわした。

「しかしゲームに参加するには、少しばかり人数が多いか」

マジシャンは陽気な声にもくろみを隠し、後ろに控えている一人を前に出した。

「適当に減らせ」

由宇のそして麻耶《まや》のあらゆる感情が凍結した。

影より出てきたのは、二人がよく知る人物だった。よく知っている物を持っていた。

酷薄《こくはく》の笑みを浮かべた坂上闘真《さかがみとうま》は、鳴神尊《なるかみのみこと》の刃《やいば》を、ためらいなく彼女等に向けた。

エピローグ

それから数時間後。五月二日午前。

奨励都市《希望》は多くの人でにぎわっていた。ゴールデンウィークと都市の十周年記念が重なり、そのにぎやかさは、いままでにないものだった。

まさか遥《はる》か地面の下には巨大な空洞が広がり、そこで多勢力による攻防が行われていたとは夢にも思っていなかった。

彼等《かれら》は地面の下の異常にはうとかったが、頭上はそうでもなかった。

初め、それは影として地面に降りた。

若者は雲か何かだろうと思い、なにげなしに空を見上げ、そのまま凍りついた。凍りついた若者を不審に思ったカップルが、視線のあとを追い、同じ運命をたどった。一人二人と人数は増え、やがて一定の数を境に爆発的な勢いで広がった。

誰《だれ》もが空を見ていた。そして言葉を失った。彼等の視線の先には地面に影を落とす巨大なものが浮いていた。

それは未知のものだ。しかし未知でありながら、おそらくこの場にいる人間で知らない人間は誰一人としていないだろう。

彼等は空に浮いているものが何か知っている。いまも連日テレビやマスコミを騒《さわ》がせているからだ。

爬虫類《はちゆうるい》のような体躯《たいく》は地上のいかなる生き物よりも大きく、その背には巨体を空に維持するにふさわしい広さの翼《つばさ》が雄大に羽ばたいている。

誰かが悲鳴を上げる。それはまたたくまに伝染し、《希望》をパニックに陥《おとしい》れた。

彼等を恐怖させたもの、それはドラゴンと呼ばれるものだった。

あとがき

こんにちは、葉山透《はやまとおる》です。本編を読んだ方にはおわかりかと思いますが、今回は上下巻です。三巻のプロットを出したとき、担当の編集さんに、次は上下巻でいきたいと相談したところ、笑顔で快諾《かいだく》してくれました。笑顔の裏に、毎回ページ数で揉《も》めるのは御免《ごめん》だという思惑《おもわく》が隠されていようとも、というか明らかに見えていても、葉山は諸手《もろて》をあげて万々歳《ばんばんざい》。よしこれでページ数に悩むこともなくなったと、原稿を思うままに書き上げてみれば、あとがきはまたしても1ページに圧迫されています。シリーズ化が決定し、今まで埋めておいたいろんな伏線、思惑、キャラクター達《たち》を思う存分動かし始めたら、ところせましと皆が暴れまわり、やはりこうなってしまいました。けれどこれぞシリーズモノの醍醐味《だいごみ》、面白《おもしろ》さではないでしょうか。動き始めたキャラクターと物語はドキドキの波乱万丈《ばんじょう》の予感。この事件は次巻で決着がつき、そんなにお待たせしないでお届けできると思いますが、物語本編はこの先もうしばらく続いていきそうです。なのでこれからも、末永いおつきあいのほど、よろしくお願いいたします。では四巻でもお会いできることを願って、恒例になりそうで怖い1ページのあとがきを終了します。

２００4年3月　葉山 透

◉葉山　透著作リスト

「9S〈ナインエス〉」（電撃文庫）
「9S〈ナインエス〉II」（同）
「ルーク&レイリア　金の瞳の女神」（富士見ミステリー文庫）
「ルーク&レイリア2　アルテナの少女」（同）
「ルーク&レイリア3　ネフィムの魔海」（同）

本書に対するご意見、ご感想をお寄せください。

■

あて先

〒160-8326 東京都新宿区西新宿4-34-7
アスキー・メディアワークス電撃文庫編集部
「葉山 透先生」係
「山本ヤマト先生」係

■

電撃文庫

9S〈ナインエス〉III

葉山《はやま》 透《とおる》

◆◇◇

2004年5月25日　初版発行
2024年1月25日　15版発行

発行者　山下直久
発行　株式会社KADOKAWA
〒102-8177　東京都千代田区富士見2-13-3
0570-002-301（ナビダイヤル）
装丁者　荻窪裕司（META＋MANIERA）
印刷　株式会社 KADOKAWA
製本　株式会社 KADOKAWA

●お問い合わせ
https://www.kadokawa.co.jp/（「お問い合わせ」へお進みください）
※内容によっては、お答えできない場合があります。
※サポートは日本国内のみとさせていただきます。
※ Japanese text only

※定価はカバーに表示してあります。

ISBN978-4-04-869451-3　C0193　Printed in Japan

電撃文庫　https://dengekibunko.jp/

電撃文庫創刊に際して

文庫は、我が国にとどまらず、世界の書籍の流れのなかで〝小さな巨人〟としての地位を築いてきた。古今東西の名著を、廉価で手に入りやすい形で提供してきたからこそ、人は文庫を自分の師として、また青春の想い出として、語りついできたのである。

その源を、文化的にはドイツのレクラム文庫に求めるにせよ、規模の上でイギリスのペンギンブックスに求めるにせよ、いま文庫は知識人の層の多様化に従って、ますますその意義を大きくしていると言ってよい。

文庫出版の意味するものは、激動の現代のみならず将来にわたって、大きくなることはあっても、小さくなることはないだろう。

「電撃文庫」は、そのように多様化した対象に応え、歴史に耐えうる作品を収録するのはもちろん、新しい世紀を迎えるにあたって、既成の枠をこえる新鮮で強烈なアイ・オープナーたりたい。

その特異さ故に、この存在は、かつて文庫がはじめて出版世界に登場したときと、同じ戸惑いを読書人に与えるかもしれない。

しかし、〈Changing Times,Changing Publishing〉時代は変わって、出版も変わる。時を重ねるなかで、精神の糧として、心の一隅を占めるものとして、次なる文化の担い手の若者たちに確かな評価を得られると信じて、ここに「電撃文庫」を出版する。

1993年6月10日
角川歴彦

電撃文庫

9S〈ナインエス〉

葉山 透

イラスト／山本ヤマト

ISBN4－8402－2461－7

循環環境施設スフィアラボを武装集団が占拠。カウンターテロ部隊が急遽編成される中、切り札として召集されたのは拘束具に身を戒められた謎の少女だった！

は-5-1　0844

9S〈ナインエス〉II

葉山 透

イラスト／山本ヤマト

ISBN4－8402－2578－8

絶海の孤島で行われる防衛庁の新兵器演習。そこには身体を戒められた由宇の姿があった。そして新兵器を狙う別の影も。陰謀渦巻くさなか、一方闘真は!?

は-5-2　0890

9S〈ナインエス〉III

葉山 透

イラスト／山本ヤマト

ISBN4－8402－2691－1

常軌を逸す封印が施された「遺産」。それには真目家の刻印が!?　隠された真実を目指す由宇、そして暗躍する異形のものたち。謀略と妄執、急展開の第3弾！

は-5-3　0939

鬼神新選 京都篇

出海まこと

イラスト／ヤスダスズヒト

ISBN4－8402－2322－X

新撰組主要メンバーが「魔人」として蘇り、日本をかきまわす。それを迎え撃つのは、もと新撰組二番隊隊長・永倉新八！　巻末に描き下ろしコミック収録。

い-4-2　0815

鬼神新選II 東京篇

出海まこと

イラスト／ヤスダスズヒト

ISBN4－8402－2682－2

新たなる新選組奇譚、第2弾。永倉新八は、現世に蘇ってしまったかつての同朋を救うため死闘を覚悟し、東京に向かう。巻末に〝新選組〟イラスト特別企画収録。

い-4-3　0930

電撃文庫

電撃文庫

空ノ鐘の響く惑星《ほし》で
渡瀬草一郎
イラスト／岩崎美奈子
ISBN4－8402－2487－0

鐘の音を鳴らす月、謎に満ちた御柱、そしてそこから現われた謎の少女……。全ての歯車がかみ合い、第四王子フェリオ・アルセイフの運命が動き出す――。

わ-4-11　0849

空ノ鐘の響く惑星《ほし》で②
渡瀬草一郎
イラスト／岩崎美奈子
ISBN4－8402－2603－2

王と王太子を同時に失った国家で不穏な空気が流れ出す。その中でフェリオの決断は？　一方、この世界に〝まぎれこんだ〟来訪者達も行動を開始……！

わ-4-12　0896

空ノ鐘の響く惑星《ほし》で③
渡瀬草一郎
イラスト／岩崎美奈子
ISBN4－8402－2686－5

ついに即位を宣言した第二王子レージク。だが、その即位に対して、抵抗するものが現われ……。一方、抵抗勢力の領袖とみなされているフェリオは――！

わ-4-13　0934

ヴぁんぷ！
成田良悟
イラスト／エナミカツミ
ISBN4－8402－2688－1

ゲルハルト・フォン・バルシュタインは一風変わった子爵《ししゃく》であった。まず彼は〝吸血鬼〟であり、しかも〝紳士〟である。だが最も彼を際立たせていたもの、それは――。

な-9-8　0936

スカイワード
マサト真希
イラスト／橘 由宇
ISBN4－8402－2692－X

暴走する舞巫女姫と強がりな飛空リュージュ乗り。廃都の底で二人は出会い、波乱に満ちた物語が始まる――期待の新人が贈るオリエンタルファンタジー登場！

ま-7-1　0942

電撃文庫

護くんに女神の祝福を！

岩田洋季
イラスト／佐藤利幸

ISBN4－8402－2455－2

吉村護が一目ぼれされた相手——鷹栖絢子は、容姿端麗で性格崩壊でビアトリス制御の天才で大金持ちで衛星を撃ち落すことが出来て、でもとても純情で……。

い-5-5 0838

護くんに女神の祝福を！②

岩田洋季
イラスト／佐藤利幸

ISBN4－8402－2544－3

高校生活においてとても大切な時期がやってきました。そう、学園祭です。付き合い始めたばかりのふたりの期待はそりゃもう膨らむわけで……！

い-5-6 0872

護くんに女神の祝福を！③

岩田洋季
イラスト／佐藤利幸

ISBN4－8402－2685－7

護くんと絢子に、第3のイベント発生！生徒会の面々と〝泊りがけ〟でスキーに行くことになったのだ！　期待たっぷり、それ以上に不安要素もたっぷり……!!

い-5-8 0933

ポストガール

増子二郎
イラスト／GASHIN

ISBN4－8402－2115－4

荒廃した地上で、人々に手紙を届ける人型自律機械の少女。彼女の中に芽生えた大切な《バグ》。——それは人の心。第1回電撃ｈｐ短編小説賞受賞作登場！

ま-6-1 0682

ポストガール2

増子二郎
イラスト／GASHIN

ISBN4－8402－2438－2

人型自律機械の少女シルキーは、今日もスクーターで荒野を走る。手紙を、そしてそれに込められた人々の想いを届けるために——。人気短編シリーズ第2弾！

ま-6-2 0830

電撃文庫

ポストガール3
増子二郎
イラスト／GASHIN
ISBN4－8402－2689－X
人々の想いが込められた手紙を運ぶ人型自律機械の少女・シルキーが出会うのは、案山子と呼ばれた男・傷ついた仮面のヒーロー、そして……。シリーズ第3弾！
ま-6-3　0937

先輩とぼく
沖田 雅
イラスト／日柳こより
ISBN4－8402－2612－1
変人美少女の先輩とぼくの中身が入れ替わった!? ヘンテコな二人が繰り広げるハイテンション脱力ラブコメディ。第10回電撃ゲーム小説大賞〈銀賞〉受賞作。
お-8-1　0905

プロット・ディレクター
中里融司
イラスト／日向悠二
ISBN4－8402－2610－5
人類をゲームの駒にして、歴史の裏から様々に介入する東西の秘密結社。その陰謀に立ち向かう部活動があった!? 中里融司の「超」科学シリーズスタート！
な-2-16　0903

Astral《アストラル》
今田隆文
イラスト／ともぞ
ISBN4－8402－2441－2
事故をきっかけに幽霊がみえるようになった須玉明。だけど明が会う幽霊はどこか寂しげな少女たちばかりで――。電撃hpが生んだ珠玉の連作短編、待望の文庫化。
い-7-1　0833

Astral《アストラル》II childhood's end
今田隆文
イラスト／ともぞ
ISBN4－8402－2550－8
終わりゆく夏の日に出会った少女たちは、みなどこか悲しくて寂しくて――。霊がみえる少年須玉明と喪われた少女たちの連作短編、待望の第2弾が登場。
い-7-2　0879

電撃文庫

シャープ・エッジ stand on the edge
坂入慎一
イラスト／凪良（nagi）
ISBN4－8402－2326－2

育ての親ハインツを殺された少女カナメ。複雑な想いを胸に秘め、そして彼女はナイフを手にとった——。第9回電撃ゲーム小説大賞〈選考委員奨励賞〉受賞作。

さ-7-1　0781

シャープ・エッジ2 sink in the starless night
坂入慎一
イラスト／凪良（nagi）
ISBN4－8402－2413－7

星のない夜、カナメは道端に蹲る少女を拾う。「姉に会うためにこの街に来た」と少女は言うのだが何か訳ありらしく——。話題のスタイリッシュアクション第2弾！

さ-7-2　0818

シャープ・エッジ3 red for the overkill
坂入慎一
イラスト／凪良（nagi）
ISBN4－8402－2517－6

ブローディアの殺戮人形。絶対的な殺人概念の体現者は、まだ幼さの残るエミリアという少女だった。かつてない敵と対峙するカナメに、再び闘いの時が迫る！

さ-7-3　0866

ガンズ・ハート 硝煙の誇り
鷹見一幸
イラスト／青色古都
ISBN4－8402－2580－X

街の不良のリーダーだったケリンがひょんなことから百人隊長に!? だがそこは屑の集まりで悪名高い部隊だった……。鷹見一幸が贈る戦記ファンタジー登場。

た-12-8　0892

ガンズ・ハート2 硝煙の女神
鷹見一幸
イラスト／青色古都
ISBN4－8402－2638－5

州都グレンダラン孤立す！ 数万の猛獣に包囲され援軍もない状況で、ケリンは決断する。「この喧嘩には絶対負けられねー」。そして凄絶な死闘は始まった！

た-12-9　0915

電撃文庫

悪魔のミカタ 魔法カメラ

うえお久光
イラスト／藤田 香

ISBN4－8402－2027－1

「悪魔」で「カメラ」で「UFO」で「ミステリー」で第8回電撃ゲーム小説大賞〈銀賞〉受賞作で……電撃的ファンタジックミステリー 登場！

う-1-1 0638

悪魔のミカタ② インヴィジブルエア

うえお久光
イラスト／藤田 香

ISBN4－8402－2075－1

みークルの面々が追う次なる《知恵の実》は、好きなものを消すことが出来るアイテム！ 世の男ドモ、何でも消せれば何を消す？ ……つまりそういうお話です。

う-1-2 0654

悪魔のミカタ③ パーフェクトワールド・平日編

うえお久光
イラスト／藤田 香

ISBN4－8402－2119－7

舞原妹の指令により舞原姉にデートを申し込むことになった堂島コウ。だが、もてもて男であるコウのはずが、どうしても最後の一歩が踏み出せず……！

う-1-3 0679

悪魔のミカタ④ パーフェクトワールド・休日編

うえお久光
イラスト／藤田 香

ISBN4－8402－2150－2

ついに舞原姉とデートすることになった堂島コウ。デートの先は遊園地で、苦手な絶叫系に次々と乗ることになったコウは、半死半生。そしてその先に……！

う-1-4 0686

悪魔のミカタ⑤ グレイテストオリオン

うえお久光
イラスト／藤田 香

ISBN4－8402－2174－X

みークルのメンバー真嶋綾の腕に突然取り付いた腕輪型の《知恵の実》。しかも二つ同時！ さらに一つは廃棄処分にされたはずのもので……真嶋綾、大ピンチ！

う-1-5 0705

電撃文庫

悪魔のミカタ⑥ 番外編・ストレイキャット ミーツガール

うえお久光
イラスト／藤田 香

ISBN4－8402－2219－3

小鳥遊恕宇――9歳。日炉里坂で隠れもしない権力の一角、新鷹神社を継ぐものにして、特殊な力を持つ少女。もちろん普通の性格であるわけがなく……！

う-1-6 0734

悪魔のミカタ⑦ 番外編・ストレイキャット リターン

うえお久光
イラスト／藤田 香

ISBN4－8402－2269－X

冬月日奈との出会いによって、徐々に変化し始めた恕宇。だが、恕宇は日奈を打ちのめす計画を捨てたわけではなかった……！ 人気シリーズ第7弾！

う-1-7 0752

悪魔のミカタ⑧ It／ドッグデイズの過ごしかた

うえお久光
イラスト／藤田 香

ISBN4－8402－2317－3

アトリとともに旅に出た堂島コウ。ひょんなことから、同行することになった部長には、とんでもない秘密があった！ 超人気シリーズ第8弾！

う-1-8 0779

悪魔のミカタ⑨ It／ドッグデイズの終わりかた

うえお久光
イラスト／藤田 香

ISBN4－8402－2378－5

部長の逃走劇に巻き込まれた堂島コウは、襲い掛かる試練を次々と乗り越えていくのだが……！ シリーズの様々な謎が明かされる大笑い＆ビックリの第9巻！

う-1-9 0790

悪魔のミカタ⑩ It／スタンドバイ

うえお久光
イラスト／藤田 香

ISBN4－8402－2432－3

堂島コウ、舞原イハナ、ジィ・ニー、真嶋綾、小鳥遊恕宇、朝比奈菜々那、葉切洋平――彼らの日常を脅かすもの、それは『ザ・ワン』と呼ばれていた。

う-1-10 0824

電撃文庫

悪魔のミカタ⑪ It／ザ・ワン
うえお久光
イラスト／藤田 香

ISBN4－8402－2511－7

『ザ・ワン』の侵入を許してしまった和歌丘。その影響は徐々に広がり始め、だが抵抗する者も現われた！ しかも小学生！ えーっと……が、頑張れ小学生!!

う-1-11 0860

悪魔のミカタ⑫ It／ストラグル
うえお久光
イラスト／藤田 香

ISBN4－8402－2602－4

吸血鬼によって封鎖された和歌丘に、全ての鍵を握る人物が一人――舞原サクラその人である。彼女を巡って様々な思惑が錯綜し……人気シリーズ第12弾！

う-1-12 0895

結界師のフーガ
水瀬葉月
イラスト／鳴瀬ひろふみ

ISBN4－8402－2659－8

異界の者達に名を轟かす結界師にして逃がし屋・逆貫絵馬。ちょっと荒っぽいけど腕は確かですっ！ 第10回電撃ゲーム小説大賞〈選考委員奨励賞〉受賞作、登場！

み-7-1 0925

シュプルのおはなし Grandpa's Treasure Box
雨宮 諒
イラスト／丸山 薫

ISBN4－8402－2660－1

本を読む事が大好きなシュプルは、おじいちゃんの宝箱を見つける。そして、その中の宝物に纏わる話を紡ぎだす。第10回電撃小説大賞〈選考委員奨励賞〉受賞作。

あ-17-1 0926

とある魔術の禁書目録《インデックス》
鎌池和馬
イラスト／灰村キヨタカ

ISBN4－8402－2658－X

〝超能力〟をカリキュラムとする学園都市に〝魔術〟を司る一人の少女が空から降ってきた。『インデックス〈禁書目録〉』と名乗る彼女の正体とは……!? 期待の新人デビュー！

か-12-1 0924

電撃文庫

書名	著者/イラスト	ISBN	内容	管理番号
灰色のアイリス	岩田洋季 イラスト／東都せいろ	ISBN4-8402-2148-0	灰色の異空眼という特殊な瞳をもつ少女をめぐり、世界は混乱へと陥っていく！期待の新人と話題のイラストレーターで贈る、注目の新シリーズ登場！	い-5-1　0687
灰色のアイリスⅡ	岩田洋季 イラスト／東都せいろ	ISBN4-8402-2181-2	世界を震撼させた美木響二の死。その死因を探る娘の優夜が朝霧奏の前に現れた。罪の意識に苛まれる奏をよそに周囲では様々な思惑が——！？ 注目のシリーズ第2弾！	い-5-2　0711
灰色のアイリスⅢ	岩田洋季 イラスト／佐藤利幸	ISBN4-8402-2257-6	朝霧未来が永遠に続いて欲しいと願っていた平穏な日々は、都庁崩壊と共に崩れた。悪夢の中に現われる謎の少女・イリスが、世界の終焉へ向けて動き始め——！	い-5-3　0744
灰色のアイリスⅣ	岩田洋季 イラスト／佐藤利幸	ISBN4-8402-2309-2	美木響紀によって、未来を連れ去られた朝霧奏は、一つの選択をした——。選んだその道の先に希望が待っていることを信じて……！	い-5-4　0771
灰色のアイリスⅤ	岩田洋季 イラスト／佐藤利幸	ISBN4-8402-2633-4	未来の能力を手に入れたイリスが望むものはたった一つ——世界の滅亡と再生。果たして、奏たちはその目論見を止めることができるのか？ シリーズ完結!!	い-5-7　0910